은빛
지렁이

은빛
지렁이

인쇄 · 2015년 6월 15일 | 발행 · 2015년 6월 20일

지은이 · 김설원
펴낸이 · 한봉숙
펴낸곳 · 푸른사상
주간 · 맹문재 | 편집 · 지순이 | 교정 · 김수란

등록 · 1999년 7월 8일 제2-2876호
주소 · 서울시 중구 충무로 29(초동) 아시아미디어타워 502호
대표전화 · 02) 2268-8706(7) | 팩시밀리 · 02) 2268-8708
이메일 · prun21c@hanmail.net / prunsasang@naver.com
홈페이지 · http://www.prun21c.com

ISBN 979-11-308-0415-6 03810

값 15,000원

9 푸른사상 소설선

은빛 지렁이

김설원 소설집

푸른사상
PRUNSASANG

국립중앙도서관 출판예정도서목록(CIP)

은빛 지렁이 / 지은이: 김설원. -- 서울 : 푸른사상, 2015
    p. ;   cm. --

ISBN 979-11-308-0415-6 03810 : ₩15000

한국 현대 소설[韓國現代小說]

813.7-KDC6
895.735-DDC23   CIP2015015502

머리말

도도하면서도 살가운 '소설'과 인연을 맺은 게 2002년 1월이다. 마치 혼인신고를 한 것처럼 그해 1월 1일자 신문에 실린 나의 신춘문예 당선작을 보면서 뭉클했던 기억이 새롭다. 간절히 원했음에도 뜻밖이라 여겨진 행운 앞에서 나는 소설과 함께라면 어떤 절망적인 상황도 거뜬히 이겨낼 수 있다고 생각했다. 등단의 꿈을 이룸과 동시에 문운을 떨치리라는 순진한 생각은 애당초 품지 않았으나 황망하게도 어느새 나는 홀로 공백기 속을 거닐고 있었다. 몇 해가 지나 이번에는 장편소설로 신문과 잡지에 내 이름 석 자를 올려 주목받았지만 사정은 별반 달라지지 않았다. 나에게는 오로지 소설뿐이라는 '일편단심'에 조금씩 금이 가기 시작했다.

오묘한 기분으로 나의 첫 소설집에 실릴 작품들을 한 편 한 편 살펴보면서 수시로 부끄러웠다. 특히 등단 초기에 쓴 소설들을 읽으면서 그랬다. '소설쓰기'의 내공이 웬만큼 쌓인 지금의 눈으로 초기 작품들을 보면 얼마나 어설플까 싶어, 그 퇴고 작업이 만만치 않으리란 생각에 차일피일 미루다 펼쳐본 소설들 앞에서 저절로 머리가 숙여졌다. 문장이 빼어나거나 어떤 문제의식이 돋보였기 때문이 아니다. '그때'의 소설에는 '지금'의 소설에 쑥 빠져 있는 무엇이 흥건했다. 그건 바로 소설을 향한 '순수와 열정'이었다.

컴퓨터 속에서 곤히 잠자고 있던 소설들이 신인 시절의 나를 되찾아줬으니 이번 소설집 출간은 내게 있어 전환기나 다름없다. '소설은 곧 인간학'이라는 누군가의 지당한 말씀을 되새기며 나만의 눈과 머리로 재해석한 세상과 그 안에서 꿈틀거리는 인물들을 하얀 도화지에 차곡차곡 그려 넣자는 다짐도 되살아난다. 나는 작년 9월에 지금까지 살던 땅과는 사뭇 다른 풍토의 공간에 뿌리를 내렸다. '신인'으로서 말이다. 분야가 다른 일인 만큼 시행착오를 겪고 있지만, 순수와 열정으로 들떠 있던 신인 작가 시절의 나를 보는 것 같아 한편으론 흐뭇하다. 책이 나오기까지 마음 써준 여러분들의 노고가 고맙고, 아울러 나의 오랜 문학적 비행을 한결같이 부추겨주는 그와 그녀들에게 뜨거운 마음을 전한다.

2015년 여름의 들머리에서
김설원

차례

꽃밭에 쥐가 산다

꽃밭에 쥐가 산다

주인여자는, 월세가 싼 대신 쥐가 좀 많다고 했다.

"쥐 때문에 사네 못 사네 할 까봐 미리 말하는 거라우. 내가 쥐를 풀었나, 나만 보면 앙알대는 통에 당최 성가셔서. 쥐약 놓고 먹을 거 잘 숨겨놔요. 쥐라고 찍어 먹을 것도 없는 집에 있고 싶겠수?"

눈을 깜박거릴 정도의 짧은 시간에 재빨리 나의 행색을 살피던 주인여자는 쥐가 아니라 뱀이 득실거린대도 짐을 풀 사람이라고 판단했는지 쥐를 개미가 좀 많다는 것쯤으로 말했다. 계약하실라우? 주인여자는 월남치마를 치켜올리며 수돗가에 코를 팽 풀었다.

월세를 선불로 주고 방에 들어앉으니 순식간에 피로가 몰려왔다. 해걸음이 빨라지자 뒤미처 온 어둠이 마당에 차일을 쳐서 빈방이 사위스러웠다. 천장에 걸린 희뜩한 형광등이 백사(白蛇)의 허물로 보여

섬뜩한 마음에 스위치를 올렸다. 장판 위에 알몸을 훤히 드러낸 방은 어수선한 발자국 때문에 몹시 초라해 보였다. 앞서 살던 사람들이 이사하던 날 비가 내렸나. 물기 서린 발자국이 너무 선명해서 쉽사리 지워지지 않을 것 같았다. 단팥빵 먹은 것이 체했는지 속이 더 부룩했다. 허리를 들어올려 명치를 두드리니 신트림이 왈칵 쏟아져 나왔다. 가방을 베고 누워 벗어놓은 외투를 덮었다. 구월인데 한겨울처럼 방에 냉기가 돌았다. 오늘 이 방에서 자려면 홑이불이라도 사야겠다. 아니, 오늘이 아니라 계속 살려면…… 그나저나 당장 뭘 해서 먹고산다지. 떠나온 것만이 최선이었을까.

버스 노선표에서 출발이 가장 빠른 차는 대전행 14시 40분이었고 삼십 분을 기다려야 했다. 터미널은 밥 때가 지난 식당처럼 한산했다. 대합실 기둥에 기대어 감색 재킷에 핀 보푸라기를 떼고 있을 때, 알루미늄 째지는 소리가 정적을 갈랐다. 북어 껍질 오그라들듯 몸에 경련이 왔다. 휴지통에 골인시키지 못한 코카콜라 캔을 발로 툭툭 건드리며 지나가는 청년의 눈빛이 사나웠다. 나는 곧장 화장실로 들어가 변기에 앉아 벽에 다닥다닥 붙어 있는 광고를 보았다. '숙식제공. 월30' '아가씨 급구' '체모 부족 여성 희소식' '돈 즉시 대출'. 승차 시간까지 화장실에서는 누구의 간섭도 받지 않았다.

대전 터미널에 내리자 갈 곳이 없었다. 같은 버스를 타고 왔던 사람들은 택시 승강장으로 내려가거나 마중 나와 있던 사람을 만나고 혹은 누군가를 기다렸다. 나는 두 팔을 앞으로 모아 가방을 움켜쥐고 맥없이 시계를 쳐다보았다.

"아줌마아."

"앗, 뭐예욧!"

나는 깜짝놀라 나도 모르게 소리를 질렀다. 항공 재킷을 입고 소가 혓바닥으로 핥은 것같이 앞머리를 뒤로 바싹 넘긴 사내는 옴마, 아줌씨 뭐 죄졌소? 애 떨어질 뿐혔네, 했다. 무슨 일이냐고 다그치자 택시 운전기사라는 사내가 군산까지 이만 원에 간다며 손가락 두 개를 쫙 폈다. 사람을 기다린다고 짐짓 쌀쌀하게 대꾸하니 그가 사이즈 가늠하듯 내 몸을 훑으면서 군산 이만워언— 하고 말을 길게 늘이며 뒤돌아갔다. 터미널 안으로 들어가 자판기 옆에 있는 가판대에서 정보지를 꺼냈다. 대합실 하얀 기둥에 몸을 기대자 화장실 쪽에서 지린내가 물큰 나고 이어 신물이 넘어왔다. 생각해보니 엊저녁부터 물밖에 먹은 것이 없었다. 방을 구하러 다니려면 뭘 좀 먹어야 했기에 매점에서 단팥빵과 우유를 샀다. 빵을 한입씩 먹을 때마다 주먹만 한 것이 가슴을 도리깨질했다. 콧날이 시큰거리고 눈물샘이 터질세라 얼른 우유를 마셨다. 정보지에 코를 박고 손가락으로 짚어가며 방을 찾아보니 보증금도 없는 싼 방이 눈에 띄었다. 전화를 걸자 여자는 하품 끝 퍼진 목소리로 택시를 타면 대동중학교 후문, 버스를 타면 826번 종점에서 내려 다시 전화를 달라고 했다.

주인 여자의 말대로 동네에 쥐가 많았다. 수돗가 하수구에서 느닷없이 튀어나오는가 하면 곡예하듯 지붕과 지붕 사이를 넘나들었다. 쥐들은 떼로 몰려다녔는데 어쩐 일인지 사람 기척을 안 탔다. 공중전화 부스에서 전화를 걸고 오는데 낮은 담벼락에 쥐 두 마리가 앉아 있었다. 쥐가 몸에 달라붙을 것 같아 엉거주춤, 오른발을 바닥에 퉁퉁 치며 쉿! 쉿! 했으나 꼬랑지를 늘어뜨리고 말똥말똥 쳐다보았다. 살이 뒤룩뒤룩 찐 어미 쥐였다. 이쪽 벽에 바짝 붙어 한 팔로 얼굴을 가리고 잔달음쳤다. 영락슈퍼를 막 돌 때 나처럼 발에 속도가 붙은 고양이가 배추색 대문에서 빠져나왔다. 고양이는 내가 온 길을 쏜살같이 뛰어갔다. 담벼락에 쥐가 있어. 이빨로 콱 물어버려. 몸에 진저리가 나며 저절로 주먹이 쥐어졌다. 전화선에 묻어온 시어머니의 밭은기침 소리가 귓바퀴에 걸려 관자놀이를 쪼아댔다. 세 시에 전화할 테니 직접 받으라고 혜강이에게 단단히 일러두었는데 학교에서 돌아오지 않나. 공중전화의 오십 원이 짤깍 떨어졌을 때, 차들이 꽉 들어찬 도로에서 방정맞은 경적 소리가 튀어나왔고 가랑가랑한 시어머니의 음성에 수화기를 놓칠 뻔했다. 무방비 상태에서 그것은 일순 기력을 꺾이게 했다. 머리카락을 파랗게 물들인 청년이 문을 두드리지 않았다면 의식은 한하고 몸 밖을 헤매었을 것이다. 땅을 디디면 발이 맥없이 빨려 들어가 마치 갯벌에 서 있는 기분이었다. 처음 826번 버스 종점에 내렸을 때처럼 하늘은 손을 뻗으면 닿

을 듯 낮았다. 하늘에 떠 있는 구름은 검숭검숭하고 도로변의 상가
들은 거무튀튀한 먼지를 뒤집어쓰고 있어 둔해 보였다. 종점인 탓에
한두 대의 버스가 항시 대기하고 있었는데 매연 때문인지 동네는 어
둡고 그늘졌다. 시어머니가 편찮으신가. 혜강이는 어디 갔지. 이, 육
시랄 쥐새끼들. 대문 앞에 이르자 주인 여자의 새된 목소리가 담을
넘어왔다. 아쉰소리라도 할 사람인 양 엉거주춤 대문을 열었다.

"망할 쥐새끼들이 쌀자루 귀퉁이를 갉아놨지 뭐유. 쥐약은커녕 고
양이도 당해내지 못하니 이것들을 어떻게 잡아 죽이나."

평상에 고추를 널고 있던 주인여자가 오만상을 찌푸리며 말했다.
고추 매운내에 코끝이 알싸했다.

"그나저나 서방하고 애들은 어쩌고 혼자 사시우?"

냅다 방으로 들어가기가 뭣해서 고추 너는 것을 거드는데 주인여
자가 쥐 얘기를 하다 말고 단도직입적으로 물었다. 남편 회사가 부
도났노라고 말을 얼버무리니 젊은 내외가 돈 벌겠다고 떨어져 있구
먼, 이라고 말하며 혀를 찼다. 말문이 터진 주인여자는 그럼 여기가
객지구려, 아이는 시댁에서 키워요? 살던 데는 일자리가 마땅찮은
가 보네, 구구절절 늘어놨고 나는 그저 고개만 끄덕였다. 비단 요를
깔아놓은 듯 뻘긋뻘긋한 고추에 얼굴이 홧홧거렸다.

"일자리는 구했수? 객지라 수월찮을 텐데 내가 알아봐주까? 마음
한번 잘 먹으면 북두칠성이 굽어보신다고 했수. 용기 잃지 마우."

당장 급한 세간을 사들고 남편에게 전화했을 때 그도 용기 잃지 말라고 했다. 그 당부가 영영 떠나는 사람의 안부인사로 들려 안절부절못했다. 나도 여기서는 못있겠네. 정리되는 대로 서울로 가야겠어. 책, 라이터 켜는 소리가 전화선을 타고 헐겁게 들려왔다. 몸의 기력이 썰물처럼 빠지면서 생필품을 담은 봉지가 손끝에 걸렸다. 피가 몰려 온몸이 저리는 듯했다. 한숨과 함께 빠져나온 담배 연기는 방에서 거실로 거실에서 베란다로 퍼져나갈 것이다. 서울엔 있을 곳도 없잖아요. 몸 하나 있을 데가 없겠나, 걱정 말어. 남편은 애써 태연한 척했지만 나는 그의 떨림을 감지할 수 있었다. 객지 생활이라고는 군대에서 해본 게 전부면서 서울이라니. 사람이 전생에 동물이었다면 남편은 소였을까. 묵묵히 일만 하다가 우시장으로 팔려가는 소. 남편을 우시장에 팔아버린 것 같아 그날 밤 눈꼬리가 쓰리도록 울었다.

"뭘 생각하우? 일자리 말이우, 일자리."

주인여자는 평상을 천천히 돌며 햇살에 반득반득 빛나는 고추를 판판하게 다독거렸다.

"등본 한 통만 떼놔보우. 우리집 양반이 알아보면 구할 수 있을 게야."

"등본요?"

한밤중 생각 없이 걷다가 허방을 디딘 것처럼 쭈그리고 있던 다리가 풀리며 팍삭 주저앉았다. 바로 뒤에 세숫대야가 있었던지 시멘트 바닥에서 쩔거덩거렸다. 주인여자는 엉덩방아 찧는 날 보며 놀라다가 깔깔깔 웃었다. 웃음소리가 따갑게 들렸다. 관심이 지나치면 곤란하지 싶어 남편과 차차 상의해서 움직이겠다고 말을 얼버무렸다.

"근데 어찌 살림이 하나두 없수? 방에 이불밖에 없데?"

"네?"

"아니, 하냥 점심이나 먹을까 해서 불렀더니 기척이 없길래."

주인여자는 능청스럽게 거짓말을 하고 있다. 아까 전화를 걸기 위해 대문을 나서다가 화장실에서 나오는 그녀와 얼핏 마주쳤고 나는 못 본 척 빠져나왔다. 분명 내가 나간 뒤 예리한 더듬이를 세워 방 안을 샅샅이 훑어봤을 것이다. 주인여자는 가스 불에 보리차를 올려놓고 왔다며 황급히 안채로 들어갔다.

방문을 여니 휑뎅그렁한 공간이 얇은 어둠에 싸여 을씨년스러웠다. 구석에 이불과 휴대용 가스레인지가 버리고 간 물건처럼 처량맞게 앉아 있었다. 혜강이가 왜 전화를 안 받나. 아프기라도 한가. 멍하니 눈을 부려놓은 천장과 벽에 노르께한 얼룩이 번져 있었다. 이 방에 살던 사람들은 동키치킨을 즐겨 먹고 만춘향에서 짜장면이나 탕수육을 시켜 먹었는지 방문 손잡이 아래 스티커가 반듯하게 붙어 있었다. 방바닥에 '혜강이'라고 쓰는데 장판 밑이 우둘투둘하고, 장롱 밑으로 굴러 들어간 동전을 찾는 자세로 엎드려 찬찬히 훑어보니 방바닥도 끼우듬했다. 나는 방바닥에 '얼룩'이라고 쓰다가 다시 '승자'라고 썼다.

그날 미더덕을 엉겁결에 씹어 혓바닥을 뎄다고 혀를 덜덜거리던 승자가 일수계를 하자고 했다. 어둔한 발음 때문에 '계'가 '겨'로 들렸다.

"은행에서 돈 빌릴래봐. 보증인을 하나 세워라 둘 세워라 어디 더러워서 해먹겠디? 송금당 주인여자가 계를 하자는데 계주를 믿을 수가 있어야지."

매달 만나는 동창들의 주된 화제는 늘 돈이었다. 나를 제외한 친구들은 가요주점, 식당, 게임방, 팬시용품점, 양계장을 운영했는데 가요주점을 했던 승자가 가장 돈에 허덕였다. 새로 오는 아가씨들마다 곱사등에 짐 지듯 빚을 졌는데 아가씨들이 대도시로 빠져 태부족이라 빚 있는 아가씨라도 감지덕지해야 할 판이었다. 양계장을 하는 미례는 사료 값을 줄 때마다 돈을 융통하지 못해 우는소릴 해댔다. 개중에는 신용불량자인 친구도 있어서 은행 문전에는 얼씬도 못 했다. 승자는 후식으로 나온 커피를 숭늉 마시듯 하며 나를 물끄러미 바라보다가 대뜸 계주를 맡으라고 했다. 그 눈빛이 부녀회장이라도 뽑는 것처럼 네가 제격이라고 말하는 것 같았다. 나는 혜강 아빠가 벌어다주는 돈으로 살림이나 하겠다고 체머리를 흔들며 뒤로 물러앉았다.

"아휴, 곰팅이. 쟤가 돈맛을 모르네. 누군 태어날 때부터 계주야? 내 딴엔 저 생각해서 말하니까 싫다네. 메뚜기도 유월 한철이라고 기회 왔을 때 돈벌어."

오백짜리 일수계를 한다고 했을 때 계주에게 떨어지는 돈이 한 달에 이십오만 원이라고 했다. 어떤 계산인지는 몰라도 집집마다 돈을 걷어 통장에 입금시켜뒀다가 번호 순서대로 태우는 계주의 수고비가 이십오만 원이면 적은 돈이 아니었다. 하루 한두 시간 다리품을 팔면 한 달에 이십오만 원을 벌 수 있다니…… 십 개월이면 이백오십만 원. 식탁 위에 숫자를 써가며 설명하는 승자가 전자계산기처럼 보였다. 말 끝났네. 옥실이가 계주야. 선숙이 숟가락으로 식탁을 딱딱 쳤다.

"아짐마, 아짐마!"

방문 손잡이가 둘둘거렸다. 숨넘어가듯 다급한 목소리에 상체를 벌떡 일으켰다. 손잡이가 빠르게 비틀어질 때마다 밖엣 사람의 신경질적인 얼굴이 보이는 듯했다. 방문객의 화는 점점 더 노골적이었다. 마치 세탁물을 찾으러 갔다가 문이 잠긴 것을 보고 문에 대고 화풀이를 하는 것 같았다. 하거나 말거나 잠자코 있는데 가만 있자 뭘로 따지, 하는 여자의 목소리가 들렸다. 문을 확 잡아당기며 무슨 일이냐고 앙칼지게 쏘아대자 여자는 엄마야! 하며 나동그라졌다. 뒤에 있던 빈 화분에 다리가 걸린 모양이었다. 화분은 투르르르 굴러 처마 기둥에서 멈추었다.

"아으, 엉덩이 빠지겠네. 아짐마, 방에 있으면서 왜 대꾸도 안 해요?"

락스가 튀겨 군데군데 흰 점투성인 추리닝을 입고 엉거주춤 일어서는 꼴이 치질 때문에 괴로워하는 사람 같았다. 여자는 몸을 비비틀며 문지방에 걸터앉았다. 나는 막무가내로 들어온 외판원을 어쩌지 못하듯 우물쭈물 서 있었다.

"나, 주인 아짐마랑 얘기하는 거 들었어요. 방문 닫는 소릴 들었는데 기척이 없길래 죽었나 했지."

여자는 깜빡했다는 듯 입속의 껌을 찾아 풍선을 불었다. 여자는 무슨 말인가를 하려는 눈치였으나 나는 금방 나갈 것처럼 외투를 들었다 놨다 하며 바쁜 척했다.

"아까 들어보니까 일자리도 못 구한 것 같던데 내가 구해줘요?"

여자는 손바닥에 뱉은 껌을 둘둘 말아 뚜두둑 뚜둑 소리 내며 살피듯 쳐다봤다.

"아가씨랑 말할 기분 아니니까 비켜요."

여자를 떠밀며 문을 닫으려는데 미끄덩한 목소리가 스폰지에 물 스미듯 머릿속을 파고 들었다. 아짐마, 혹시 구린 일 있어요?

"집달관이 다녀갔네. 이번 주까지 집을 안 비우면 강제집행 한다느만. 혜강이 전학 문제는 잘 됐어. 살림은 관식이네 창고에 갔다놓기로 혔고."

남편의 목소리가 제대로 들리지 않아 전화선을 흔들고, 수화기를 두드리고, 귓속을 후볐다. 전화기의 문제가 아니고 이 남자가 울음을 애써 참느라 목소리가 흔들리는 것이 아닐까. 생각이 여기서 멈추자 눈앞이 깜깜해졌다. 암흑 속에서 집달관과 강제집행의 글자가 어지럽게 떠다녔다. 집달관 관식은 남편의 친구였다. 사는 데 필요한 최소한의 살림살이와 아이들의 물건은 압류 대상에서 제외된다고 했다. 집달관들이 살림살이에 빨간 딱지를 붙이는 동안 나는 맥없이 걸레를 빨았다. 비누거품을 만지면서 그나마 마음을 진정시킬 수 있었던 것은 압류당하지 않은 아이의 물건 때문이었다. 집달관의 손을 겨우 피한 물건처럼 혜강이도 누구한테든 보호를 받으리라는 믿음이 난도질된 마음을 감싸줬다. 이것으로 끝인가. 악착같이 돈을 모아 장만한 집, 그 빛나던 주소가 이제 우리 집이 아닌가. 나는 가시덤불 속에 갇힌 듯 한 발짝도 움직일 수 없었다. 발을 더듬거려 간신히 집에까지 오는 동안 햇빛은 나를 태울 듯 끈덕지게 따라 붙었다. 방에 들어와 퍼더버리고 앉으니 입에서 지독한 냄새가 났다. 어수선한 머릿속이 잠잠해질라치면 너의 편한 꼴을 볼 수 없다는 듯 입내는 콧속으로 기어들어가 머릿속을 헝클어놓았다. 불불이 일어선 상념들과 입내가 뒤엉키면 나는 습관처럼 방바닥을 긁어댔다. 가해 후에 남겨진 핏자국과 쥐어뜯은 머리칼을 보면 죄의식이 에누리를 받은 듯해서 다소 마음이 편했다. 흐물흐물한 남편의 목소리가 입내와 섞여 몸 구석구석을 헤집으려 했다. 허술한 방, 예리한 더듬이로 나를 관찰하고 있을 사람들 틈에서 발작은 안 될 말이었다. 껌을 찾으려고 가방 속을 뒤지니 손에 수첩이 잡혔다. 사오사 정육점, 마로니에, 양계장, 도쿄 단란주점······ 기역부터 차례로 계원들의 주소와 전화번호가 꼼꼼하게 적혀 있었다.

그해 여름 계주가 됐다고 말하자 낚시 도구를 챙기던 남편은 손등으로 땀을 닦으며 "계주라고?" 했다. 베란다 창문으로 들어오는 후텁지근한 바람에 목덜미가 끈적거렸다.

"계주라면, 당신이 계를 한다고?"

남편은 엄지발가락으로 선풍기의 강풍을 눌렀다. 남편의 머리가 부챗살처럼 퍼져 갈기를 세운 사자 같았다. 모임에서 오갔던 일수계 얘기를 하자 남편은 빚지지 않고 사는 것만으로도 만족한다며 탐탁지 않은 얼굴을 했다. 나는 일수계를 함으로써 얻게 될 이득을 거실 바닥의 낚시 바늘처럼 늘어놓았다. 저녁 일곱 시가 다 되었는데 밖은 여전히 밝았으며 밥 때도 잊은 채 아파트 광장에서 와와거리는 아이들의 목소리가 선명히 들려왔다.

"그렇게 하고 싶으면 혀봐. 일을 크게 벌이지는 말고 힘들다 싶으면 얼른 손 떼."

미끼로 쓸 지렁이를 사러 갔던 혜강이가 쌕쌕거리며 들어왔다. 땀

이 홍건한 이마에 머리카락이 달라붙은 혜강이는 백 미터 달리기를
막 끝낸 선수 같았다.

"미광 낚시에 지렁이가 없어서 사거리까지 갔다 왔어요."

"없으면 그냥 오지 더운디 뭘라고 거까징 갔다 와. 내일 가다가 사
믄 되지."

남편이 연두색 뚜껑을 열었다. 촉촉한 흙 속에 지렁이가 꿈틀거렸
다. 모래 속에서 알을 까고 기어 나오던 거북이 새끼를 보았을 때처
럼 작은 흥분이 일었다.

"일 번은 이만이천 원, 이 번은 이만천 원, 자, 이런 식으로 하면
십 번은 만삼천 원이지? 이렇게 해서 달셈 하면 오백이십오만 원야.
여기서 오백 태우고, 이십오만 원은 니가 갖는 거야. 그러니까 일 번
은 일찍 타는 대신 육백육십만 원 내고 오백 타는 거고, 끝번은 이자
가 붙어서 삼백구십만 원 내고 오백 타는 거야. 넌 끝번이니까 꿩 먹
고 알 먹기지? 문방구에 가서 계 장부 수첩을 사. 날짜를 쭉 적고 하
루하루 돈을 받을 때마다 도장을 찍어."

계주를 해봤던 승자는 가요주점 구석진 룸에 나를 앉혀놓고 비법
을 전수하는 사람처럼 꼼꼼히 설명했다. 엉덩이만 슬쩍 가린 치마에
가슴이 깊게 파인 민소매 조끼를 입은 승자의 몸매는 파란색 조명
때문에 더욱 뇌쇄적으로 보였다. 예전에 가수 소방차가 유행시킨 통
넓은 디스코 바지와 알록달록한 블라우스를 입은 나는 승자에 비하

면 구닥다리 촌여자였다. 가게에서 보니까 너 근사하다아. 승자의 허벅지를 툭 치자 탄력이 전해왔다.

"너도 이제 돈 버니까 옷 좀 사 입어. 누가 널 삼십 대로 봐. 우리 친정 엄마래도 믿겠다. 수금 다닐 때도 폼나게 입어야 대우를 받는다구."

승자는 고등학교 동창들과 상가 주인들을 모아 계를 짰고 여름이 무르익어갈 때 우리의 첫 일수계가 시작되었다.

수첩을 가방에 넣고 단물 빠진 껌을 벽에 붙였다. 아짐마, 혹시 구린 일 있어요? 미끄덩한 목소리와 느물느물하던 눈빛이 머릿속에서 지워지지 않았다. 허술하게 지은 방에 틈이 있어 사람들이 나를 훔쳐보고 있는 걸까. 방 안을 샅샅이 살펴보았다. 작은 창문도 신문으로 가리고 테이프를 붙여놨다. 방 앞에서 아짐마, 아짐마, 하며 여자가 수선을 떨던 날 사람을 어떻게 보고 막말을 하느냐고 핏대를 올리자 자기는 요 아래 청자다방에서 일하는 장춘미라고 했다. 춘미라는 여자의 방문 이후 한껏 부풀다 굳어지는 달고나처럼 마음에 불안감이 둥그렇게 찍혔다. 파란 줄무늬가 어지러운 이불은 뻣뻣한 포대 같았다. 이불을 접어 그 사이에 몸을 넣으니 이불과 몸이 겉돌았다. 붕 뜬 이불 사이로 옅은 바람이 들어왔다. 이제 보니 방문의 문새가 맞지 않아 틈이 생겼다. 한쪽 눈을 감고 보면 마당의 수도꼭지가 틈 안에 들어오고 지나가는 사람도 알아볼 수 있겠다. 옆방 여자가 이

틈으로 날 봤을까. 정보지를 읽거나, 휴대용 가스렌지 위에서 끓고 있는 라면을 물끄러미 바라보거나, 이불을 덮고 있는 구부러진 몸뚱 어리. 창문 쪽으로 다시 몸을 돌렸다. 창문을 가린 신문에 잔광이 스 몄다. 신문에 박힌 글자들이 발그레한 빛에 들떠 보였다. 바람이 한 바탕 불었다. 쓰르릉 쓰르릉 양은 대야가 바닥에서 비칠거리고 대문 이 끽끽거렸다. 사방은 다시 고요해졌다. 바람은 적막을 깨뜨린 것 이 아니라 오히려 텅 비어 있음을 상기시켰다. 파다닥 — 놀라 벌떡 일어났다. 소리가 더 맹렬하게 들려왔다. 고막이 이끄는 곳은 천장, 쥐였다. 쥐의 이동에 따라 눈동자를 움직였다. 어느 순간 천장의 쥐 들이 우르르 쏟아지지 않을까. 놀란 입속으로 쥐가 들어간다면, 캑 캑. 목을 움켜쥐었다.

"쥐 때문에 골치여. 쥐새끼들이 종이를 갉아놔서 전부 못쓰게 됐 어. 꼭 사과 베어 먹은 거 마냥 갉아놨드라니까."

그날 귀가한 남편은 불쑥 쥐 얘기부터 꺼냈다.

"세상에서 가장 골칫거리가 뭔 줄 알어? 쥐여, 쥐. 먹어치우는 식 량이 엄청나고, 전선을 갉아대서 불도 내고, 심지어 건물까지 무너 뜨린댜. 약을 놔도 소용읎서. 눈치가 빨라 슬슬 피해다님서 일을 저 지르니께."

회사에서 골칫거리였던 쥐 때문에 남편은 쥐의 습성을 잘 알고 있 었다. 신문지를 둘둘 말아 천장을 힘껏 쳤다. 뜻밖의 공격에 놀란 쥐들이 우당탕 흩어졌다. 우당탕 소리와 함께 일어선 먼지가 쥐털 같아 몸이 근질거렸다. 이불 안에 다시 몸을 넣었다. 깊은 밤에는 몸도 어둠의 일부였다. 몸이 어둠의 일부여서 내가 어둠이 됐듯이 '일부'라는 것은 '동일하다'는 의미와 같았다. 그런 때가 있었다. 내가 남편의 일부, 남편이 나의 일부, 혜강이가 우리의 일부. 낯선 곳에 짐을 풀고 미미한 소리에도 겁을 먹었던 것은 이제 우리가 동일하지 않다는 불안감 때문이었다. 나는 지금 옆방 여자를 기다리고 있다. 그녀의 발소리가 들리면 씻기를 기다렸다가 노크할 것이다. 수업료를 내지 못했다는 혜강이의 말을 듣고 여태 빈방에서 죽치고 있는 내 꼴이 가증스러웠다. 일자리가 없는 것은 아니었으나 동사무소에 등본 떼러 가기가 불안해서 엄두를 내지 못했다. 옆방 여자에게 사정 얘기를 하면 일자리를 얻게 될지 모른다. 대문이 열리고 뚜걱거리는 여자의 발소리가 들렸다. 마른침을 삼키며 여자에게 할 말을 되뇌어 보았다. 만약 일을 하게 되면 선불을 받을 수 있을까. 보폭이 큰 또 다른 발소리가 들렸다.

"썩을, 주말도 아닌데 여관에 방이 없어? 씻을 데는 있냐?"

남자가 볼멘소리로 말했다. 옆방 문이 닫혔을 때 천장의 쥐들이 일제히 일어섰다. 쥐들이 본격적으로 활동하는 시간이었다.

통장의 돈은 이스트를 넣은 밀가루 반죽처럼 나날이 부풀어갔다. 저녁을 먹고 나면 상가에 돈을 걷으러 다녔다. 처음에는 낯설어 계주가 된 나는 남편을 옆에 끼고 다니면서 돈을 받으면 부리나케 나왔다. 내가 돈벌이를 하자 집에 생소한 윤기가 흘렀다. 비록 내 돈은 아니었지만 나날이 불어가는 통장의 돈이 든든했다. 새 옷은 차츰 몸에 익숙해졌다. 매일 밤 한두 시간 수고를 하여 생긴 돈으로 혜강이를 음악학원에 등록시키고 남편에게 값나가는 낚시 장비를 마련해주었다. 가욋돈은 도깨비방망이 같았다.

"계가 잘 돌아가니까 천만 원짜리 하나 더 짜지."

일곱 번째로 계를 탄 '앗싸 노래방' 여자가 밥을 사는 자리에서 차림표를 보고 있던 승자가 불쑥 말을 꺼냈다.

"찬바람 나서 장사 재미도 쏠쏠한데 돌려봐. 이번엔 나 일 번 주라. 사료비 챙겨야 하는데 택두 없어."

물수건으로 손가락 사이사이를 닦던 미례가 맞장구쳤다. 승자의 말대로 계는 잘 돌아갔다. 여름 비수기에는 곗돈을 밀리는 경우가 종종 있어서 좀 애를 먹었지만 찬바람이 불자 계원들의 장사에 맛이 들었다. 하던 계를 마저 끝내고 새로 시작하고 싶었으나 승자와 미례의 성화에 새로 계를 짰다. 무엇보다 계주 노릇 칠 개월 만에 제법 빠르게 돌아가는 머리로 따져보니 만만찮은 수입에 구미가 당겼다.

"옥실아, 마로니에 커피숍 말야. 가게 확장한다고 대출받는데 보증인이 필요한가 봐. 니가 해줘. 계주가 그런 편리를 봐줘야 돼. 계는 사람이 재산이거든."

계를 다시 짜면서 수금할 집이 많아졌지만 그만큼 수입이 늘어났다. 적지 않은 돈이 수중에 들어와서 계획했던 일들이 착실하게 이루어졌다. 내가 승용차를 사자고 말하자 밥그릇에 물을 따라 휘휘 돌리던 남편이 어벙벙 쳐다봤다.

"뱁새가 황새 쫓아가려다 가랭이 찢어져뿌려. 차 한 대 굴리는 것이 자식 키우는 거나 똑같어. 그냥 살던 대로 살지."

남편은 쿠루룩 트림을 뱉는 것으로 말머리를 돌렸지만 차가 있으면 시골 어머니에게 자주 내려갈 수 있다는 말에 반승낙을 했다. 사실 승용차 구입쯤은 무리가 아니었다. 승자와 나는 내친김에 다시 계를 짜기로 입을 맞췄으니 말이다.

"아짐마, 그럼 계가 빵꾸 나서 도망쳤어요?"

춘미가 담배를 빨 때마다 담뱃불이 발광했다. 담배 연기가 얼굴에 풍겨와 목이 컬컬했다.

"미친년들 지들 살겠다고 친구를 고소해? 그리구 일 번은 왜 남줘요? 일 번 타서 돈을 굴려야지. 그년들 첨부터 계획적으로 아짐마를 끌어들인 거 아냐?"

그녀는 담배꽁초가 수북한 재떨이에 침을 뱉어 담뱃불을 끄더니 그것을 발로 쭉 밀었다. 벽에 부딪쳐 꽁초 하나가 튀어나왔다.

"하긴, 돈 앞에서 의리가 다 뭐야. 아짐마 처음 봤을 때 대충 알아봤어. 도망 다니는 사람 눈엔 귀신같이 보이거덩."

침대 시트의 수술을 만지다가 춘미를 쳐다봤다.

"나 원래 룸싸롱 출신인데 빚이 삼천예요. 울릉도까지 팔려 갔다가 목포에서 룸싸롱 개업하는 사장이 구제해줘서 뭍에 올랐는데 흙냄새 맡으니까 환장하겠데. 밤에 도망쳤어. 아는 순경한테 뚜들겨 보라니까 기소중지자래. 답답하긴 해도 숨어 있기 좋고 청자 다방 차순이도 할 만해."

당신과 같은 처지니 마음 푹 놓고 얘기하라는 뜻인지, 내 신세를 위로하려는 것인지 춘미는 남 얘기하듯 자기의 치부를 드러냈다.

옆방 여자 춘미를 기다리던 날 밤 남자의 발소리에 입속의 말은 온데간데없어졌다. 말과 함께 덩달아 잠도 사라져 한결 예민해진 청각과 밤새 싸움을 했다. 밤새도록 끙끙대는 소리와 쏠락거리는 쥐들의 움직임에 시간은 더디 가고 그것은 기껏 달래놓은 정신까지 헤질러놓았다. 돈이 필요했다. 더도 덜도 말고 혜강이 수업료만큼만. 아파트 중도금까지 결딴낸 염치로는 언니에게 도저히 전화할 수 없었다. 결혼 삼십 년 만에 내 집을 갖게 됐다고 언니가 좋아라 했는데 그 꿈을 산산조각 낸 위인이 수업료 부탁을 어찌 한단 말인가. 나는 그대로 있다가는 질식할 것 같아 동굴이나 다름없는 방에서 뛰쳐나왔다. 내 머릿속을 들여다보는 것 같은 밤길은 낯설고 비좁았다. 가로등은 고사하고 달빛마저 비치지 않는 길을 더듬어 전봇대에 기대었을 때는 벼랑에 선 것처럼 한발짝도 뗄 수 없었다. 누군가 어둔 벼랑에서 나를 구해 줬으면, 남편의 체취가 스민 침대로 나를 데려다 주면 좋겠다……. 멀리 보이는 공중전화 부스의 불빛에 퍼뜩 정신이 들어 뛰어갔다. 스물세 번의 전화벨이 울린 후에 잠에 절은 승자의 음성이 들렸다. 옥실이라고 말하자 잠에 짓눌렸던 목소리가 금세 또랑또랑해졌다.

"부탁이 있는데, 우리 혜강이한테 돈 좀 부쳐줄래. 수업료를 못 냈대. 수업료만 부쳐주면 돼. 해줄 수 있지."

"나 살기도 팍팍해. 너 없어지는 바람에 우리 집도 시끄러웠어. 계원들이 찾아와서 말야. 혜강이는 일 년 쉬게 하지 그러니."

안부를 물을 때는 유들유들하던 승자의 목소리가 수업료 얘기에 뻣뻣해졌다. 그 말이 도망 다니는 주제에 애 교육까지 신경 쓰느냐는 투로 들려 열이 치밀어 올랐다. 일 년을 쉬게 하라니, 너도 자식 키우면서 할 소리야? 내가 누구 때문에 이렇게 됐는데. 집도 없어지고 우리 가족도 뿔뿔이 흩어졌다구. 이게 순전히 내 탓이야? 분한 마음에 울먹이며 지껄였다. 새벽에 전화통 붙잡고 우는 꼴이 불쌍해서라도 돈을 부쳐주리라 생각했으나 승자는 서둘러 전화를 끊어버렸다.

청자다방에서 밤늦게 들어온 춘미가 방문을 살짝 두드리며 세수비누를 빌려달라고 했다. 다시 여자에게 말할 수 있는 기회가 왔다.

"저, 아가씨……."

"아가씨라고 부르지 말고 춘미라고 해요. 하루 종일 듣는 것도 지겨워."

여자의 얼굴에 콧살이 졌다. 콧살이 뭐든 거부한다는 뜻만 같아서 선뜻 입이 떨어지지 않았다. 선반 위에 올려놓은 비누를 주고 문을 닫으려는데 아무 때나 따분하걸랑 놀러 오라며 춘미가 눈짓을 했다.

줄담배를 피우면서 청자다방까지 오게 된 사연을 늘어놓던 춘미가 냉장고에서 맥주를 꺼냈다. 영하의 온도에 길들여진 맥주는 느닷없는 온도 변화에 하얀 부스럼을 일으켰다. 그것이 외딴 도시에서 갈팡질팡하는 내 모습만 같아서 힘주어 맥주병을 쓸어 내렸다. 물기 밴 손바닥이 시렸다.

"술 마실 줄 알아요?"

술 한잔 마시고 본격적인 심문에 들어가겠다는 듯 춘미의 눈빛이 곧았다. 서울우유 마크가 찍힌 컵에 쏟아지는 노란 물이 내 몸에서 짜낸 썩은 즙처럼 보였다.

"승자라는 여자 지 감기도 남 안 줄 년이네. 수업료가 몇 푼 된다구 개떡 같은 소릴 지껄여? 쫓아가서 주둥이를 확 찢어놓지. 앞 번호 타 먹고 계가 깨졌으면 돈도 내놔야겠구만. 아짐마 도망쳐서 그년만 신났겠네."

장사가 신통치 않다고 며칠씩 곗돈을 밀리던 사람들이 가게 문을 닫고 연락을 끊었다. 승자는 미성년자 고용으로 육 개월 영업정지를 받았고 어떤 계원은 가정불화로 집을 나갔다. 대개가 곗돈을 탄 사람들이어서 사태가 심각했다. 계주라는 책임감 때문에 언니의 아파트 중도금과 적금을 헐고 사채 돈까지 빌려 꾸역꾸역 계를 태웠지만 더 이상은 힘에 부쳤다. 가지 친 계의 규모를 뒤늦게 알게 된 남편은 너무 황당해서 화내는 것조차 잃어버렸는지 연신 줄담배만 피워댔다.

"우리는 무작정 못 기다리겠수다. 당신 남편이 언제 주겠다는 차용증이라도 써주면 모를까."

사오사 정육점 송사장의 지휘하에 계원들은 남편에게 차용증을 받았다. 그 안에는 친구들도 있었다. 일수계가 물거품이 되었을 때 남편이 먼저 이혼 얘기를 꺼내주기 바랐다. 이혼을 원한다면 미련 없이 도장을 찍어주리라고, 출근 가방을 옆구리에 걸치고 허청허청 걸어가는 남편을 바라보며 마음을 다잡았다. 하지만 남편은 침착하게 앞장서서 계원들을 만났다.

"애초부터 말리지 못한 내 잘못이네. 계주를 하게 했다니…… 내 마음에 뭐가 씌었던가벼."

이럴 바에는 차라리 이혼하자고 들썩이거나 매를 맞는 것이 편할 듯 싶었다. 승용차 포기각서를 쓰고 계원들이 회사로 쫓아가 난동을 부릴 때에도 의연하던 남편은 경매 통지서가 날아왔을 때 비로소 베란다의 행운목을 보며 흐느꼈다. 밑동이 갉힌 기둥은 위태로웠다. 차용증을 써준 것으로 계원들은 잠잠했지만 이번에는 보증 건이 발목을 붙잡았다. 계원들의 편리를 봐준다는 명목으로 보증을 섰는데 그게 또 탈이 났다. 남편 월급은 압류당하고 법원에서 경매 통지서가 수시로 날아왔다. 전화벨이 장대비처럼 무섭게 쏟아졌다.

"얼라? 전화를 다 받네. 아줌씨, 왜 이자 안 주슈? 사채업자 썽깔 더러운 거 몰라? 섬에서는 나이 처먹은 것들도 쓴다니까 거기다 팔아버리기 전에 빨리 갚어!"

춘미는 막잔을 비우고 침대 위에 벌렁 드러누웠다. 씨, 무좀이 여태 극성야. 정신없이 긁어댄 춘미의 발바닥이 뜨거운 물에 덴 것처럼 벌겠다. 맥주를 반잔 마셨는데 얼굴이 화끈거리고 머릿속이 근질거렸다.

"뭘 도망쳐요. 까짓것, 돈 갚지 말고 깜방 가서 몸으로 때워버리지. 나 좀 봐, 지도 도망 다니는 주제에."

침대 아래 뭉쳐 있는 이불을 발가락으로 집어 올리며 춘미가 허공에 웃음을 쏟아냈다.

"무서웠어. 정말 섬으로 팔려가지 않을까. 교통 순경만 봐도 멈칫하는데 조사를 받으러 오라니. 내가 교도소에 가면 혜강이는 어쩌나, 도망 다니면서 목소리라도 듣는 것이 낫겠다 생각한 거야."

압류된 살림살이가 곤도라에 실려 땅으로 곤두박질칠 때 출석 요구서를 받았다. 속 빈 강정 같은 집에서 곤도라의 쇳소리만 거칠게 맴돌았다. 산소호흡기가 필요할 만큼 숨이 차고 낮은 천장에 몸이 짓눌리는 듯했다. 죽어도 경찰서는 못 가. 출석 요구서를 갈기갈기

찢어 화장실 변기에 버리고 물을 내렸다. 물에 휘말린 종잇조각처럼 나도 변기 속으로 빨려 들어가고 싶었다. 일곱 번의 이사를 다니며 어렵게 장만한 살림살이가 끌려 나가는 것을 보이기 싫어 남편과 혜강이를 미리 시댁에 보냈다. 불시에 경찰이 들이닥칠 것만 같아 가슴이 뛰었다. 계원들이 고소했어. 잠시 피해 있을게. 남편에게 메모를 남겨놓고 고양이에게 쫓기는 쥐처럼 아파트를 빠져나왔다.

먹빛 창문에 떠 있는 형광등이 탈색된 몸뚱어리 같았다. 모든 기능이 하얗게 타버린 빈 몸, 그만 오싹해서 스위치를 찾았다. 크아악—춘미는 배꼽을 드러내고서 곯아떨어져 있었다.

춘미의 소개로 청자다방에 일자리를 얻었다. 서로에게 마음을 털어놓은 후 춘미는 수시로 노크하며 보온병에 커피를 담아다주고 주전부리 할 것을 던져놓았다. 마음성이 고운 여자였다. 청자다방의 주방 일을 오래 할 수 있는 것은 아니었다. 청자다방의 주방 살림을 맡은 여자가 피치 못할 사정으로 자리를 비워서 며칠 봐주기로 했다. 일당은 삼만 원이었다. 배달 가는 춘미에게 어렵게 받아낸 선불을 송금해달라고 부탁했다. 보온병에 커피를 붓자 얼굴에 뜨거운 김이 달라붙어 따끔했다. 엄마, 내 걱정 마. 여상 가서 빨리 돈 벌게. 보내는 돈으로 수업료부터 내라고 전화하자 어린것이 나를 위로했다. 혜강이의 건조한 음성이 수증기와 섞여 눈앞이 뿌옜다. 학교에 가려면 이십 분을 걸어야 하고 다시 버스를 두 번 갈아타야 한다고

했다. 곧 겨울이 닥칠 텐데 논두렁의 칼바람을 어떻게 견딜까. 피아
노를 사주던 날, 음대에 진학해서 선교 합창단원이 되겠다며 깡쫑거
리던 혜강이의 얼굴은 박꽃 같았다. 혜강이가 원하는 것이면 무엇이
든 해주고 싶었는데 결국 아이의 마음에 흉터를 남기고 말았다. 다
리가 후들거리고 손에 식은땀이 났다.

　다방은 일 층인데도 온종일 불을 켜 놓았다. 배달과 손님이 끊기
자 마담은 대형 수족관이 있는 홀 중앙에만 불을 켰다. 춘미와 다른
아가씨는 배달을 갔고 다방에는 나와 마담 그리고 수족관 앞에 오십
대 후반의 늙수그레한 남자가 앉아 있었다. 느릿느릿 유영하는 물고
기가 남자의 머릿속을 들락날락거렸다. 커피잔을 씻어 뜨거운 물에
담가놓고 마담이 내놓은 빨래를 했다.

　"돈 줄 테니 빨래할래요? 수입이 짭잘한데."

　마담의 눈에도 내 꼴이 궁색해 보였는지 돈벌이를 알려주었다. 마
담이 던져놓고 간 빨래는 속옷과 추리닝이었다. 아가씨들이 세 명,
그 빨래만 해도 돈이…… 아줌마, 마포걸레 가져와요. 마담의 거친
목소리에 주물거리던 팬티를 놓고 후다닥 뛰어나갔다. 노른자가 터
진 쌍화차가 바닥에 흥건했다.

　"빨리 닦아요. 사장님은 조심하잖구. 아유, 아까워라. 다시 시켜야
죠?"

　"못 보던 아줌마네. 새로 왔소?"

별안간 남자의 손이 엉덩이를 더듬거렸다. 흠칫 물러서다가 마포대로 수족관을 쳤다. 물고기들이 수족관 유리에 몸을 부딪치며 부산하게 움직였다. 검은 물이 잔뜩 밴 마포걸레를 들고 주방으로 부리나케 가는데 느끼한 남자의 목소리가 들렸다. 아줌마도 한잔 먹소.

"아가씨들이나 조사한대두 그러네. 월급 받고 일하게 됐는데 증말 왜 그래. 일자리 구하기가 쉬운 줄 아나 봐. 딴 데 가면 등본 가져 오래지? 동사무소 가면 신원조회해서 잡아간다니까."

거울 속 춘미의 얼굴은 클렌징크림이 범벅되어 가면을 쓴 것 같았다.

"무서워서 못 있겠어. 단속반이 자주 나오잖아."

"아짐마는 순하게 생겨서 염려 없어. 검문할 때도 인상 더러운 사람만 확인하잖어. 그만한 배짱도 없이 도망쳤단 말야?"

청자다방까지 가는 길은 간밤에 내린 비 때문에 질척거렸다. 굴다리에 이르렀을 때 어디선가 날 부르는 소리가 들려 사방을 두릿거렸다. 정차 중인 버스의 시동 소리와 칙칙한 가로수, 인적이 뜸한 타지에서 날 부르는 사람이 있을 리 없었다. 몸이 허약해지면 헛것이 들린다더니, 닳아빠진 기력 때문일 것이라고 생각했다. 도로에 희미한 불빛이 퍼지고 트럭이 굴다리 안에서 미끄러지듯 나왔다. 젖은 도로와 바퀴의 마찰에 차르르 차르르 키로 곡식을 까불거리는 소리가 났다. 트럭의 꽁무니에 매달린 바람이 새벽 공기를 가르자 뭔가 쿨럭했다. 아! 영화 포스터가 겹겹이 기움질 돼 있는 담장 옆 현수막이 마지막 경고라는 듯 살기를 번뜩이며 날 노려보고 있었다. '기소중지자 자수 기간' 다방을 향해 허겁지겁 걸었지만 몸은 제자리였다. 현수막의 시뻘건 글자들이 낙하하여 몸을 옭아맬 것 같았다. 다방 셔터를 열고 들어가 밥을 안치고, 커피를 내리고, 탁자 위의 술병을 치우는데도 현수막의 글자가 내 주위에 말뚝을 박았다. 도망자라는 이름이 사지를 동여맨 것은 그날부터였다.

"어으쳐, 목욕탕 딸린 방으로 빨랑 이사 가야지. 얼어 죽겠어."

춘미의 촉촉한 퍼머 머리가 물에 불린 미역같이 반들반들 탐스러웠다. 머리를 아래로 꺾자 벌린 다리 사이로 한 타래의 머리가 쏟아졌다.

"아직도 우거지상이유? 빨리 가서 자."

그녀는 '월명 해수탕 개업'이라고 찍힌 파란 수건으로 머리를 꾹꾹 눌렀다. 대충 닦은 머리를 손가락으로 훑어 내리자 머리카락이 술술 빠졌다. 머리를 움직일 때마다 드라이기의 따뜻한 바람이 언뜻언뜻 와 닿았다.

"나, 자수할까?"

춘미는 커튼을 확 제치듯 머리를 걷어 올렸다. 쑥대강이 머리에 매달려 있는 얼굴이 일그러졌다.

"미쳤수? 자수하면 바로 깜빵행이야. 공소시효라는 게 있잖아. 그 기간만 버텨."

"불안해서 어떻게 살아. 내가 요새 어떤 줄 알어? 슈퍼에 가는데 도 살피고 가."

"한두 번 봤게? 아짐마를 보면 딱 수상한 사람야. 할 일 없는 놈팽 이가 신고래도 해봐. 바로 쇠고랑 차지."

춘미는 재떨이에서 피우다 만 담배를 주워 불을 붙였다.

"새끼는 촌에서 지가 밥해 먹고 학교 다니고, 애 아빠는 피천 한 잎 없이 일자리 구하러 인력센터 기웃대고. 남편이 공사장에서 일하 다가 다리를 다쳤대. 그이 말야, 영풍제지를 천직으로 알고 살던 사 람야. 착하게 살아서 좋은 직장 생긴 거라고. 그이는 나 월급 갖다주 는 재미로 산다고 했어. 자수 기간에 자수하면 참작이 된다던데. 아 이엠에프 후에 처벌이 완화돼서 벌금형일 수도 있대."

"하이고, 말마. 그런 거 지들 껀수 올릴라구 떠드는 수작야. 아짐 마는 계건이라 바로 철창이래두?"

결국 청자다방의 주방 일을 그만두었다. 춘미는 일을 그만두니 속 이 편하냐며 빈정댔지만 가끔 일자리를 알선해주었다. 다방의 주방 아줌마나 아가씨가 나오지 않으면 대타로 일을 했는데 하루나 이틀 이 고작이었다. 지금 일주일째 방에 누워 있다. 춘미가 소개해준 인 동다방으로 일하러 갔을 때 이십 대 후반으로 보이는 여자가 손님 없을 때 빨라며 비닐봉지를 던졌다. 봉지에는 분비물이 말라 꾸덕꾸 덕해진 팬티 여러 장과 브래지어가 들어 있었다. 주방 청소 때문에 시간이 없겠다고 말하자 벽에 등을 대고서 화장을 고치던 여자가 콤팩트를 딱 닫았다.

"뭐예요? 이 아줌마가 식지도 않은 대갈빡에 또 열 받게 허네. 빨라면 빨지 뭔 개소리야?"

여자가 포달을 부렸다.

"이봐요, 서로 처음 보는 사이에 말본새가……."

순식간의 일이었다. 여자가 머리를 거머챘다. 여자의 무엇이든 잡으려고 손을 뻗었지만 손은 허공에서 허우적거렸다. 문 앞에 있던 하이힐을 밟는 바람에 무릎이 꺾였다. 걸레를 담가놨던 세수 대야가 뒤집어져 옷이 젖고 어깨마디가 삐끗했다. 주인여자와 종업원들이 매달렸으나 억센 힘을 당하지 못했다. 남자 손님들이 달려와 말리자 여자는 그제야 손을 놓았다.

"너, 오늘 재수 좋은 줄 알아. 씨앙, 팬티 빨기 싫으면 집구석에 처박혀 있을 일이지 여기는 왜 끄데와!"

빨간 색연필로 죽죽 그어놓은 것 같은 생채기는 희미해졌지만 눈 밑에 움푹 패인 손톱 자국이 좀체 가라앉지 않았다. 손톱자국은 분명 흉터를 남길 것이다. 가을의 소소한 잔광이 방 안에 스몄다. 어깨 위에 내려앉은 빛이 무거웠다. 투두두둑 툭툭…… 천장에서 들려오는 쥐의 발소리는 이 방에 처음 왔을 때보다 둔탁했다. 갈수록 살쪄가는 쥐. 요새는 서울에도 쥐가 극성인가 보네. 혼잣말을 하던 주인

여자가 방문을 노크했다.

"많이 아프우? 요 앞에서 옆방 아가씨를 만났는데 이거 주랍디다. 심심헌께 쪼가리 신문이라도 보우."

주인여자는 과일 봉지와 신문을 방에 들여놓았다. 말상대를 찾는 눈치였으나 내가 잠자코 있자 아무렇게나 벗어놓은 신발을 발로 밀어 나란히 놓았다. 저녁이나 안쳐야겠네, 다음주엔 김장 해야겠구나. 군청색 앙고라 스웨터를 움켜쥐고 걸어가는 어깨에 찬바람이 일었다. 주인여자가 놓고 간 신문은 세 장이었다. '서울 종로 1가 제일은행 빌딩 앞 소공원 꽃밭에 흉물스런 쥐떼가 나타났다. 쥐떼는 비둘기 모이를 빼앗아 먹거나 꽃밭의 풀을 뜯어먹기 위해 즉시로 출몰……' 주인 여자가 이 기사를 읽었나 보았다. 낱장 신문에는 각 호텔에서 기획한 크리스마스 이벤트가 실려 있었다. 신문을 펼쳐놓고 사과를 깎았다. 한 입 베어 물었을 때 박스를 깔고 신문지를 뒤집어쓴 노숙자 사진이 눈에 들어왔다. 사진은 "내 쉴 곳은 서울역 지하도 바닥 1평"이라는 부제를 달고 지방에서 올라온 사람도 상당수라고 쓰여 있었다. 신문을 덮어쓴 이가 혹 남편은 아닌가. 베어 문 사과가 방바닥에 떨어졌다.

고막을 건드리는 소리에 눈을 떴다. 밖은 까뭇하고 말소리는 창문에서 들려왔다.

"아짐마, 나 춘미야. 문 열어, 급해."

숨죽인 목소리가 급하게 들렸다. 문고리를 풀어 창문을 열었다. 불쑥 머리를 들이미는 바람에 뒤로 물러서자 춘미는 빨리, 하며 손짓을 했다.

"아짐마, 나 도망가. 화투치다가 걸렸어. 인동다방 그년이 찌른 거 같아. 내 방 물건 아짐마 가져. 그리구 자수할 생각 말고 끝까지 버텨. 잠잠해지면 다시 들르게."

속사포로 말을 쏟아내던 춘미는 말할 틈도 주지 않고 바람 속으로 사라졌다. 눅눅한 담뱃내가 콧속에 퍼졌다.

군산으로 가는 막차는 여섯 시다. 이불과 휴대용 가스레인지, 그리고 방에 있는 춘미의 짐들은 알아서 처분하라는 메모지를 창문 틈에 끼워놓았다. 담뱃내를 풍기며 바람 속으로 사라진 춘미는 오지 않았고 살찐 쥐들은 어디든 서식처를 만들었다. 어떤 여자가 춘미의 방을 보러왔다. 동키치킨과 만춘향의 스티커를 바라보며 두 여자가 가기를 기다렸다. 주인 여자가 중매쟁이처럼 말을 늘어놓는 동안 세 들 여자는 예, 소리만 두 번 했다. 불이 꺼질 듯 말 듯 여자의 목소리는 끄먹끄먹했다. 금속 단추가 대리석 바닥에 떨어지듯 주인 여자의 목소리가 쨍강거렸다. 그런데 말이유, 월세가 싼 대신 쥐가 좀 많아.

〈2000년 계명대문학상 수상작품〉

은빛 지렁이

은빛 지렁이

김산부인과를 나오자 눈에 띈 것은 이발소의 사인보드였다. 원통 안에서 구불구불 도는 청색과 적색 기둥은 내 몸속의 혈관을 확대시켜 보는 듯했다. 사인보드의 일정한 속도를 보고 있자니 몸속의 피가 한없이 빠져나가는 것 같아 어질머리가 났다. 욕지기가 나서 바닥에 침을 뱉으려는데 이발소 앞에 살집 좋은 개들이 흘레붙고 있었다. 암캐 등에 올라탄 수캐의 실한 뒷다리 뒤에서 또 다른 암캐가 꼬리초리를 바싹 말고 허둥거렸다. 그때, 이발소 대나무 발이 확 제쳐지며 남자가 찬물 한 바가지를 끼얹었다. 개새끼들이 아침부터 재수 없게! 난데없는 물세례에 다리가 꺾인 개들이 몽롱한 표정으로 후다닥 흩어졌다.

간호사가 건네준 처방전으로 약을 사야 했으나 아침부터 재수 없다던 새된 목소리가 귓등에 걸려 버스 승강장으로 발길을 돌렸다. 금세 비가 쏟아질 것처럼 하늘 한 편이 검게 물들고 있어서 재게 걸었지만 발끝의 신경이 자꾸 흩어졌다. 바람이 건듯 불 때마다 머리카락에서 소독약 냄새가 났다. 베개가 높아서 뒤로 밀려나던 김산부인과의 온돌방이 떠올랐다. 아스라이 떠오르는 신음 소리에 눈을 떴을 때 옆에 누운 여자는 새우등을 하고서 배를 움켜쥐고 있었다. 여자의 동그랗게 말린 몸체는 알맹이를 빼낸 소라 껍질 같았다. 코끝과 목덜미에 빗방울이 떨어지는가 싶더니 이내 가는 비가 내렸다.

빨려고 챙겨온 작업복을 가방에서 꺼내 머리에 썼다. 오늘 아침, 야간 일을 마치고 탄 통근버스가 대한통운 앞을 지나치자 점순 아줌마가 내리지 않느냐는 눈빛으로 나를 쳐다보았다. 나는 웃음으로 대답한 뒤 세 정거장을 지나 퇴미 삼거리에서 내렸다. 횡단보도를 건너 롯데리아와 이발소를 지나 김산부인과에 닿았을 때는 아침 아홉 시 십오 분이었다. 오동빛 유리문을 열려다가 평일 진료시간이 아홉 시 삼십 분인 것을 보고 문 앞에 서 있었다. 진료 시간이 다가올수록 미세한 진통이 느껴졌지만 뱃속에 생명체가 있다는 것이 끔찍스러워 날이 선 주먹으로 배를 두들겼다.

간호사가 마지막 생리 날짜를 적더니 임신 테스트를 해보았는가 물었다. 나는 간호사 귓불에 달라붙은 십자가 귀고리를 쳐다보며 고개를 저었다. 종이컵에 오줌을 받으러 가면서 혹여 생리불순이라는 진단이 나오길 바랐다.

"태아가 잘 들어앉았네요."

젊은 의사는 거뭇거뭇한 초음파 화면을 쳐다보며 웃음 섞인 목소리로 말했다. 생리주기가 늦어지고 자동판매기의 호박죽이 입에 단 것이 미심스러웠지만 고된 특근 때문일 거라고 자위했었다. 또 임신이라니…… 의사가 분만 예정일이 내년 삼월이라고 말할 때 나는 잎 끝이 타 들어가는 창가의 행운목을 바라보았다.

"수술하겠어요".

"그러시다면, 수술은 바로 시작할 수 있습니다. 한숨 자고 일어나면 돼요."

의사의 명료한 대답에, 양송이버섯 같은 것이 내 것이라고 찍어놓은 초음파 사진을 볼 때부터 생긴 희미한 죄의식도 흐지부지 사라졌다. 손과 발이 가죽벨트로 묶여지고 금속성의 날카로운 소리가 분주할 때 아랫배가 조여드는 것 같았다. 한숨 자고 일어나면 냄새만 맡아도 역겹던 음식들을 먹을 수 있겠지, 나는 간호사가 시키는 대로 숨을 크게 몰아쉬었다. 벌린 다리 위에 쳐진 커튼 너머로 의사의 실루엣이 보였다. 의사와 간호사의 말소리가 아기 옹알이처럼 들리면서 내 몸은 흐리멍덩한 의식 속으로 빨려 들어갔다.

에스케이텔레콤 진열대에 걸린 원목시계의 시계침은 열두 시 삼십오 분을 가리키고 있었다. 플라타너스가 바람에 나울거리고 성근 비가 도시를 적셨다. 비를 피해 공중전화 부스로 들어갔다. 라디오 방송 새벽 뉴스의 기상 캐스터는 날씨가 연일 흐리다가 내주 초쯤 비 소식이 있다고 했다. 엊저녁 반장의 눈을 피해 자동판매기에서 호박죽을 빼 마실 때도 밤하늘의 별무리를 보며 날씨가 화창하겠구나 생각했는데 비가 내린다. 버스에서 내려 신문을 뒤집어쓰고 뛰어가는 사람들도 일기예보를 믿고 나왔을 것이다. 날씨가 일기예보를 따르지 않듯 인생살이도 마찬가지다. 내가 꿈꿔오던 삶은, 아파트 창가 한편에 앤티크 촛대로 장식한 테이블을 놓고 필통이나 편지지, 화장품 케이스 따위의 팬시 용품을 디자인하는 것이었다. 그러나 현실은 공장에서 하루 수천 개씩 분유 캡에 튀어나온 꼭지를 따며 개미굴 같은 지하 방에 살고 있다. 엄마에게 몽키바나나와 가래떡을 사주면서 이 고장을 떠나게 했던 일 말고는 삶은 언제나 내 바람을 외면했다.

공중전화 부스에 매달린 빗방울을 손바닥으로 닦아냈다. 마음에 돋은 물집도 이렇듯 쉽게 지워졌다면 옹골찬 배추 속 같은 삶을 살았을까. 유리에 서린 김이 하얘질수록 보이지 않는 열선에 묶인 듯 몸이 뜨거워졌다. 이따금 팬티에 부착한 대형 패드에 분비물이 흘렀다. 격한 풍랑에 시달린 자궁이 아물 때까지 패드에 묻어날 분비물은 거뭇거뭇하던 초음파 사진을 떠올리게 할 것이다. 수술이 처음도 아닌데 오늘따라 빈 자궁에 신경이 쓰였다.

신호등이 바뀌자마자 버팔로처럼 질주해온 버스가 사람들을 삼키고 가면 텅 빈 자리에 빗물만 어룽졌다. 갈 곳이 있는 사람들은 행복하겠지, 비에 젖은 우산을 햇빛에 말려 우산꽂이에 챙겨놓는 사람이 있는 집은 따뜻할 것이다. 유리에 '집'이라고 썼다. 진하게 서린 김 때문에 글자가 선명하게 보였다. '집' 옆에 '따뜻한'을 썼다. 유리에 '따뜻한 집'이라고 쓰고 나니 우산꽂이가 있는 따뜻한 집이 그리웠다. 부스 안에 서 있기가 피로했으나 뱀 구멍 속처럼 어웅한 지하 방으로 구겨들기는 싫었다. 더군다나 노인네의 군소리를 감당할 기운도 남아 있지 않다. 지금쯤 노인네는 동네 땅을 이 잡듯 뒤지며 지렁이를 찾고 있을 것이다. 내가 벌어오는 돈으로 낡은 목욕타월처럼 흐물흐물한 배를 채우며 노인네가 하는 일이라곤 지렁이를 잡는 일뿐이었다.

"지렁이가 몸에 최고라능만."

분명 경로당 노인들이 흘렸을 말을 되새김하며 노인네는 지렁이 잡기에 몰두했다. 빈 분유통에 철사로 손잡이를 매달아 지렁이 통을 만들고 휴대용 삽을 샀다. 빨래를 널다가 허리를 삐끗한 후부터 노인네는 몸을 사렸다. 파스를 붙이고 나서 걸음걸이가 예전 같은 걸 보면 별 탈이 없는 듯한데 노인네는 밥상머리에 앉을 때마다 에구구 소리를 과장되게 흘렸다.

"할망구 뼈가 뼈간디. 삭정이지. 드러눕는 거 잠꽌여. 보약 한 접 해줄라냐."

눈도 마주치지 않고 밥이 보약예요, 엇대어 말하면 노인네는 자기가 먹던 밥을 내 국그릇에 쏟아붓고 앵돌아져 나갔다. 노인네가 사나운 암고양이처럼 건강에 신경이 곤두선 것은 근 사 년 동안 방에만 누워 있다가 죽은 아들의 환영 때문일 거라고 생각했다. 분유통에 지렁이 수가 시원찮은 것을 보면 지렁이 잡기에 관한 구체적인 정보는 없는 모양이었다. 기껏해야 동네 땅을 더듬거릴 테고 그것을 모아 탕을 끓이는 데는 보름 정도의 터울이 있었다. 노인네가 혀를 빼물고 지렁이를 다룰 때면 껍데기만 남은 늙은이가 오래 살려고 안달하는 것 같아 추악해 보였다. 한 손에 호스를 쥐고 채반 위에서 꿈틀거리는 지렁이를 김치 버무리듯 뒤적일 때면 노인네의 갈퀴 같은 손에서 버둥거리는 것이 엄마처럼 보였다.

"날마다 무슨 짓예요. 다 태워버릴 거야."

"배라먹을 년, 잡아주지도 않음서 왜 지랄여. 지렁이만도 못한 년이."

방에까지 기어든 지렁이를 보고 악을 쓰면 노인네는 지렁이를 방바닥에 패대기치면서 욕지거리를 했다. 소주에 담가놓은 지렁이는 노랗게 독을 토해냈다. 바라건대 독이 덜 빠져서 간당간당한 여생에 막이 내리길 소원했으나 아침저녁으로 지렁이 탕을 한 홉씩 마신 노인네는 시시때때로 식탐을 했다. 얼추잡아 백 마리도 안 될 지렁이를 끓여 먹었대서 효험을 볼 리가 없을 것인데 노인네는 다리에 힘이 생기고 오줌이 맑아졌다며 나 들으라는 듯 큰 소리로 중얼거렸다. 노인네의 강렬한 신념이 내게 전이된 탓인지 주름진 얼굴에 기름기가 도는 것 같기도 했다.

"니 에미가 내 아덜 잡아먹드만 인자 니가 낼 잡아먹을라고 그라지? 두고 봐. 니보다 오래 살랑게."

지렁이 탕을 달게 마시고 난 노인네는 혀로 입술을 빨며 입찬소리를 했다. 지렁이가 끓고 있는 양은솥 앞에서 양손을 포개고 선 노인네는 의식을 치르는 신자처럼 진지해 보였다. 가스레인지의 불을 키우면 달그락거리는 솥뚜껑 사이로 하얀 김이 쏟아져 나왔다. 하얀 김은 붉은 지렁이가 표백된 듯이 보였고 그것은 노랗게 얼룩진 벽과 깨진 자개농 그리고 나의 몸속에서 영원히 꿈틀 거릴 것만 같았다.

공중전화 부스 유리 한가운데 나도 모르게 그린 지렁이가 떼지어 있다. 입으로 후 불면 빗물 고인 땅위로 떨어져 기어갈 것 같다. 지렁이 떼 사이에 '노인네'와 '따뜻한 집'이 써 있다. 물기가 흘러내려 형체를 잃은 글씨가 처절하게 보였다. 들고 있던 작업복으로 물기를 닦아냈다. 밖이 한결 선명하게 보인다. 내 의식 한 켠에 도화라는 이름이 비상 신호처럼 깜박인 것은 전화기 옆에 붙어 있는 '도화가든' 스티커 때문이었다. 개업 일주년을 맞아 이십 프로 할인된 음식 값에 소주 한 병을 서비스로 준다는 내용의 스티커. 활자 사이에 도드라져 있는 이름이 기억 속에서 맴돌았다. 의식 밑바닥에서 가물거리던 얼굴을 떠올리고 하마터면 스티커에 적힌 전화번호를 누를 뻔했다. 허허 넓은 바다에 혼자 남겨진 것 같은 내게 그 이름은 구원의 밧줄이었다. 줄담배를 피우다가 내 작업복 안에 있던 휴대폰을 빼서 자기 전화번호를 남긴 도화, 저장해놓은 번호는 그대로 있었다.

버튼을 누를 때마다 전화를 받을 수 없어 소리샘으로 연결중이라고 또박또박 말하는 여자 목소리가 흘러 나왔다. 공장의 기계 소리가 밤하늘에 찬란히 돋은 별도 핥아먹을 것 같던 밤, 도화는 휴식 시간이 되면 나를 붙잡고 앉아서 묵은 세월을 한 꺼풀씩 벗겨냈다.

"고아원 원장이 통조림 깡통에 끈을 달아 손목에 걸어주면서 오미자를 따오라고 했다. 깡통을 채우면 십 원, 못 채우면 밥을 굶겼제."

중학교 때까지 살았다는 고아원에서 행동이 굼뜬 도화는 깡통을 못 채워 늘 밥을 굶었단다. 도시에 나와서도 통조림 깡통만 보면 오미자가 생각나 허기가 느껴지더라고 했다. 명절 때 정종 한 병 사들고 찾아갈 피붙이가 있으면 원이 없겠다던 도화였다. 짧았던 그녀와의 추억이 어제런 듯 생생하게 떠올랐다.

집으로 가는 버스가 다섯 대째 지나갔다. 버스가 올 때마다 따뜻

한 방이 생각났지만 몸의 완강한 저항에 고개를 돌렸다. 잊힐 만하
면 쏟아지는 분비물이 김산부인과를 생각나게 했다. 뒤로 밀려나던
낡은 베개와 노란 링거병. 홀쭉해진 듯한 아랫배가 반가우면서도 삼
계탕이 먹고 싶은 뻔뻔스런 허기에 눈물이 났다. 도화는 왜 전화를
받지 않을까. 연달아 버튼을 눌렀다. 벨 소리를 센다. 하나, 둘, 셋…
…, 여섯 번째 벨 소리를 제치고 귀에 익은 사투리가 들려왔다.

"장춘랩니더."

저음의 사투리는 분명 도화의 목소리인데 '장춘래'라고 했다. 전
화기를 바꿔 들 때 또 분비물이 나왔다.

"혹시 도화 휴대폰 아닌가요."

"누군교? 아, 니 재순이지. 맞나?"

도화인 것을 확인하자 눈물이 비어져 나왔다. 여태 부스 안에 갇
혀 있던 것이 도화 때문인 듯 목소리를 듣고 나니 유리 상자가 갑갑
하게 느껴졌다. 도화가 내게 멀리 있다는 것을 말해주듯 핸드폰의
목소리가 들렸다 안 들렸다 했다. 도화는 속사포로 말을 쏟아냈으나
뭉텅뭉텅 빠져나간 단어들 때문에 잘 알아들을 수 없었다. 전화가
끊어지면 어쩐지, 내가 귀찮아서 전화를 안 받을지도 몰라. 나는
도화의 팔이라도 되는 양 전화선을 꽉 움켜쥐었다.

"야야, 만나서 얘기하자. 내일 일요일 아이가? 여기 온나."

오라는 말이 없었어도 나는 도화가 살고 있는 곳으로 달려가려고

했다. 사정이 여의치 않다면 그녀가 머물고 있는 도시, 허름한 여인숙에서라도 자고 올 생각이었다. 나는 따뜻한 방이 필요했고 이 도시에는 내 그리움을 채워줄 방이 없었기 때문이었다. 부스에서 나가자 비가 머츰해졌다. 갈 곳이 있다는 것에 안도하며 나는 득달같이 택시를 잡았다.

승차권 자동발매기에서 김제행 표를 손에 쥐고 나니 시간이 남았다. 갈 곳이 정해지자 하룻밤 누울 곳을 찾은 행려병자처럼 허기가 느껴졌다. 리어카에서 몽키바나나와 연탄불에 구운 가래떡을 샀다. 칠 년 전 이곳 터미널에서 엄마 손에 쥐어준 것이 몽키바나나와 가래떡이었다. 어디서나 시선을 붙잡는 이 먹거리와 내 왼팔에 돋아난 사마귀를 볼 때면 엄마는 안개처럼 나타났다.

승차권에 지정된 좌석에 앉아 가래떡을 먹는데 문득 감자탕이 먹고 싶었다. 자궁 속에 돋아난 양송이버섯을 없앤 지 얼마나 됐다고 허기를 느끼는가 싶어 먹던 가래떡을 가방 속에 넣었다. 입속에 덩어리져 있는 가래떡이 소변 볼 때 떨어진 핏덩이 같아 휴지에 뱉었다. 내 몸을 빨아먹으며 숨 쉬던 아이를 없애놓고 배가 고파 가래떡을 먹는 것이 사람이라면 엄마도 어디선가 잘 살고 있을 것이다. 개찰구에서 훌쩍 떠나지 못하던 엄마가 곧 데리러 오겠다고 뒷다짐을 했지만 나는 그 말을 믿지 않았다. 황달기가 있는 엄마의 눈빛은 푸른 강물에 방생되는 자라처럼 다시는 사람들 손에 잡히지 않으리라는 욕망으로 가득했기 때문이었다.

엄마는 열두 살 된 나를 데리고 주류회사에서 트럭을 몰던 늙은 총각에게 시집을 갔다.

"절은 안 받는다!"

눈썹이 새까만 새아버지가 시키는 대로 절을 하려다가 할머니의 꼬장꼬장한 목소리에 헉, 숨이 막혔다. 살빛 스타킹을 신은 엄마의 발가락도 잔뜩 오므라들었다. 내가 열여섯 되던 해, 새아버지는 졸 사간에 일어난 교통사고로 하반신을 못 쓰게 됐다. 새아버지가 교통사고로 눕기 전부터 애 딸린 며느리가 눈엣가시였던 할머니는 새아버지의 눈과 귀를 피해서 엄마에게 악악거렸다.

"언놈 가랭이서 굴러 댕기다가 우리 아덜 꼬셨냐. 내 아덜 힘 팽기게 번 돈으루다 밥 못 먹잉게로 저그 노런 통에 니년들 쌀은 따로 팔아야 써."

할머니는 새아버지가 일하러 나가면 엄마를 공사판으로 내몰았는데 저녁이면 엿가락처럼 늘어져서 돌아왔다. 그렇게 번 돈은 할머니 쌈지로 들어갔고, 몇 푼 던져주는 돈으로 엄마는 노란 플라스틱 통에 우리가 먹을 쌀을 사다 놓았다.

"말해두는디 니 뱃속에서 우리 아덜 씨는 못 키운다."

할머니의 악다구니에 엄마가 가엾다 못해 이제는 나라는 존재가 방바닥에서 옴실거리는 개미만도 못해 보였다. 왜 하필이면 엄마의 자궁에 태어났을까. 내가 없었다면 엄마는 행복했을지도 모른다. 나로 인해 엄마의 젊은 자궁이 씨를 틔우지 못한 채 늙어간다고 생각하면 폭염 속에서도 내 가슴은 선득선득했다. 꽃가마 예식장 앞을 지나가는 장의 버스를 보던 날, 엄마는 공사판에 나가지 않고 반병어리처럼 더듬거리며 할머니 손에 끌려나갔다.

체육대회에 쓸 응원도구를 만들고 있을 때 엄마는 탱자나무에 매달린 열매보다 더 노란 얼굴을 하고서 대문 앞에 직수굿하게 서 있었다. 먼저 들어온 할머니가 화가 끓어올라 미치겠다는 듯이 바가지에 물을 퍼서 단숨에 마시더니 마지막 한 모금을 엄마 얼굴에 홱 뿌렸다.

"니 뱃속은 안 된다고 혔는디 내 말을 개떡으로 알고 애를 뱄냐?"

할머니가 소리치자 어머니 너무하세요, 하며 물을 뿌려도 꿈쩍 않던 엄마가 입을 열었다. 그 목소리가 자못 도발적이어서 나는 색색의 도화지며 풀과 가위를 챙겨가지고 방으로 들어갔다. 할머니의 천둥 같은 소리가 버성긴 문으로 새어 들어왔다.

"너무허신다고? 여편네들 때 밀어줌서 키운 아덜 홀라당 삼킨 것이 어디서 주둥일 놀리냐. 지운 것도 언놈 새낀 중 알어."

할머니가 씹어 뱉은 말에 엄마는 입을 벌리고 마른 수수깡처럼 서 있었다. 나무에서 그악스럽게 울던 매미도 그 순간만은 입을 다물어 집은 살기등등한 침묵 속으로 가라앉았다. 새아버지가 병으로 눕게

되자 가족의 생계는 엄마 몫이 되었다. 어느 날, 식당에 있어야 할 엄마가 학교로 나를 찾아왔다. 겨자색 민소매 옷이 엄마의 누렇게 뜬 얼굴과 겉돌았지만 내 왼팔 겨드랑이에 돋은 사마귀가 엄마 왼팔에도 있는 것을 보자 기분이 좋았다. 시내버스를 타고 종묘농약사와 양복점을 지나 명도극장 앞에서 내린 엄마는 음악사 뒷골목으로 나를 끌고 가더니 산부인과 앞에 섰다.

"엄마, 여기 들어가?"

"오래 걸릴지도 몰라. 책 보고 있어."

산부인과 문을 열자 햇빛 속에서 자유롭던 눈이 모래가 들어간 듯 더디게 움직였다. 어디서 죽은 자를 위한 노래가 들리는 것 같고 하얀 가운을 입은 간호사들이 혼령처럼 보였다. 윗입술에 팥 크기만 한 점을 달고 있는 간호사가 커튼 쳐진 방으로 엄마를 데려갔다. 어깨뼈가 불거진 엄마의 축 처진 등판을 보면서 나는 왠지 모를 서러움에 손톱을 물어뜯었다. 산부인과 벽에 걸린, 커다란 물방울 속에 평화롭게 떠 있는 태아 사진을 보고 있자니 바닷속으로 잠수하는 기분이었다. 나는 의자에 다리를 포개고 앉아 벽에 걸린 사진을 하염없이 들여다보았다. 내가 저 안에 있을 적에 엄마와 나는 행복했을까. 잠수함을 타고 태곳적 내가 살았던 곳으로 들어간 듯 몸이 나른해졌다. 배추벌레색 소파에서 눈을 뜨자 엄마는 브래지어 끈이 흘러내린 줄도 모르고 천천히 걸어 나왔다. 엄마에게 무슨 말을 해야겠

는데 입이 떨어지지 않아 나는 마른침만 삼키며 브래지어 끈을 올려
주었다.

"할머니가 물으면 똥이 안 나와서 병원에서 관장했다고 해."

"내가, 엄마가?"

"니가."

해가 찰수록 엄마에 대한 할머니의 광기는 걷잡을 수 없었다. 옥
수수 쉰내가 나는 방에서 새아버지는 하반신만이 아닌 머릿속도 썩
어가는 듯 천장의 정방형 무늬를 온종일 바라보고 있었다. 할머니
얼굴에 저승꽃이 늘어갈 때 엄마는 다이알 비누 대신 보디클렌저로
목욕을 했고 얼굴은 홍조를 띠었다. 고등학교 졸업 전날 밤, 동사무
소 은행나무 아래서 작달막한 사내와 안고 있는 엄마를 보았다. 엄
마의 옥색 원피스가 바람에 날려 남자의 벌린 다리 사이로 감겨들었
다. 느릿느릿 엄마의 머리칼을 쓰다듬던 사내의 다정한 손, 순전히
그 손에 믿음이 가서 엄마가 나를 놓기 전에 내가 떠나보내기로 결
심했다. 나는 할머니의 완고하고 폐쇄된 감옥에서 엄마를 탈출시킬
유일한 전사라도 된 듯 들떠 있었다.

"시도 때도 없이 암낼 풍기는 여잔데 말라비틀어진 서방 물건을
오래도 견뎠지."

"남자하고 여관서 나오드라. 도망친겨."

엄마가 떠난 그해, 장마철 지하실에 찬 습기처럼 꿉꿉하고 퀴퀴한

소문들이 나를 에워쌌다. 엄마가 집을 나간 후 새아버지는 옥수 쉰내가 나는 방에서 분탕을 치다가 화단에 채송화가 필 무렵 요 위를 분뇨로 뒤발해놓고 숨을 거두었다. 나는 알 수 없는 가책 때문에 할머니가 죽을 때까지만 이 고장에서 살기로 하고 흰 머리칼이 성성한 노인네와 함께 지하 방으로 이사를 했다.

마취 기운 탓인지 몸이 졸음 속에서 헤어나오지 못했다. 흐릿한 시야 속으로 다문다문 들어오는 것은 초록색뿐이었다. 초록의 울울 창창한 산을 봤다 싶으면 햇빛에 출렁이는 들판이 보이고 초록 유니폼을 입은 아이들을 태운 미니버스가 스쳐갔다. 눈에 졸음을 달고 무심결에 고개를 돌리니 옆자리에 빨간 티셔츠를 입은 소녀가 앉아 있었다. 보색의 효과 때문에 소녀가 또렷이 눈에 들어왔다. 의자 깊숙이 몸을 구겨 박은 나와는 달리 소녀는 의자 끝에 엉덩이를 걸치고 창밖 풍경을 바라보았다.

양촌 휴게소를 지날 즈음 소녀는 잠이 들어 있었다. 고속버스가 추월하거나 브레이크를 밟을 때마다 소녀의 살이 내 팔에 닿았다. 그 팔의 체온이 못내 그리워 소녀에게서 내 팔을 떼지 않았다. 새벽녘에 잠이 깨어 엄마 종아리에 발을 비볐을 때나 공사판에서 돌아온 엄마의 몸에 파스를 붙여주었을 때처럼 살은 보드랍고 따스했다. 입사 동기였던 남자와 공장 휴게실에서 팔씨름을 하다가 따뜻한 손에 정이 들어 함께 여관으로 갔을 때 나는 날이 새도록 남자의 살을 만졌다. 후미진 골목, 간판 귀퉁이에 녹물이 흐르던 산부인과에서 수술 시기가 꽉 찬 아이를 지웠을 때도 엄마의 살결만이 떠올라 눈물을 흘렸다. 나를 데리러 오겠다는 엄마의 말을 믿지 않았지만 명절이나 내 생일 때만은 엄마의 보드라운 살을 만질 수 있으리라 생각했다. 엄마가 생일 선물로 뭘 해줄까 물으면 목욕탕에 가자고 해야지. 손가락 끝이 쪼글쪼글해질 때까지 탕 속에 몸을 담그고 오래도록 엄마의 젖과 늘어진 아랫배를 만지면 얼마나 행복할까. 그럴 수만 있다면 목욕탕에서 나오자마자 이별이라 해도 울지 않을 거야, 냄새까지 기억된 살의 감촉만으로 외로움을 견딜 수 있다고 생각했다. 해를 거듭하면서 엄마의 살에 대한 기억은 점차 소진되었다. 정신을 딴 데 두어 생선조림이 졸아붙듯 가슴이 모짝모짝 타들어갔다. 나를 지탱해오던 살의 기억은 아편과 같아서 약물 기운이 떨어지자 육체는 살에 강렬한 집착을 보였다. 나를 찾아오지 않는 엄마에게 절망할 때면 남자와 밤을 보냈다. 살이 그리워 파고든 남자들은 자궁 속에 씨를 떨어뜨린 채 떠나갔고 지우면 다시 돋아나는 양송이버섯을 산소 벌초하듯 태연하게 없애버렸다.

버스가 급브레이크를 밟는 바람에 소녀가 잠에서 깨었다. 잠시 정체되었던 고속도로가 뚫리자 버스는 제 속도를 냈다. 서산으로 기울기 전 온 힘을 다해 빛을 뿜어대는 눈부신 해 때문인지 도로 위의 차들이 느슨하게 달렸고 소녀도 다시 잠이 들었다. 소녀의 살이 팔에 닿으면 나도 깊은 잠에 빠진 시늉을 하면서 살을 비벼댔다.

해걸음이 시작됐건만 김제의 햇빛은 지칠 줄 몰랐다. 하늘 한가운데가 터진 듯 쏟아지는 빛에 눈을 뜰 수가 없어서 손차양을 했다. 도화는 나를 향해 손짓을 여러 번 했다는데도 나는 그녀를 알아보지 못했다. 빨간 티셔츠를 입은 소녀가 나를 앞질러 뛰어가는 것만 눈에 가득 들어왔다. 도화는 헐렁한 청바지와 크림색 니트 차림이었다. 야간 작업자와 교대를 하자마자 탈의실로 올라가 눈썹을 붙이고 타이트 스커트를 즐겨 입던 도화는 질박한 시골 사람이 되어 있었다.

"재순아, 참말 오랜만이네. 야봐라, 얼굴이 왜 이렇게 말랐노. 어디 아프나?"

도화는 대합실 의자에 나를 앉혀놓고 재빠르게 내 몸을 훑었다. 수술이 처음도 아닌데 오늘따라 온종일 가슴이 시렸다. 도화의 말을 듣자마자 또 목이 메었다.

"젊은 아 얼굴이 이게 뭐꼬? 내 큰언니래도 믿겠다."

내 거푸시한 얼굴을 보며 화를 내는 도화를 보자 뭔가 울컥 솟구치며 명치께에 맺혔다. 여기서 춘래라는 가명을 쓰느냐고 물으니 장춘래는 자기의 본명이라고 했다. 매초롬한 외모의 이름이 장춘래였다니, 웃음이 나왔다. 도화는 청바지 주머니에서 은단을 꺼내 입속에 털어넣었다.

"담배 끊었어?"

"끊어뿌따."

"밥보다 맛있다더니 왜."

"그럴 일이 있다. 집에 가서 밥 묵자. 너 줄라꼬 곰탕 끓이났다. 뼈다귀 피를 쪽 빼야 할낀데 니 올 시간 맞춘다고 그냥 했더니 국물이 시컴터라."

도화가 팔을 잡아끌며 택시 승강장으로 갔다. 도화가 살고 있다는 텃새골까지 택시로 사십 분이 걸린다고 했다. 술집을 전전하며 안 가본 도시가 없는데 뿌리내릴 곳은 새로운 땅이어야 한다고 생각했단다. 지도를 살피다가 김제를 발견했고 텃새골이란 동네 이름이 마음에 쏙 들어와 살게 되었다. 텃새골로 가는 길은 이국적이었다. 자로 잰 듯한 평야에 승용차 두 대가 아슬아슬 비켜 갈 수 있는 흙길이 끝없이 펼쳐져 있다. 평야에 가려진 길을 따라 날쌔게 달리는 우리들은 꼭 두더지 같았다. 텃새가 많이 살아서 텃새골이냐 물었더니 새보다는 장수하는 노인들이 많단다. 한 곳에 오래 사는 노인들이야말로 텃새라 할 수 있으니 텃새골이라는 이름이 제격이라며 그럴싸한 지명 해석을 했다.

웃고 떠드는 사이 택시는 고갯길을 휘돌아 우리를 텃새골에 내려 놓았다. 자기 집이라고 가리키는 손가락 끝에 초라하고 허름한 외딴 집이 보였다.

"빈집을 싸게 얻었는데 이게 내 집이다 생각하면 자다가도 웃음이 나와."

도화는 대문을 열며 어린애처럼 웃었다. 폐가처럼 보이는 겉모습과는 달리 안은 여느 집과 다를 게 없었다. 도화가 바지런을 떨어서 집 꼴을 갖춘 것이려니 생각하자 정감이 느껴졌다. 내가 올 시간에 맞춰 밥솥에 시간 예약을 해뒀는지 방에 밥 냄새가 가득했다. 뜨개질도 하는 모양으로 막 뜨기 시작한 보라색 실에 대바늘이 걸려 있었다.

"배고프제. 빨리 밥 차릴께. 이 음악 들어봐. 모차르트야."

피아노 선율이 집안에 잠포록이 내려앉았다. 뼈다귀 피를 제대로 빼지 않고 끓여서 국물이 거무죽죽한 곰탕을 두 그릇이나 비웠다. 뼈에 붙은 흐무러진 살을 발라먹을 때 탱탱한 가슴에 통증이 왔다. 입덧 때문이기도 했지만 음식물이 들어가면 자궁 속 태아가 비 온 뒤 고사리처럼 쑥쑥 클까 싶어 물 마시는 것도 꺼렸다. 이제부터는 공장에서 간식으로 나오는 빵과 우유도 꼬박꼬박 챙겨 먹으리라 생각했다. 도화가 설거지를 하는 동안 양치질을 하고 나오니 식탁에 불빛이 환했다. 도화는 찻잔을 앞에 놓고 모자를 뜨고 있었다. 도화의 좁은 어깨와 뜨개질하는 손에 불빛이 이슬처럼 자욱했는데 그대로 사진을 찍어 '평온'이라고 제목을 붙이면 그럴싸할 것 같았다. 크리스털 찻잔에는 녹차의 티백이 담겨 있었다. 티백이 불빛을 받으며 서서히 연두색을 풀어냈다.

"뜨개질이 취미야?"

"내 밥벌이."

"모자 떠서 팔아?"

"모자뿐이가. 얼라 옷도 뜬다. 옷도 팔기도 하고."

"오늘 좀 놀랐어."

"나도 가끔씩 놀라구마는 니가 왜 안 그렇칸노. 술집 댕기는 줄 알았제. 나, 그 생활 때려치워 뿌릿다."

도화 말대로 술집 아니면 갈 데가 있겠는가 싶었다. 술집 생활을 청산하려고 입사했다는 도화가 열흘을 못 버티고 나갔을 때 점순아줌마 패거리들은 나무접시가 놋접시 되겠느냐며 목젖이 훤히 보이게 웃어 제꼈다.

"반장 새끼가 오늘밤 만나자 카드라. 시내에 리베라장 있나? 그리 오라카든데. 힘도 좆나게 못 쓰게 생깃드마는 육갑지랄한다. 내 얼굴에 술집 여자라고 써 있드나? 왜 나 갖고 지랄들이고."

머리칼이 옥수수털처럼 가느다란 반장과 분쇄기를 돌리던 외팔이 송씨까지 집적거린다는 말을 듣고 나는 도화보다 더 크게 어설픈 욕을 했다. 공장 여자들이 입소문으로 돌려세우지만 않았어도 도화는 공장 생활을 견뎌냈을지 모른다.

"공장 그만두고 이리로 왔어?"

"아니다. 서울서 가정부 노릇도 했지."

도화는 모자를 뜨다 말고 고개를 뒤로 꺾으며 깔깔거렸다. 술집을 돌아다니며 알게 된 주방 아줌마 소개로 도화는 이불 공장을 경영하는 사장네 가정부로 들어갔다. 젊은 사장은 아내와 이혼을 하고 다섯살배기 아들과 살았는데 이재에 밝아 젊은 나이에 성공을 했다. 도화의 월급이 술집에 비하면 인색한 보수였어도 쓰레기 분리수거를 하고 사장이 좋아하는 담북장을 끓이면서 행복을 느꼈단다. 무엇 보다 밤이 되면 도화 젖을 만져야 잠이 드는 아이와 정이 들었다.

"사장이 술집 다닌 걸 알았든기라. 점점 날 대하는 태도가 달라지데. 빨래 할 때 세제 많이 쓴다고 잔소릴 하지 않나, 전화 요금이 나오잖아? 바빠 뒤질라카면서 통화내역서 뽑아다가 내가 쓴 번호에 줄을 치라칸다. 월급도 찔끔찔끔 주고 말이야. 더러바서 몬 있갔데. 그날 밤 서울 뜰 생각하고 사장 오길 기다렸다. 일이 잘 될라꼬 술을 먹고 들어온기라. 방에 몰래 들어가서 확 덮쳐뿌렀지."

"덮치다니."

"얼라 맹길라고. 사장이 머리는 똘똘하거든. 월급을 몬 받았지만서도 뱃속 얼라가 그 값어치만 하겠노. 팔 주 됐다카드라."

도화는 진하게 우러난 녹차를 마시면서 오디오 볼륨을 키웠다.

"태교 음악은 모차르트가 최고라카데. 나 술, 담배, 안 먹는다. 담배 끊는데 억수로 힘들더라".

"나랑 병원 가자."

"병원 가자꼬? 내 아는 년들이 얼라 지워뿔고 술집에나 나가라 카드니 니도 그 뜻이가?"

도화는 눈을 지릅뜨며 바락 성을 내었다. 나는 도화의 애를 지우게 하는 것이 여기 온 목적인 듯 그녀를 설득하기에 안간힘을 썼다.

"아빠 없는 애를 왜 키워. 남자를 사랑한 것도 아니잖아. 니 인생만 망가져."

"내가 낳고 싶다는데 사랑이 뭐가 중요하노!"

"나중에 고아원에 주느니 지우는 게 현명해."

"고아원은 뒈져도 안 보낸다. 사람들한테 밟히며 살다 보니까네 가족이 맹글고 싶더라. 새끼가 지 에미 밟겠나."

도화의 표정은 어떤 힘에 붙잡힌 듯 필사적이었으며 새끼가 지 에미 밟겠느냐는 말로 내 입을 휘갑쳤다. 묽은 어둠 속에 떠 있는 도화는 험상궂은 얼굴의 사천왕처럼 보였다. 석가여래를 악귀로부터 지키듯이 뱃속의 아이를 보호하려는 악착스러운 본능 앞에서 나는 입을 닫고 말았다. 사천왕 같은 도화를 보며 노인네가 생각난 것은 알 수 없는 일이었다. 목욕탕 때밀이를 하며 키웠다는 새아버지가 노인네에겐 석가여래였을까. 열두 살 된 딸을 데리고 자기 아들과 살겠다고 들어온 엄마가 악귀같이 보였을지도…… 악귀에게 자식을 빼앗기고 악귀의 자식이 자라 이제는 자기를 버리고 도망칠까 봐 지렁이를 잡아먹는지도 모를 일이다. 도화는 손지갑을 들고 밖으로 나갔다. 열린 문 틈 사이로 어둠이 쫓기듯 들어와 집 안을 잠식했다. 술에 취한 남자를 덮쳐 자궁에 씨를 받아올 만큼 도화가 간절했던 것은 무엇이고 나는 무엇 때문에 자궁 속에 박힌 씨를 털어내기에 급급했을까. 거실 유리에 석고상처럼 앉아 있는 여자가 보인다. 여자는 오래도록 아랫배를 쓰다듬다가 식탁에 얼굴을 묻었다.

"나는 텃새골 춘래로 살란다. 여기가 내 고향 같은기 맘이 편해. 얼라 놓을 때 미역 사갖고 온나. 다음에는 살 좀 찌갖구 와라."

춘래가 심심할 때 읽으라고 사온 잡지를 받아들며 가방에서 지갑을 꺼냈다.

"춘래야, 갈 때 택시 타고 가."

나는 만 원짜리 두 장을 춘래 가방에 찔러 넣었다

"인제 춘래라카네. 내 이름이 얼마나 좋은 줄 아나? 봄 '춘' 자에 올 '래', 봄이 온다. 얼마나 좋노? 이걸 팽개치고 살았으니 내 인생에 무슨 봄이 왔겠노. 지금부터 내 인생은 꽃 피는 봄인기라. 재순아, 먼 데 난 냉이보담 가까운 냉이가 낫다카대. 힘들면 나한테 와라."

출발 시간이 가까워오자 운전기사가 이쑤시개를 입에 물고 올라탔다. 바로 차 문이 닫혔다. 멀어지는 춘래의 모습에 그 옛날 엄마의 얼굴이 신기루처럼 떠올랐다. 터미널을 떠난 버스는 톨게이트도 가기 전에 여기저기서 몰려든 차들 사이에 끼어 태진아 노랫소리만 흘러리고 있었다. 춘래가 사준 잡지책을 펼쳤다. 광고 일색인 잡지를 넘기다가 지렁이를 익살스럽게 그려놓은 페이지에서 손이 멈췄다. 머리에 왕관을 씌우고 꼬리에 꽃을 달아놓은 것을 보니 징그럽기만 하던 것이 친근하게 느껴졌다. 어느 환경단체가 자연물의 존재 가치를 옹호한다는 목적 아래 올해는 지렁이를 수상자로 결정했다는 기사가 실렸다. 포식자들을 만족시키거나 식물의 자양분으로 살다가 우리 곁에서 서서히 사라져가는 것에 대한 진심 어린 사과가 선정 이유였다. '거친 발길에 차이고 밟혀도, 어둠의 나라 땅 밑에 반듯이 누워……' 지렁이를 찬미하는 노래는 이것 말고도 많았다. 별스런 시상식이다 생각하며 멀미가 나서 책을 덮었다.

하늘에 풀 먹인 옥양목처럼 화사한 구름이 길게 떠 있다. 산과 바람, 해와 집, 춘래와 아이, 엄마와 나…… 구름은 존재하는 모든 것을 견고하게 이어주는 세상의 끈처럼 보인다. 버스가 속력을 낼 때 기다란 구름도 꿈틀거렸다. 그것이 왕관을 쓰고 꽃을 단 은빛 지렁이처럼 보였다. 잡지를 다시 펼쳤다. 새끼가 에미 밟겠냐던 춘래의 울먹이는 목소리가 활자 사이로 쟁쟁하게 들려왔다. 잡지에 그려 있는 지렁이를 쳐다보며 춘래의 둥지는 텃새골일 거라는 생각을 해보았다. 깃을 내릴 나의 텃새골은 어디일까. 구름이 해답을 알고 있기라도 하듯 나는 하늘을 뚫어지게 바라보았다. 엄마도 어디선가 단

이슬을 먹으며 텃새로 살고 있다면 내 기억에서 소진된 살의 감촉을 이제부터 찾아보리라 생각했다. 고속버스가 도시를 간신히 빠져나왔다. 햇빛이 배 위에 사선으로 내려앉고 서서히, 자궁 속으로 온기가 스며들었다.

〈2002 『매일신문』 신춘문예 당선작〉

아이 버리기 실습

아이 버리기 실습

아버지가 **빠른우편으로** 보낸 당신의 혼인 청첩장은 온통 화사하다. 신랑신부 이름과 예식장 약도는 황금색으로 도드라지게 인쇄했다. 아버지가 또 턱시도를 입든 아홉 살이나 어린 이혼녀를 배필로 삼든 나는 관심 없다. 난 그저 아버지의 인생만큼이나 요란한 청첩장의 제작비용이 궁금할 따름이다. 스카이웨딩홀 토요일 오후 5시, 결혼식은 오늘이다.

"야, 누가 네 마음대로 참외를 꺼내 먹으라고 했어."

나의 갑작스런 고함에 놀란 연두가 느릿느릿 걸어온다. 어느 결에 냉장고를 뒤졌는지 연두의 손에는 벌써 반이나 먹은 참외가 들려 있다. 입안이 미어터지도록 참외를 껍질째 씹어 먹는 연두의 탐욕스러운 눈빛은 가히 동물적이다. 나는 골칫거리를 세게 떠민다. 연두의 몸이 넘어질 듯 말 듯 휘청거린다.

"이모, 우리 수목원에는 언제 가요?"

연두는 노여움도 타지 않고 손등에 묻은 참외씨를 떼어 먹으며 깝죽거린다. 마냥 우습게 본 상대한테 한 방 먹은 기분이다. 나는 금세 마음이 돌변해서 만두를 쪄줄까, 아이스크림은 어때, 라고 말하며 자상하게 군다. 연두가 두 팔을 흔들면서 갈매기처럼 끼루룩거린다. 너는 숫기가 좋아서 어디 내놔도 굶어죽지는 않을 거야. 기가 살아서 나대는 연두를 보니까 묵직한 내 마음이 한결 가벼워진다.

나는 지금 'insideout'이라는 내 아이디가 악운을 몰고 오지 않았을까 하는 의문에서 자유롭지 못하다. 내가 아이디를 바꾼 건 다분히 충동적이었다. 올봄에 치른 9급 공무원 시험의 영어 과목에서 관용어를 찾는 문제가 출제됐다. 두 개의 답을 놓고 끙끙거리다가 어렵사리 고른 게 그만 오답이었다. 나는 공무원 시험에서 또 미끄러졌다. 마치 그 한 문제 때문에 죽을 쑤기라도 한 듯 억울해하다가 나는 무슨 억하심정에서였는지 그 영어 문제의 정답이었던 'insideout'으로 아이디까지 바꿔버렸다. 너무 예민한 판단인지는 몰라도 아이디를 변경한 후부터 제법 반듯하던 내 일상이 삐뚤어졌다. '뒤집다, 샅샅이 뒤지다'라는 그 관용어의 뜻대로 내 생활 형편이 익명의 네티즌들에게 모조리 드러나버린 것 같다.

입추가 가까워오건만 뙤약볕은 여전하고 매미 울음소리도 점점 더 요란하다. 어지럽게 쏴 하니 울다가 어느 순간 뚝 그치는 매미 울음소리를 듣고 있노라면 고도의 전류가 내 몸속으로 흐르는 것 같아 목이 움츠러든다. 나는 전자레인지로 데운 냉동만두를 사기그릇에 담는다. 냉장고에서 아이스크림과 요구르트, 삶은 고구마도 꺼낸다. 마치 먼 길 떠나는 자식이 안쓰러운 엄마처럼 연두에게 뭘 못 먹여서 안달하는 내 심리를 알다가도 모르겠다.

내 이메일 주소로 뜬금없이 날아온 전자우편의 내막을 꺼내놓기에 앞서 그 무렵 벌어진 불쾌한 일부터 뒤적여보는 게 마땅한 순서겠다. 한 통의 전자우편에 와락 마음이 쏠린 건 인간에 대한 혐오감 때문이었으니까.

누구나 입맛을 다시는 공무원직에 나는 별다른 매력을 느끼지 못했다. 나의 적성, 성격과 너무나 동떨어진 생업이어서였다. 나라에서 책임지는 '생계보장'이라는 그 신원명세서가 멀쩡한 사람마저 일신을 한껏 태만하게 변질시키고, 속된 낙천주의자로 만들어버린다며 나는 대학 동기들 앞에서 의기양양하게 떠들어댔다. 두 번째 이직을 하면서부터 나의 꼿꼿한 주관이 느슨해졌다. 탄탄한 근로의식으로 무장하고서 일에 매진해봤자 결국 손에 떨어지는 건 부당한 처우였다. 윗대가리들의 사고방식이 모두 한통속인 직장을 전전하다보니 차츰 내 앞날이 불안해졌다. 지금 적성을 따져가며 일할 때가 아니야, 하루라도 빨리 내 안전한 밥그릇을 챙겨놔야겠어, 라는 다

짐을 내놓았을 때 나는 이미 스물아홉 살이었다. 돈푼깨나 있는 아버지가 일찌감치 결혼자금 명목으로 던져준 전세 원룸을 거처로 삼고 있는 데다, 직장생활을 하면서 모은 돈도 꽤 두둑했다. 내친김이다 싶어 나는 9급 행정직 공무원 시험 준비 대열에 끼어 학원 수강료와 책값에 돈을 아끼지 않았다.

근소한 점수 차이로 합격증을 받지 못한 나의 심신은 녹초가 됐다. 벌써 세 번째 불합격이었다. 실패의 후유증을 웬만큼 추스른 나는 일단 아르바이트 자리부터 알아봤다. 언제까지나 먹고 공부만 할 수는 없었다. 나는 사채업자 사무실에 이력서를 냈다. 오후 두 시 이후부터는 재량껏 자기 시간을 갈무리할 수 있다는 전임자의 귀띔이 그야말로 호조건이었다. 그곳에서 밥벌이를 하는 남자 직원들은 하나같이 너절한 말투와 상스러운 행동을 일삼는 무식쟁이였다. 나는 직장의 규모나 업무 성격이 아니라 그들 때문에 자존심이 상했다. 마치 차원이 다른 사람인 양 찻잔이며 화장지를 따로 놓고 쓰면서 그들을 눈 아래 두었다. 따지고 보면 위태위태한 사무실에서 철새처럼 찍찍거리다가 일수 도장을 찍으러 다니는 그들이나, 허구한 날 수험서적과 씨름하는 나나 앞날이 불투명한 인생이긴 마찬가지인데 말이다. 천박한 우월감이었다.

밋밋한 직장생활에 된바람이 불어닥친 건 장맛비가 쏟아지던 초복 때였다. 모처럼 사장이 사준 삼계탕을 먹고서 사무실로 들어가자

키가 작달막한 '덩치' 하나가 내게 시비를 걸었다. 경매 서류를 앞에 놓고 이러쿵저러쿵 말다툼을 하던 중에 덩치가 주먹으로 내 어깨를 쳤다. 대번 핏대가 오른 내가 "야, 이 무식한 건달새끼야, 네가 뭔데 나를 때려"라고 암팡지게 대드니까 이번에는 욕지거리를 하면서 나를 밀었다. 그날 밤, 덩치의 무성의한 사과 전화를 받긴 했지만 나는 그 일을 흐리멍덩하게 넘기지 않겠다고 독기를 품었다. 물론 직장은 당장 때려치웠다.

그 사건이 벌어진 다음날, 나는 전임자에게 전화를 넣었다. 덩치의 사람됨을 알아보려는 마음에서였다. 나의 기막힌 사연을 털어놓자 전임자는 자기도 그 인간한테 당한 적이 있다며 흥분했다.

"고소할 거야."

"언니, 그 인간은 폭행 전과가 많고 친하게 지내는 경찰도 적잖아요. 괜히 시간 낭비하지 마세요."

"그런 작자를 어떻게 그냥 놔둬?"

"건달 부스러기들도 경찰이며 검찰에 줄을 대고 활보하는 세상인데 그런 끄나풀 하나 없이 사는 우리가 한심하죠, 뭐."

나잇살을 서로 바꿨다 싶게 전임자는 어른스러웠다. 시간이 갈수록 나는 방향을 못 잡고 갈팡질팡했다. 예전에 덩치가 이와 비슷한 사건으로 어떤 경리에게 고소를 당했는데 경범죄에 적용되어 겨우 십만 원인가 이십만 원의 벌금을 냈다는 전임자의 부언도 귓가에 맴돌았다. 남자들만 득실거릴 경찰서에 앉아 조사를 받는 정경을 떠올리자 피해자 입장이면서도 지레 주눅이 들었다. 답답했다. 결국 나는 경찰서 앞에 얼씬도 못하고 직장만 놓친 채 갑갑한 나날을 보낼 수밖에 없었다. 모계사회의 도래를 운운할 정도로 여자들의 입심이 막강해진 오늘날, 직장에서 남자한테 당하고도 잔머리나 굴리고 있는 내 꼴이 한심스럽다 못해 딱했다.

딱딱 딱딱딱. 캐스터네츠의 불규칙한 박자가 머릿속을 사정없이 쪼아댄다. 연두가 한쪽 팔을 휘적거리며 캐스터네츠를 치고 있다. 입으로는 만화 주제가를 흥얼거린다. 연두는 처음 만날 때부터 캐스터네츠를 움켜쥐고 있었다. 나무로 만든 타악기를 시도 때도 없이 쳐댔는데 어느 날은 그것을 잃어버렸다며 동네가 떠나갈 듯 울음을 터뜨렸다. 캐스터네츠는 옷장 사이에 처박혀 있었다. 내가 가져다준 주전부리를 말끔히 먹어치운 연두의 배가 통통하다. 나의 거룩한 봉사는 오늘로 끝이니 연민의 정이라면 몰라도 저 징그러운 식탐을 흰 눈으로 볼 것까진 없다.

통신회사에서 무료로 제공해준 컬러링이 휴대폰에서 흘러나오자 연두가 휙 고개를 돌린다. 시련을 딛고 재기에 성공한 여가수가 '그땐 바보처럼 몰랐어'라고 울먹이는 목소리로 호소한다. 폴더를 열자 바빠 죽겠는데 전화를 늦게 받는다며 언니가 대뜸 성부터 냈다. 다혈질인 데다 산후우울증까지 겹쳐서 폭발 직전이다.

"너는 몇 시에 출발할 거야."

아버지의 결혼식을 두고 하는 소리다. 그래도 자식이라고 언니는, 볼품은 있을지 몰라도 신랑신부의 행동거지가 유치하기 짝이 없을 잔칫집에 가기는 할 모양이다. 언니는 아버지의 성품을 부끄럽게 여기지만 자식으로서 최소한의 도리만큼은 지킨다. 당신의 재산에 흑심을 품고 있어서다. 아버지를 능란하게 요리해서 손에 쥐는 돈이 어느 구멍으로 들어가는지 알 수 없으나 언니의 이중인격을 고깝게 보고 싶진 않다. 나의 주제넘은 충고를 새겨들을 언니도 아닐뿐더러 저마다 살아가는 방식이 다르니 어쩔 수 없기도 하다.

"나도 귀찮아 죽겠어. 하필이면 푹푹 찌는 삼복더위에 날짜를 잡을 게 뭐람. 노인네가 이번 결혼식에도 돈을 왕창 처발랐더라. 언제까지 망신살을 뻗치고 다닐라나 몰라. 어디 보자, 지금이 두 시 이십 분이니까 세 시 반쯤 나가면 되겠다. 김치 담가놨으니까 가져다 먹어."

"벌써 두 시가 지났어?"

날쌔게 지나간 시간에 얼떨떨해진 나는 먼저 전화를 끊는다. 아랫배가 살살 아파온다. 주방이며 다용도실을 기웃거리는 연두의 느려터진 몸짓이 초조함을 부추긴다. 열흘 가까이 기거한 연두는 이 원룸의 내부 사정을 속속들이 알고 있다. 내가 두통에 쩔쩔매고 있으면 어떻게 알았는지 붙박이장에서 구급상자를 꺼내올 정도다. 그동안 나는 연두의 나이답지 않은 기억력과 눈썰미를 칭찬하며 엉덩짝을 두들겨줬다. 이제와 생각해보면 그게 다 눈치꾸러기처럼 빌붙기 위한 속셈인 듯해서 몸서리가 쳐진다. 나는 인터넷 검색으로 알아낸 수목원의 위치를 떠올리며 간단하게 짐을 꾸린다. 신발을 신기만 하면 되는데 나는 어디 일거리가 없나 하고 집 안을 두리번거리며 시간을 끈다. 청첩장을 찢어 쓰레기통에 버리고, 화장대를 정리하고, 화초에 물을 준다. 햇빛에 비친 컴퓨터 모니터의 손자국을 물티슈로 지우다가 나는 의자에 그대로 주저앉고 만다.

덩치와의 불미스러운 일로 인해 의기소침해져 있던 내가 메일 박스를 열어본 건 인터넷 뱅킹으로 통장 잔액을 확인하고 난 후였다. '받은 편지함'에는 모두 열두 통의 편지가 있었다. 상품 선전 일색인 스팸메일을 삭제하던 중 나는 '당신의 서평이 인상적이었습니다'라는 색다른 제목과 맞닥뜨렸다.

— 안녕하세요, insideout 씨. 인터넷 서점에서 당신의 서평을 읽었습니다. 솔직하고 명쾌한 서평에 마음이 끌려 저도 바로 그 책을 구입했어요. 저는 여섯 살배기 아들과 갓 백일이 지난 딸을 둔 주부입니다. 미술학원에서 아이들에게 그림지도를 해주다가 갓난애 때문에 잠시 일을 쉬고 있어요. 아이들한테 꼼짝없이 붙들려 있다 보니 여행은 고사하고 친구들을 만날 시간도 없답니다. 요즘은 인터넷이 저의 유일한 친구예요. 각종 설문조사에 참여하고 네티즌들과 정보를 나누면서 나름대로 알찬 시간을 보내고 있죠. 이런 편지를 띄우

긴 처음이네요. 당신에게 종종 메일을 보내도 될까요?

다정한 편지를 가장한 상품선전 메일이 아닐까 해서 나는 내용을 세세히 뜯어보았다. 분명 진솔한 서신이었다. 편지를 읽고 나자 우중충한 내 마음이 단박에 환해졌다. 메일을 보낸 여자의 아이디는 'rainbow'였다. 나는 단골로 드나드는 인터넷 서점의 '마이리뷰'에 간간이 글을 올렸다. 책을 공짜로 얻으려는 욕심에서였다. 그 인터넷 서점에서는 매월 세 편씩 우수 서평을 선정해 쿠폰을 선물로 줬다. 지난달에 우수작으로 뽑힌 내 독후감을 그녀가 읽은 모양이었다. 그녀의 따뜻한 관심이 덩치에게 받은 모욕을 말끔히 씻어주는 듯했다. 나는 레인보우의 메일 주소로 당장 답신을 보냈다.

나는 이내 안정을 되찾았다. 레인보우와 주고받는 인터넷 편지가 마음을 다잡는 데 적잖은 도움을 주었다. 이 껄렁껄렁한 세상과 박자를 맞추려면 두루뭉술하게 살아야 한다는 찝찔한 깨달음도 해열제 역할을 했다. 그래도 가장 만만한 수험생 신분으로 돌아간 나는 이른 새벽에 도서관으로 발걸음을 재촉하며 시험 준비에 열을 올렸다. 뒤틀린 일상을 바로 잡아놓으니 입맛까지 되살아났다.

마음이 없어서가 아니라 도서관에 묶여 지내는 입장이라서 나는 레인보우에게 메일을 자주 띄우지 못했다. 우리는 반인륜적인 사건이나 현대 문명의 쾌속항진에 발 맞춰 한없이 탐욕적이고 이기적으로 변해가는 인간의 모습, 우리의 삶을 지배하고 있는 '속도' 숭배의식 따위에 대한 나름의 진솔한 사유들을 나누었다. '받지 않을 자유'를 누리고 싶어서 이젠 골동품이 되어버린 '삐삐'를 여전히 지니고 다닌다는 레인보우의 취향이 좀 별나다 싶으면서도 심지가 굳어 보여 좋았다.

— 혜리 엄마라고, 우리 앞집에서 셋방살이를 하는 여자가 있는데 자식이 자그마치 여섯이나 돼. 아이들을 앞세우고 동네를 어슬렁거리는 혜리 엄말 보면서 자식 욕심이 많은 여자라고 생각했는데 그게 아니었어. 피임을 해도 임신이 잘 되는 여자들이 있잖아. 혜리 엄마가 그런 부류인 모양이야. 남편의 직업이 불안정해서 근근이 먹고 사나봐. 그래도 혜리 엄마는 인근 대학의 학생식당에서 시간제 아르바이트를 하며 아이들한테 온갖 정성을 쏟는대. 피임도 제대로 할 줄 모르는 여자가 한심스럽다가도 그 갸륵한 모성을 보면 마음이 짠해져.

레인보우는 두 아이와 생활하면서 겪는 소소한 일 외에도 이웃들의 집안 사정을 재미나게 써서 보냈다. 인터넷 통신망을 통해 이루어지는 인간관계라는 것이 대개 물거품 같아서 나는 레인보우와의 인연도 그렇겠거니 생각했다. 하지만 그녀는 달랐다. 레인보우가 들려주는 다채로운 이야기는 감동 한 꼬투리도 선사하지 않으면서 허풍만 떨어대는 연속극보다 훨씬 맛깔스러웠다. 할머니의 옛날이야기에 정신이 쏠린 아이처럼 나는 이제나저제나 그녀의 편지를 기다렸다.

— 날이 푹푹 찌는데 밥은 제때 챙겨 먹고 있어? 뭐니 뭐니 해도 건강이 최고란 걸 잊지 마. 오늘은 뱀 이야기를 들려줄게. 인천에 사는 내 친구가 개업 식당에서 제 키만 한 화분을 얻어다가 베란다에 놔뒀대. 그런데 어느 날 커다란 지렁이 한 마리가 거실에서 기어 다니더라는 거야. 휴지로 집어서 버리고 하루가 지나면 또 생기고 또 생기고…… 하도 이상해서 집안을 유심히 살펴보니까 베란다의 그 화분에서 지렁이가 꼬물꼬물 기어 나오더래. 친구가 모종삽으로 화분을 팠더니, 아, 글쎄, 그 안에 뱀알 껍데기가 수북하더라는 거야. 알에서 부화한 게 그 지렁이였던 거지. 친구가 얼마나 기절초풍했겠어. 화분을 버리기 전에 언뜻 보니까 테두리에 조기비늘 같은 게 다닥다닥 붙어 있더래. 그게 어미 뱀이 기어 들어갔다 나온 흔적이었대. 그 화분이 농원에 있을 때 뱀이 거기에다 알을 깐 모양이야. 내 친군 당장이라도 집을 팔아버리고 싶은 심정이래. 내가 걔한테 차마 이 말은 못 했는데 말이야, 그 어미 뱀이 지 새끼 다 죽였다고 내 친구한테 해코지하면 어쩌지.

나는 어떤 기교도 부리지 않고 자신의 일상을 소박하게 풀어놓는 그녀의 질박한 문장에 끌렸다. 글을 눈여겨보면 글쓴이의 됨됨이가 웬만큼 드러나게 마련이다. 나는 글을 잣대로 삼아 레인보우를 관찰했다. 그 탐색전의 결과는 가히 만족할 만한 것이었다.

밤늦게 도서관에서 돌아오면 나는 씻지도 않고 컴퓨터 전원부터 켰다. 그녀의 편지는 일주일에 두 번 꼴로 배달되었다. 삭막한 동굴 속에서 혼자 버둥거려야 하는 수험생의 마음속에 그녀는 산뜻한 무지개를 뻗쳐놓았다. 어느 날 그녀는 좀 다급한 문체로 큰아이를 며칠만 돌봐줄 수 없겠느냐는 부탁을 써서 보냈다. 어느 의류업체에 근무한다는 남편이 교통사고를 당했는데 두 아이를 거둬가며 병간호를 하기가 힘겹다는 사연이었다. 친정이며 시댁 식구들이 외국 아니면 지방에 뿔뿔이 흩어져 살아서 딱히 맡길 곳도 없다고 했다. 집에 상주하며 아이를 보살펴줄 수 있는 파출부를 구해볼까 했지만 도무지 믿음이 가지 않는다는 거였다. 무턱대고 내게 아이를 맡기려는 걸로 봐서 레인보우도 그동안 나처럼 새로 사귄 말벗의 인간성을 눈여겨본 모양이었다. 친정엄마가 시골에서 곧 올라오니까 넉넉잡아 사흘이면 될 거라며 그녀는 절박한 사정을 풀어놨다. 반드시 사례를 하겠다는 말도 덧붙였다.

레인보우의 간청을 받아들인 건 아버지의 청첩장과 함께 배달된 또 다른 우편물 때문이었다. '나눔'이라는 표제가 붙은 19페이지 분량의 작은 홍보책자였다. '나눔'의 표지모델은 초등학생이었다. 안경잡이 여자아이가 책을 읽고 있었다. 남자아이는 책상 위에 엎드린 자세로 누군가를 바라봤다. 표지 밖의 친구에게 짓궂은 장난을 하는 표정이었다. 둘 다 천진난만했다. 그 책자는 군색한 맞벌이 부부의 탁아시설, 영양실조로 사망하는 개발도상국 어린이들, 강진으로 쑥 대밭이 된 인도네시아 반툴 지역 제로리 마을 등등의 생존환경과 그 들을 위해 헌신하는 자원봉사자들의 체험담으로 꾸며져 있었다. 책 장을 넘기다 보면 '하루 100원 모으기'랄지 '작은 실천이 큰 희망이 됩니다'라는 캠페인 문구를 새긴 엽서가 사이사이에 끼어 있기도 했 다. 후원자의 도움을 간절히 바라는 엽서였다.

나는 우편함에 기대서서 책자를 단숨에 읽었다. 책장을 덮고 나니 까 뜻밖에도 헐벗고 굶주린 이웃을 돕고 싶은 욕구가 생겼다. 그런 저런 작은 실천이 모이면 이른바 그 알량한 '기부문화'가 사회적으 로 확산되리라는 꼴값잖은 의식도 들러붙었다. 아직 때 묻지 않은 나의 도덕적 품성에 자부심까지 느껴졌다. 생소한 감정이었다. 나는 계단을 올라가면서 우편봉투를 훑어봤다. 신선한 감정에 휩싸인 와 중에도 나를 어떻게 알고 이런 우편물을 보냈을까 하는 의구심이 스 쳤다. 어이없게도 받는 사람이 '민들레 귀하'였다. 순간 입맛이 슬그 머니 떨어지는 기분이었다. 주소로 봐선 내 우편물이 확실했다. 전 에 살던 집주인의 이름이 민들레인가 했는데 곰곰이 생각해보니 김 명관이란 남자였다. 우체국에 미리 주소 이전 신고를 안 해서 한 달 남짓 이쪽으로 배달된 그의 우편물 때문에 나는 그 이름 석 자를 기 억하고 있었다. 사회복지단체가 어떤 경로를 통해 원룸이며 아파트 의 주소를 알아냈는데 거주하는 사람의 이름을 제대로 알지 못하니까 수신자를 '민들레'로 통일한 것 같았다. 민들레 씨는 깃털이 있어 바람에 날려 전파되므로 사랑을 퍼뜨리는 사회복지회의 성격과도 맞아떨어졌다.

나는 사회복지단체의 행태에 좀 비위가 상했다. 상대방의 번듯한 이름을 허투루 여기면서 자기들 멋대로 써 붙인 '민들레' 때문에 그랬다. 대다수의 이웃들이 물심양면으로 후원해주길 바라면서 민들레라는, 마치 아파트의 숫자문패 같은 호칭으로 우편물을 보내다니, 따져볼수록 진지하지 못한 태도였다. 사회복지단체 직원들이 한데 모여 앉아 어느 지역 어느 집의 민들레가 걸려드는지 두고 보자며 전화통을 뚫어지게 바라보고 있는 모습도 아른거렸다. 무시당한 이름 때문에 내심 씁쓸했지만 은근히 들뜬 나의 마음을 돌이킬 정도의 허물은 아니었다. 나는 첫 봉사 대상으로 레인보우의 아이를 선택했다.

패스트푸드점에서 나는 레인보우를 만났다. 서울의 한낮 최고 기온이 34도까지 올라간 날이었다. 그녀가 먼저 내 손을 덥석 잡아끌며 말을 붙였다. 인터넷 서신을 그렇게나 많이 주고받았는데도 막상 실물을 보니까 서먹서먹했다. 나는 무슨 말부터 꺼내야 할지 몰랐다. 그녀가 정겹게 구사하는 인사이드아웃이며 레인보우라는 아이디도 스테인리스 같은 느낌이었다. 엄마의 채근에 못 이겨 나에게 건성으로 인사를 하고 난 아이는 햄버거 세트를 게걸스럽게 먹어댔다. 그녀는 짙은 포도주색 선글라스에 벙거지 모자를 쓰고 나왔다.

남편이 입원해 있는 병원을 들락거리다가 눈병이 옮았다고 했다. 밉상은 아니었다. 레인보우는 사이버공간에서보다 더 다정하고 유머러스했다. 무슨 다급한 용무가 있는지 자꾸 손목시계를 쳐다봐서 나까지 덩달아 조급해졌다.

"보험회사 직원과 약속이 있어서 가봐야겠어. 조만간 다시 만나서 우리끼리 오붓하게 차 마시며 이야기 나눠. 이거 얼마 안 돼, 책값에 보태 써. 아휴, 이 녀석 배탈 나겠네. 엄마가 바로 데리러 갈 테니까 이모 말씀 잘 듣고 있어야 한다?"

레인보우는 제 아이의 볼기짝에 입맞춤을 하더니 패스트푸드점을 서둘러 빠져나갔다. 아이는 제 엄마가 가든 말든 닭다리나 열심히 뜯고 있었다. 중요한 물건을 건네받지 않았거나, 뭔가 주는 걸 깜빡 잊은 것처럼 가슴 한 구석이 허전했다. 얼른 쫓아나가 그녀를 불러 세워 무슨 말인가를 좀 더 나눠야겠는데 몸이 까부라졌다. 에어컨 바람으로 실내는 더없이 쾌적했지만 내 심신은 더위에 부대꼈다. 그건 에어컨 바람도 어쩌지 못하는 심리적인 무더위였다. 나는 레인보우의 아이를 데리고 거리로 나섰다. 봉사자로서 내딛는 첫 걸음이 가볍지만은 않았다. 눈앞이 아뜩아뜩했다. 레인보우가 건네준 봉투에는 현금 삼십만 원이 들어 있었다.

이번 정거장은 고속버스터미널이다. 내 몸이 전철 밖으로 밀려 나간다. 한목에 쏟아져 내리는 승객들의 물리적 관성에 의해서다. 나는 인파 속에 파묻혀 출구를 향해 슬그머니 발걸음을 뗀다. 어떤 아이가 목놓아 울지만 연두의 음성은 아니다. 연두는 나를 뒤따라 내리지 못하고 달리는 전철 안에서 우왕좌왕하고 있을 것이다. 나는 고개를 깊숙이 숙인 채 발끝에 힘을 준다.

"거, 왜, 자꾸 밀고 그래요."

앞서 걷는 사내의 타박이 정수리에 꽂힌다.

에스컬레이터까지 왔다. 나는 사람들 사이를 비집고 나가 층계 쪽으로 자리를 옮긴다. 순간 누군가가 내 남방 자락을 움켜쥔다. 어떤 노인이나 임산부가 나의 몸에 의지해 층계를 오르려는 것이리라. 나는 뿌리치듯 몸을 앞으로 당긴다. 그때 또 다른 손이 오른쪽 허벅지를 쿡쿡 찌른다. 나는 반사적으로 고개를 돌린다. 연두가 헤벌쭉 웃으면서 나를 바라본다.

"여기가 수목원이에요? 야, 분수다!"

'고속버스터미널'이라고 쓰여 있는 안내 표지가 이끄는 대로 걸어가자 구름장 같은 물줄기가 냉기를 선사한다. 가슴이 확 트인다. 호화로운 분수와 대형서점, 최첨단의 각종 부대시설, 우스꽝스러운 인체 조형물이 조화롭게 어울려 있는 이곳은 연두를 홀리기에 족하다. 대형 쇼핑몰과도 연결되어 있다. 오솔길처럼 생긴 에스컬레이터 위에는 서울을 들고 나는 사람들로 빼곡하다. 내 목소리를 삼킬 만큼 시끌벅적한 분위기가 오히려 마음에 안정을 실어준다. 연두는 무슨 벽촌에서 온 아이처럼 입을 다물지 못하고 둘레둘레 살펴본다. 나는 분수대를 울타리처럼 둘러싼 대리석 공간에 몸을 부린다. 작은 폭포 아래 앉아 있는 기분이다. 심줄이 불거진 손등 위로 가랑비처럼 떨어지는 물방울이 몽롱한 정신을 깨운다. 연두는 색색의 개구리가 그려진 배낭을 둘러멘 채 분수대 주변을 뛰어다니다가, '책 읽는 사람들'이란 제목의 구릿빛 동상과 악수를 하며 낄낄거린다. 수목원이 너무 좋다는 둥, 저녁때 자장면을 먹자는 둥, 연두는 잊을 만하면 내게 달려와 쫑알거리고는 곧장 사라진다. 정신이 팔린 건지 못 들은 척하는 건지 내가 거듭 불러도 연두는 쳐다보지 않는다. 분수대가 하얀 물꽃을 탐스럽게 피우고 있다.

"애비가 부산에서 땅 장사를 한다더라. 세상에 임자 없는 땅이 천지라드만."

할머니가 적어준 부산의 어느 아파트 주소를 들고 아버지를 찾아 언니와 함께 길을 나선 것이 초등학교 3학년 때였다. 언니는 중학생이었다. 엄마가 돌아가신 지 두 해가 지나서였다. 엄마는 암세포를 이겨내지 못해 젊은 나이에 숨을 거뒀다. 아버지는 변변한 직업도 없이 엄마에게 쥐꼬리만 한 생활비를 가까스로 가져다줬지만 순박한 가장이긴 했다. 엄마가 저승으로 떠난 후부터 아버지의 칙칙한 삶에 조금씩 햇살이 비쳤다.

"부부가 궁합이 안 맞으면 지지리 고생만 하다가 세상을 뜨는 겨. 난 늬 애비가 홀아비 되면 떼돈 벌 줄 진작에 알았다."

며느리를 잃고 나서야 할머니의 얼굴에 근심이 가셨다. 한 철은 서울, 한 철은 부산에 기반을 두고 아버지는 '사업상' 방방곡곡을 떠돌아다녔다. 그해 여름, 서울역 대합실에서 언니와 나는 부산행 열차를 기다리고 있었다. 여름방학 때라 기차역은 여행객들로 붐볐다. 내 옆자리에 앉은 어떤 중년 부인이 자기 아들에게 옥수수를 떼어 먹이고 있었다. 내가 입맛을 다시며 눈을 떼지 못하니까 그 아줌마가 옥수수 반쪽을 손에 쥐어줬다. 그 순간 언니가 내 팔을 낚아채더니 화장실로 끌고 가서 왜 거지새끼처럼 구느냐며 등짝을 때렸다. 예나 지금이나 언니는 남에게 동정받는 걸 질색했다. 우리 자매는 아버지의 돈벌이 내역을 굳이 알려고 들지 않으면서 무난히 대학까지 마쳤다. 돈맛을 알면 인색해진다던데 아버지는 오히려 씀씀이가 헤퍼졌다. 급기야 여색에 머리를 처박고 있던 아버지를 목격했을 때 나는 태어나서 처음으로 없이 살았던 시절을 그리워했다.

이 사람 저 사람에게 과자를 얻어먹는 연두를 쳐다보다가 한 자락의 추억을 떠올렸지만 나는 언니처럼 행동하지 않는다. 아무하고나 살갑게 어울리는 연두를 보면서 나는 도리어 안도감을 느낀다. 연두가 저렇게 협조적이라면 나는 오늘의 작업을 수월하게 마칠 수 있을 것이다. 사람은 제 팔자대로 사는 거라던 살아생전 할머니의 장담만큼 지금 나에게 위안을 주는 말은 없다.

　나는 레인보우의 아들 연두를 성심껏 보살폈다. 연두는 삼십만 원을 지불하고 사흘간 숙박하는 VIP손님이었으니 그에 걸맞는 서비스를 제공해야 했다. 나는 고급호텔의 웨이트리스처럼 쾌적한 분위기를 위해 집 안을 쓸고 닦았다. 영양가가 풍부한 음식도 만들었다. PC방에서 함께 게임을 하고, 어린이 도서관에도 데리고 갔다. 나의 깍듯한 수발을 받으며 연두는 마냥 즐거워했다. 제 엄마를 까맣게 잊고 지낼 정도였다. 연두가 잠든 동안만 나는 수험서적을 들춰볼 수 있었다.

　이상한 일은 레인보우와 연락이 안 된다는 거였다. 내 원룸에 연두가 짐을 푼 날 저녁 무렵에 레인보우의 전화를 받았는데 그 뒤로 소식이 뜸했다. 연두의 일과를 소상히 적어서 메일을 보내도 묵묵부답, 수신확인을 눌러보면 '읽지 않음'이라는 글자만 줄줄이 떴다. 그녀가 일러준 삐삐번호로 내 연락처를 남겨놨으나 종무소식이었다. 연두 외할머니가 상경했는지도 궁금했다. 만약 내가 레인보우였다면 수시로 전화를 걸어 연두의 안부를 물었을 터였다. 연두 아빠의 건강이 악화됐나 보다, 병간호를 하느라 경황이 없겠지, 라고 마음을 다독이며 일주일을 보냈다.

　나의 이해심에도 한계가 있었다. 나는 연두에게 상황을 설명하고 레인보우를 찾아 나서기로 했다. 영특한 연두가 병원의 위치나 외할머니의 연락처를 알고 있을지도 몰랐다.

"난 아빠가 없는데요?"

"요게 오냐오냐 하니까 툭하면 이모한테 장난을 치려고 해."

나는 메일 박스를 열어 레인보우가 보내준 첨부파일을 클릭했다. 연두 아빠의 배 위에 누워 손가락을 빨거나 도리도리를 하는 아기 사진이었다.

"자, 봐. 네 아빠하고 동생이잖아."

연두가 신기한 표정으로 모니터를 쳐다보더니, 나한테 무슨 아빠랑 동생이 있느냐고, 이모는 바보 멍청이라며 허공에 대고 어퍼컷을 날렸다. 사태의 심각성을 알 리 없는 연두가 방 안을 빙빙 돌며 입으로 따발총 소리를 냈다. 라면 끓여줘, 라면 끓여줘, 연두가 촐싹거리며 눈치 없이 나불거렸다. 나를 어려워하기는커녕 너무나 친근해진 나머지 서슴없이 반말지거리를 하는 연두에게 놀림감이 된 기분이었다. 정신이 멍멍했다. 나는 연두를 꿇어 앉혀 놓고 닦달했다.

그동안 레인보우가 흘린 말은 죄다 거짓이었다. 엄마랑 어떤 아저씨랑 옥탑방에서 함께 살았어요. 연두가 울먹이며 말했다. 말재주가 있는 연두 덕분에 레인보우의 너저분한 행실이 소상히 밝혀졌다. 어떻게 이런 일이 벌어질 수 있을까. 푼수처럼 헛웃음만 나왔다. 보관함에 고이 저장해둔 수많은 이메일이 환심을 사기 위한 미끼였다는 걸 나는 도무지 믿을 수 없었다. '받지 않을 자유' 운운하며 삐삐번호를 알려준 것도 자신을 은폐하기 위한 속임수였다. 나로서는 이 얼토당토않은 사태가 사이버 공간에서 벌이는 황당무계한 게임 같았다. 무엇보다 글마저도 결국 가면뿐이라는 사실을 나는 차마 인정하기 싫었다.

"연두야, 가자."

장난감 가게를 기웃거리던 연두가 재깍 달려온다.

"이모, 벌써 집에 가요?"

"수목원에 가잔 말이야."

"여기가 수목원 아니에요?"

"나무가 많은 곳이 수목원이야."

"으아, 신난다."

이곳이 수목원이든 아니든 연두는 어딘가를 또 간다는 사실이 흥겨운 거다. 올 때와 마찬가지로 전철역은 고속터미널 이용객들로 붐빈다. 전철역에서나 휴식공간에서 천방지축으로 날뛰던 것과는 달리 내 손을 꼭 붙잡고 서 있는 연두의 눈빛이 다정하다. 땀이 차서 연두의 손을 놓아버리고 싶은데 선뜻 행동으로 옮겨지지 않는다. 새카만 인파로부터 연두를 안전하게 보호하다가 나는 실소를 터뜨린다. 새삼스레 이게 무슨 눈꼴사나운 애정 표현이란 말인가. 나는 연두를 뿌리친다. 수목원으로 가는 전철이 무더운 바람을 일으키며 달려온다.

나는 연두를 즐겁게 해주려고 수목원에 가는 게 아니다. 애물단지를 감쪽같이 처리할 수 있는 방법에 대해 그간 여러모로 궁리해봤다. 보호기간을 좀 더 연장할 수도 있었지만 레인보우는 자기 새끼를 절대 데리러 오지 않을 거라는 판단이 섰다. 계획적인 범행임이 밝혀졌는데 더 이상 시간을 끌며 괴로워할 이유가 없다. 나는 연두를 인계함에 있어 레인보우처럼 흔적을 남기고 싶지 않다. 그녀뿐만이 아니라 이 미쳐 돌아가는 세상의 횡포에 양심을 지켜가며 응수하기도 싫다. 어떤 경우든 상대방이 저지른 소행에 똑같이 대응해버리는 것이 상책이라는 걸 이제야 깨달았다. 덩치에게 손찌검을 당했을 때도 경찰서에 고소를 하겠다고 벼르기 전에 그 작자의 귀때기를 곧바로 갈겨줬어야 했다. 이번의 아이 떠맡기와 아이 버리기도 그와 다르지 않다. 모정마저 팔아먹은 그 악질의 깔밋한 행위를 눈 딱 감고 실습해버리면 그만이다. 연두는 어차피 버려질 아이였으니까.

지금 아버지와 나는 출발 선상에 있다. 아버지의 결혼식에 맞춰 날짜를 잡은 게 아닌데 우리는 한날한시에 각자의 목표를 향해 뛴다. 소설이나 영화 속에서 일부러 기교를 부린 듯한 우연의 일치다. '결혼'과 '유기'라는 상반된 설정 또한 누군가의 희롱인 것만 같다. 확신컨대 아버지에게 있어 결혼이란 백년가약을 맺는 숭고한 의식이 아니다. 상대방이 원하든 그렇지 않든 결혼생활에 싫증이 난다 싶으면 위자료를 적당히 쥐어주고 가뿐하게 돌아선다. 아버지는 그

걸 남자다운 행동이라고 자부한다. 측은한 거드름이다. 나는 아버지의 행복한 광기를 후천적 지병이라고는 생각하지 않는다. 유전적이니만큼 그 바이러스는 미미하게나마 내 몸속에도 잠재해 있을 것이다. 그렇지 않고서야 어떻게 한글도 깨우치지 못한 아이를 태연히 버릴 엄두를 낸단 말인가. 그런 의미에서 아버지는 당신의 딸이 꾸민 이 '버리기' 음모에 대한 책임을 일정 부분 떠안아야 한다.

전철은 평소보다 두 배나 빠른 속도로 달리는 것 같다. 시끌시끌한 전철 안에서 찬송가가 들려온다. 거지 부부다. 남편은 장님이고 아내는 절름발이다. 남편의 어깨엔 구닥다리 카세트가 매달려 있다. 부부가 지팡이를 두드리며 걸어오자 승객들이 동냥은 안 주고 길만 터준다. 빨간 소쿠리엔 동전 몇 닢뿐이다. 연두와 악연을 맺기 전만 해도 나는 승객들을 상대로 구걸하는 동냥아치가 가까이 오길 기다려 적선을 하는 데 결코 인색하지 않았다. 가난한 노인들이 내미는 볼펜이며 껌도 주저 없이 사줬다. 나는 천 원짜리 한 장을 소쿠리에 넣는 대신 그들을 업신여긴다. 저들은 멀쩡한 눈과 다리를 가진 동업자일 수도 있다. 거짓 동냥질을 마치고 자기네들의 아지트로 숨어들어서는 수입이 좋으네 나쁘네 떠들어대며 순진한 사람들이 한푼 두푼 모아준 돈을 공평하게 나눌지도 모를 일이다. 자원봉사자들의 발자취와 불우한 이웃들의 사연을 소개한 '나눔'이란 책자 또한 나의 호감에서 까마득히 멀어졌다. 여러 은행의 입금 계좌

번호를 나열해 놓은 '하루 100원 모으기 후원신청서'도 곱게 보이지 않는다. 민들레라는 익명의 독자들에게 무료로 배포되는 '나눔'이야말로 좋은 목적과 나쁜 수단을 제멋대로 구사한 돈벌이용 홍보물일지도 모른다.

세 정거장만 더 가면 수목원에 도착한다. 배가 아프다고 징징거리면서 연두가 내 팔을 붙잡는다. 수목원에 다 왔으니까 좀 참으라고 했더니 오만상을 찌푸리며 발을 동동 구른다. 전철 문이 열리자마자 연두가 공처럼 튀어나간다.

"그러게 누가 사람들이 주는 대로 받아먹으랬어? 저 표시를 봐. 층계를 올라가면 화장실이 있다는 뜻이야. 복잡하지 않으니까 혼자 다녀올 수 있지?"

연두가 배를 움켜쥐고 한달음에 달려간다.

이 전철역은 내리고 타는 사람들이 별로 없어서 한산하다. 나는 통나무 의자에 주저앉는다. 지금부터 시작이건만 고된 일정을 겨우 끝마친 것처럼 피로가 엄습한다. 그리고 보면 누군가를 속이고 비위 맞추는 악습을 떠받들면서 요령 좋게 살면 입에 풀칠은 안 할 듯도 싶다. 레인보우, 언니, 덩치, 아버지의 눈에는 탄탄한 밥줄을 잡기 위한 일념 하나로 시험 준비에 몰두하는 내 모습이 얼마나 근천스러워 보였을까. 하기야 멀쩡한 직장을 내던지고서 공무원이 되겠다고 까불댄 것부터가 속물근성이 밴 작태다. 나는 노동력에 비해 아주 형편없는 월급을 받았거나 인신공격을 당해서 사직서를 낸 게 아니다. 더듬어보면 나를 분노케 했던 일들은 샐러리맨이라면 누구나 겪고 사는 흔한 잡음이었을 것이다. 레인보우의 간교한 꾐에 빠지고 보니 객기를 부리다가 꿈도 사랑도 욕망도 다 잃어버린 듯한 허탈감이 밀려든다.

전철역이 금세 수선스러워진다. 수목원이 지척이라 그런지 가족 단위의 승객들이 많다. 어디선가 캐스터네츠 소리가 들려온다. 제 엄마 무릎에 앉은 꼬마가 혀를 움직여 내는 소리다. 나는 가방을 뒤져 연두의 캐스터네츠를 꺼낸다. 나들이가 생전 처음일지도 모를 연두의 머릿속에 이깟 캐스터네츠가 들어올 리 없다. 나는 흥얼흥얼 노래를 부르며 캐스터네츠를 친다. 내 연주는 저 아이의 입안엣 소리보다 경쾌하지 않다. 어미 뱀이 지 새끼 다 죽였다고 해코지하면 어쩌느냐는 염려를 넌지시 흘린 레인보우의 메일이 불현듯 떠오른다. 교활한 여편네, 그것도 나를 겁주려고 꾸며낸 이야기였을 거야. 나는 캐스터네츠의 낡은 고무줄을 송곳니로 끊어버린다. 주말에 아이들을 데리고 수목원을 찾는 소박한 부모들이라면 숲속에서 미아가 된 연두를 나 몰라라 하지는 않을 것이다. 연두가 아무리 똘똘하더라도 전철을 두 번이나 바꿔 타고 찾아간 수목원에서 고만고만한 집들이 미로 찾기의 칸막이처럼 찡박혀 있는 내 원룸으로 돌아올 수야 없겠지. 저절로 터져 나오는 안도의 한숨이 쾌재인지 뭔지는 나도 모르겠다.

"이모, 수목원에 가려면 아직 멀었어요?"

화장실에서 나온 연두가 말짱한 얼굴로 묻는다. 때마침 전철이 들어온다는 안내방송이 흘러나온다. 흥에 겨운 아이들이 전철 안으로 우르르 뛰어 들어가 자리를 잡는다. 나는 벤치에 그대로 앉아 있다. 몸이 단 연두가 빨리 전철을 타자고 내 손을 잡아끈다.

"자리가 없잖아. 금방 또 오니까 거기 앉아서 기다려."

승강장의 CCTV엔 연두와 나의 모습만 붙박여 있다. 낡은 기왓장 같은 흑백 모니터를 보며 나는 때 아닌 추위를 느낀다. 우리는 조금 떨어져 앉아 레일을 바라본다. 내가 다리를 꼬니까 연두도 따라한다. 누가 보면 연두와 난 영락없는 가족이다.

"이모, 집에 간장이 떨어졌다고 했잖아요. 이따 들어갈 때 사가지고 가요."

"연두야, 내 이름은 인사이드아웃이야."

두 대의 전철이 지나갔다. 그때마다 나는 수목원으로 가는 전철이 아니라고 연두에게 거짓말을 한다. 기왕이면 인정미 있는 '민들레 귀하'에게 연두가 무사히 전해졌으면 하는 바람을 품어본다. 이제야 슬며시 고개를 드는 죄책감이 가증스럽다. 녹음이 짙은 수목원에 연두를 풀어놓고 난 후 두리번거리는 내 행방을 그리다가 나는 문득 스카이웨딩홀을 떠올린다. 비참한 토요일이다. 푸른색 띠로 몸체를 두른 전철이 기적을 울리며 다가온다. 연두가 튕기듯 의자에서 일어난다. 내 몸은 벤치에 꼼짝없이 들러붙은 채 아릿한 시선만 전철 안으로 빨려 들어간다.

〈2013 『문학마당』 겨울호〉

바늘집

바늘집

피겨스케이팅 선수의 허벅지에 글자를 새긴다. 삐뚤 삐뚤한 문장이 발목까지 이어진다. 개미떼 같다. 그녀는 오른쪽 다리를 뒤로 완전히 들어 올려 두 손으로 스케이트슈즈를 붙잡고 있다. 칼등처럼 굽은 스케이트의 날에 초점을 맞춘 얼굴이 일자로 뻗어 올린 다리만큼이나 팽팽하다. 심이 굵은 볼펜으로 테두리를 그어 본다. 납작한 가슴을 시작으로 골반과 종아리를 지나 엉덩이를 거쳐 겨드랑이에 이르자, 빙판의 발레리나가 커다란 'φ'자로 변한다.

스포츠신문을 밀쳐놓고서 난이는 반소매 유니폼을 물끄러미 바라본다. 오늘 낮에 그녀는 시아버지의 방을 청소하다가 자개문갑에서 상자를 발견했다. 그 안에는 남편이 근무했던 회사의 유니폼이 들어 있었다. 단추가 떨어진 채로 반듯하게 개켜 있는 유니폼은 반소매였다. 택배회사 유니폼에서 남편의 체취가 맡아졌다. 무심코 고개를 돌리자 시아버지의 새카만 머리털이 눈에 들어온다. 당신은 방문을 반쯤 열고 불을 켜놓아야만 잠이 든다. 얼마 전 새것으로 갈아 끼운 형광등 때문에 시아버지의 뒤통수가 더욱 새카맣게 보인다. 그것은 들숨날숨을 느리게 반복하는 검은 생명체 같다. 왕겨를 넣어 만든 원통형 베개가 당신의 머리를 아슬아슬하게 받치고 있다.

그녀는 시아버지의 머리를 살짝 들어 올려 베개를 밀어 넣는다. 주름투성이의 흐물흐물한 눈꺼풀이 힘겹게 열린다. 희미한 미소를 흘리면서 당신은 이내 잠 속으로 빠져든다. 팔순을 바라보는 노인네의 머리털이 염색을 한 것처럼 까맣다. 머릿결도 매끄럽다. 세월의 파도에 씻긴 육체는 나날이 섬약해지는데 머리털만은 생생하게 자란다. 시아버지는 〈달맞이 가자〉를 부르다가 잠이 들었다. '앵두 따다 실에 꿰어 목에다 걸고'쯤에서 리듬이 끊겼을 것이다. 일본 노인들의 장수 비결을 소개한 프로그램을 시청한 뒤부터 당신은 동요를 불렀다. 올해 아흔네 살인 이노우에 노인은 잠들기 전에 반드시 스무 곡의 동요를 부른다고 했다. 조각구름 같은 백발을 올백으로 빗어 넘긴 그는 허리가 꼿꼿했다.

"얘, 여기다 동요 가사를 적어다우. 글씨는 큼직큼직하게 써야 해. 뒷장에 쓰지 말고 앞장에만 한 곡씩. 무슨 말인지 알겠쟈?"

다음날 시아버지는 칸이 넓은 초등학생용 공책을 사들고 와서 난이를 성가시게 했다. 이노우에 노인의 건강 비법을 따라하면 백 살을 너끈히 넘길 수 있다는 표정이었다. 그녀는 인터넷의 도움을 받아 마지못해 공책에 노랫말을 적었다. 의욕이야 흘러넘쳤지만 노인은 언제나 여덟 번째 곡 〈달맞이 가자〉를 부르다가 잠이 들곤 했다.

전화벨 소리가 적막을 가른다. 한 번 울리고 그치는 벨소리. 경모가 보내는 신호다. 식탁에 앉아 있던 난이는 뒤꿈치를 들고서 재빨리 제 방으로 들어간다. 전화벨 소리가 마치 위급 상황을 알리는 비상경보처럼 들린다. 그녀는 잽싸게 수화기를 집어 든다.

"왜 밤에 신호를 보내고 그래."

난이가 기어드는 목소리로 불만을 터뜨린다.

"남방을 손으로 빨았는데 그다음엔 어찌해야 해?"

"뭘 어째. 탈수해서 탈탈 털어가지고 옷걸이에 걸어서 말리면 되지. 세탁기 고장 났어?"

"주의사항을 보니까 반드시 손빨래를 하라잖아. 탈수기도 사용하지 말래."

"그렇게 까다로운 남방을 왜 사 입어."

"너한테 선물받은 남방이야."

경모는 입맛을 다시더니 당장 들어와 살 것도 아니면서 잔손이 가는 남방을 사줬다고 툴툴거린다. 며칠 뜸하다 했다. 그는 올해 정월 초하루부터 하루가 멀다 하고 전화를 걸어 잃어버린 낙원 운운하며 난이를 꼬드겼다. 그러다가도 버럭 소리를 질러 그녀와 심심찮게 말다툼을 했다. 그 피곤한 타박이 저번 주말부터 어째 잠잠하다 했더니 오늘 마침내 연락이 온 것이다. 그는 모성 본능을 자극하는 쪽으로 전략을 바꾼 듯하다.

시아버지가 뒤척이는 것 같다. 경모의 카랑카랑한 목소리보다 옆방에서 부스럭거리는 소리가 더 또렷이 들린다. 시아버지는 오글쪼글한 눈꺼풀을 활짝 열고서 이쪽의 대화를 스펀지처럼 빨아들이고 있는지도 모른다. 시아버지를 의식한 그녀의 음성이 점점 잦아진다.

난이는 입술의 거스러미를 떼며 그가 어서 물러서기를 기다린다. 자기가 먼저 수화기를 내려놓는다면 잔잔해진 경모의 속이 또 배배 꼬일 테니까. 손톱에 피어난 꽃송이는 생기가 없다. "손톱에서 꽃향기가 맡아지는 것 같지 않아요?"라고 묻던 '네일 갤러리' 아가씨의 과장스런 표정이 떠오른다. 꽃향기는 무슨, 말라비틀어진 꽃송이야, 그러니까 반값을 받았겠지.

"뭐라고 구시렁대는 거야. 참, 휴대폰은 언제 수리가 끝난대?"

"아파트 상가 안에 네일숍이 생겼어. 오픈 기념으로 세일을 한다기에 손톱을 맡겼는데 시시한 꽃송이를 그려놨지 뭐야. 지워야 할까봐. 휴대폰은 내일 찾으러 갈 거야."

"뭐든 마음 상태에 따라 감상이 달라지는 법이야."

난이가 손으로 입을 가리면서 말대꾸 대신 '피피'라고 한다. '피피'

는 경모가 지어낸 사랑한다는 뜻의 암호다. 그가 다소 누그러진 목소리로, 그만 떠들고 잠이나 자라 이거지, 하면서 내일 아침에 모닝콜을 해달라고 한다.

방문을 열고 옆방의 동정을 살피고 싶은데 시아버지의 싸늘한 눈과 마주칠 것만 같다. 그녀는 촉각을 곤두세우고서 발꿈치의 굳은살을 꼬집어댄다. 시아버지가 헛기침을 하면서 욕실로 들어간다. 전화벨소리에 감각이 살아난 때부터 줄곧 이쪽의 밀담을 훔쳐들은 것이 틀림없다. 당신이 '피피'라는 암호의 속뜻까지 알고 있는 것 같아 얼굴이 화끈거린다. 욕실에서 힘겨운 신음이 원망처럼 터져 나온다. 그녀는 방문을 슬쩍 연다.

"변비가 심해서 걱정이네요."

난이가 짐짓 태연히 말하며 시아버지의 눈치를 살핀다.

"벌써 사흘째 똥을 못 눴어. 복숭아씨 가루가 변비에 좋다던데, 넌 어째 입으로만 걱정을 하니. 변비에 벌벌 떠는 내 꼴이 염려스럽긴 한 게냐? 얘, 나도 복숭아씨 가루 좀 해다우. 동요를 부르고 기공체조를 하면 뭐하냐. 똥구멍이 이렇게 꽉 막혀버렸는걸."

변기의 와글거리는 물소리가 노인네의 푸념을 삼켜버린다. 그녀는 주방 겸 거실로 나가 식탁 위에 펼쳐놓은 스포츠신문을 치운다.

"뭐하느라고 여태 주방에 불을 켜놓고 있냐. 불빛 때문에 당최 잠을 못 이루겠다."

그녀는 얼른 불을 끈다. 형광등을 켜지 않으면 잠을 못 자는 양반이 애먼 불빛에 화풀이를 한다. 노인네가 허리춤에 손을 넣으면서 방으로 어기죽어기죽 들어간다. 몸에 꼭 맞는 사이즈를 샀는데도 당신의 내복이 헐렁헐렁하다.

유니폼 윗도리가 피곤에 지친 누군가의 모습처럼 침대 끝자락에 걸쳐 있다. 단추 하나가 떨어졌을 뿐인데도 유니폼이 볼품없어 보인다. 그녀는 옷장 문을 열고서 가을 외투 안감에 붙어 있는 단추를 잡아뗀다. 짝짝이 단추라도 이빨이 빠진 듯 휑한 자리를 채워놔야만 잠이 들 것 같다. 아내로서 아직 할 일이 남아 있다고 생각하자 가슴 언저리가 뜨거워진다. 난이는 바늘집에서 고등어 가시처럼 생긴 바늘을 꺼내 실을 꿴다.

시아버지가 갈라진 음성으로 동요를 부른다. '산토끼'나 '퐁당퐁당' 따위의 경쾌한 동요들이 무슨 장송곡처럼 울려 퍼진다. 몹쓸 전화가 단잠을 깨웠다는 듯 시아버지가 목청을 돋운다. 쥐색 단추를 달았다. 생각보다 단춧구멍이 작다. 도톰한 단추가 살짝 벌어진 구멍으로 빡빡하게 들어간다. 노인네가 동요를 부르다 말고 지팡이로 벽을 두드린다. 그녀를 부르는 신호. 당신은 동요 공책을 우묵한 배 위에 올려놓은 채 천장을 멀뚱멀뚱 바라보고 있다.

"'반달'을 처음에 어떻게 부르지?"

"반달이요? 푸른 하늘 으은하수 하얀 쪽배에……"

시아버지가 더듬더듬 다음 소절을 잇는다. 난이는 들릴 듯 말 듯 노래를 따라 부르다가 현관으로 발걸음을 옮긴다.

"어디 가려는 게냐?"

"우유 사가지고 올게요."

도옷대도 아니 달고 삿대도 없이 가기도 잘도 가안다 서어쪽 나라로. 고저도 장단도 맞지 않는 노랫소리가 처량하게 문지방을 넘는다. 그녀는 쪽배를 닮은 운동화를 구겨 신으며, 나도 서쪽 나라로 가고 싶어, 라고 중얼거린다.

아파트 주차장에 자동차가 가득하다. 13평, 18평, 24평으로 이루어진 이 고층아파트는 지하주차장이 없어서 항시 그들먹하다. 무슨 중고 자동차 매매단지 같다. 난이는 일층 난간에 서서 고개를 빼고 소나무 쪽을 바라본다. 남편의 주차공간이나 마찬가지였던 자리에 체격이 큰 지프가 들어앉아 있다. 그녀는 어두컴컴한 복도를 지나 곧장 정문으로 나간다. 엘리베이터를 사용하지 않으므로 언제나 시간을 번 기분이다. 전세금이 부족해서 일층에 살림집을 얻었는데 아파트의 가장 낮은 곳에 살아보니까 하루 24시간이 25시간처럼 여겨졌다. 예전에는 그 심리적으로 길게 느껴지는 시간이 삶을 좀 더 화사하게 가꾸도록 부추겼다. 인근 여성문화원에서 저렴한 수강료로 '역사문화교실'과 '생활일본어' 강좌를 들은 것도 그런 기분 때문이었다. 하지만 부부찻잔과 부부수저와 부부베개를 혼자 쓰고 있는 지금 그 풍성한 시간은 그녀에게 번민과 허기만을 안겨줄 뿐이다.

누군가를 기다리는 여자처럼 난이는 고개를 갸웃거리며 공용주차장 앞에서 서성거린다. 어린 시절, 그녀는 밤마다 담벼락에 기대어 이모를 기다렸다. 뺑소니 차에 치어 개죽음을 당한 언니 내외의 핏줄을 거둬 키우느라고 이모는 혼기를 놓쳤다. 개인병원의 간호사였던 이모는 조카를 남부럽지 않게 키우려고 틈나는 대로 자질구레한 부업을 했다. 장마철이면 부엌에 물이 차오르던 단칸방에서 이모의 청춘이 시들어 떨어졌다. 이모는 '보름달' 빵을 즐겨 먹었다. 한밤중에 해쓱한 얼굴로 귀가하는 이모가 어린 눈에도 안쓰러워 보여서 난이는 자주 그 빵을 샀다. 앳된 이모를 떠올리며 조금씩 떼어먹다 보면 보름달 빵은 어느새 초승달 모양으로 변했다.

난이는 무작정 걸어가다가 아파트 정문으로 되돌아온다. 아파트 단지를 향하고 서 있는 광장의 시계를 보니 밤 열한 시 이십 분이다. 저 시계는 십오 분쯤 빠르다. 그녀는 습관적으로 정문 경비실을 흘낏 쳐다본다. 늙수그레한 경비가 해골처럼 입을 벌리고서 곯아떨어져 있다. 의자 등받이에 걸친 머리통이 바람이라도 불면 툭 떨어질 듯하다. 교대로 정문 초소를 지키는 각 동의 경비들은 하나같이 저런 모습으로 앉아서 자다 깨다 한다. 경비실이 아니라 수면실이다. 난이는 제 집을 등지고서 놀이터로 걸어간다. 대한(大寒)이 지나자 바람이 한결 부드러워졌다. 텔레비전에서 새해를 알리는 타종 소리를 들은 게 엊그제 같은데 어느덧 1월의 *끄트머리*다. 3월에 시아버지의 생신상을 차려드리고, 5월이면 한 번도 본 적이 없는 시어머니의 제사를 지내고, 폭염에 들볶이다가 정신을 차리고 보면 어느새 추석, 하필이면 겨울의 들머리에 밥술을 놓은 매정한 남편을 납골당에서 만나고 나면 세상은 크리스마스다 세밑이다 하며 술렁거렸다. 달력 안에 수북한 날짜들이 그녀 자신도 모르게 술술 빠져나갔다. 억지로 얽매여 산 게 아니었다. 시간이 그녀를 여기까지 자연스레 이끌고 왔다.

놀이터의 벤치에 그녀는 몸을 부린다. 아무래도 유니폼 때문인 듯하다. 초저녁부터 마음이 어수선한 이유가. 2월이 오기 전에 일을 마무리지어야 할 것 같은 조급함까지 밀려든다. 경모의 전화를 받으면서 쩔쩔맸던 자신의 행위에 새삼스레 화가 치민다. 도대체 무슨 까닭으로 그렇게 죄인처럼 군단 말인가. 2년 동안 혼자서 시아버지를 뒷바라지한 걸로 충분하다. 오히려 생색을 내야 할 판이다. 자식들까지 나 몰라라 하는 노인네를 한때 며느리였다는 이유로 끼고 사는 건 꼴같잖은 동정이다. 남편의 장례를 치르고 나서 바로 살 길을 찾지 않고 왜 그 집에 눌러 앉았을까. 시아버지가 옷자락을 붙잡고 매달린 것도 아니다. 난이는 거기가 마땅히 제 집인 양 먹고 잤다.

누군가가 미끄럼틀 뒤에서 웅얼거린다. 고개를 숙인 채 쭈그리고 앉아 있는 여자의 머리털이 길다. 난이는 곁눈질을 하면서 미끄럼틀 주변을 맴돈다. 반편이다. 그녀는 요크셔테리어에게 조각조각 자른 햄을 먹이고 있다. 난이와 눈이 마주치자 절친한 이웃을 만난 것처럼 입이 함박만 하게 벌어진다.

"남편 기다려?"

반편이가 난이에게 스스럼없이 말을 걸면서 요크셔테리어를 감싸 안는다. 노인네들의 노리개라던 풍만한 유방이 달빛에 더욱 부풀어 보인다.

"산책하러 나왔어."

"아, 산책. 난 우리 오빠 기다려. 이 인간 또 술 처먹고 있나 봐."

아무한테나 반말지거리를 하는 반편이가 주먹으로 제 허벅지를 두드리면서 씨우적거린다. 반편이의 유방을 독차지한 요크셔테리어가 입이 찢어지게 하품을 한다. 그녀는 강아지를 제 새끼처럼 껴안고서 날마다 아파트 주변을 배회한다. 난이는 반편이의 사정을 세탁소 안주인에게 전해 들었다. 연말께 블라우스를 수선하려고 세탁소에 들렀는데 때마침 반편이가 상가를 하릴없이 돌아다녔다.

"난 쟤만 보면 임신이라도 할까 봐 걱정돼. 무슨 병도 있다던데. 저 가슴 큰 것 좀 봐요. 쟤 젖가슴이 이 동네 늙은이들 노리개예요, 노리개. 한번은 요 앞 공원을 지나가는데 어떤 영감탱이가 저 반편이의 젖을 주물럭거리고 있더라구. 내가 막 뭐라고 했어요. 그랬더니, 얘가 이렇게 좋아하는데 왜 그러냐고 쟤도 여자라고 하면서 그

영감탱이가 되려 소가지를 냅디다. 친오빠랑 둘이 산다는데 그놈이
또 무슨 짓을 할 줄 알어.”

반편이가 “산책 많이 해” 하면서 놀이터를 벗어난다. 투실투실한
엉덩이를 씰룩거리며 정문 쪽으로 걸어간다. 제 오빠를 기다린답시
고 밤거리를 헤맬 모양이다. 반편이의 말마따나 이 놀이터에서 남편
을 기다린 적이 있다. 퇴근시간에 맞춰 놀이터에 앉아 있으면 남편
이 캔맥주와 안주를 사가지고 씩씩하게 걸어왔다. 시아버지의 눈을
피해 여기서 부부싸움을 하기도 했다.

그해 가을, 택배기사가 물건을 제대로 배달했더라면 난이는 지금
다른 남자의 아내로 살고 있을 것이다. 해안도시에 사는 친구가 마
른 생선을 택배로 부쳤다는 전화를 받고서 난이는 다음날 꼼짝 않고
집을 지켰다. 오후 다섯 시가 넘어서까지 물건은 배달되지 않았다.
택배 물량이 넘치는 때도 아니었다. 그녀는 택배회사에 전화를 걸어
담당기사의 휴대폰 번호를 알아냈다. 휴대폰은 꺼져 있었다. 저녁
여덟 시가 지나서 택배회사로 다시 전화를 넣자 자기네들도 그의 행
방을 모르겠다면서 난감해했다. 밤 열 시가 다 되어서야 택배회사에
서 연락이 왔다.

“이제야 택배기사와 통화를 했는데요, 길을 잘 몰라서 배달을 할
수가 없었답니다. 엊그제 들어온 신입사원이거든요. 고객들한테 전
화가 빗발치니까 그 답답한 친구가 겁을 먹고 손을 놓았나 봐요. 아

파트 주차장에서 여태 죽치고 있었대요. 고객님, 정말 죄송합니다. 급한 물건이면 제가 지금 당장 가져다 드리죠."

"그 어리뜩한 남자 얼굴 좀 봐야겠으니 내일 직접 가져오라고 하세요."

다음 날 일찌감치 택배기사가 나타났다. 된맛을 보여주려고 했는데, 얼굴이 벌개져서는 찍소리도 못하고 서 있는 남자를 보자 난이도 말문이 막혀버렸다. 주부가 되더니 자상한 잔소리를 퍼부어대는 친구가 김치, 밑반찬, 잡다한 일상 용품 따위를 택배로 종종 부쳐줬으므로 난이는 그 횟수만큼 택배기사를 만났다.

부모나 다름없었던 이모가 속정이 깊은 남편과 뉴질랜드로 이민을 간 해, 난이는 그 택배기사와 결혼했다. 연애 기간은 두 달도 채 되지 않았다. 난이는 하루라도 빨리 반듯한 가정을 가꾸고 싶었다. 그녀는 신혼 시절부터 오래전 상처한 시아버지를 모셨다. 남편은 막내였다. 먹고살 만한 그의 형과 두 누이는 시아버지를 모시는 대가로 이천만 원을 주겠다고 했다. 그런 조건이 아니더라도 남편은 불평 없이 제 아버지를 모실 남자였다. 그는 착실히 모아둔 결혼자금에 형제들이 보내준 목돈을 보태서 18평짜리 전세아파트를 얻었다.

그는 부지런하고 친절한 택배기사였다. 자네만 믿는다, 는 이모의 애절한 부탁 때문이었는지 몰라도 남편은 악착같이 일에 매달렸다. 난이는 시아버지를 친아버지로 여기면서 살림을 꾸렸다. 가족의 생계는 자기가 책임진다면서 남편이 맞벌이를 마다했다. 하지만 신혼 살림에 손때가 묻기도 전에 그는 세상을 등졌다. 심장마비였다. 일 년 남짓한 결혼생활은 남편의 성격이나 취향 정도를 파악할 수 있는 시간이었다. 혼자서도 꿋꿋이 여생을 즐길 수 있게끔 버팀목이 되어 주는 숙성된 시간이 아닌 것이다.

졸지에 미망인이 된 후에도 그녀는 시아버지와 한솥밥을 먹었다. 아이도 없으니 법적으로 따지면 엄연히 남남이건만 시댁 식구들은 어정쩡한 관계를 정리하려 들지 않았다. 이모는 하루빨리 수속을 밟아 뉴질랜드로 들어오라고 성화였다. 며느리의 자리를 그만 내놓자고 결심했다가도 시아버지의 지팡이를 보면 금세 마음이 약해졌다. 시아버지는 작년부터 지팡이를 짚고 다녔다. 시어머니 제사 때 제대로 걷지 못하는 제 아버지를 보고 돌아간 큰시누이가 당장 지팡이를 사서 보냈다. 손잡이에 플래시와 마사지 기능이 있는 접이식 지팡이였다. 시누이가 올케의 마음을 꿰뚫어보고서는, 이렇게 거동이 불편한 노인네를 떼놓고 가려느냐고 무언의 협박을 하는 듯했다. 느닷없이 배달된 지팡이 때문에 마음이 흔들렸던 건 사실이었다. 지팡이에 의지하면서부터 시아버지의 몸은 나날이 쇠약해졌다. 하지만 밥은 간신히 먹으면서도 동요는 거르지 않고 불러댔다.

난이는 학습지 회사에서 경모를 만났다. 그녀는 교재실에서 아르바이트를 한다. 오전 열 시부터 오후 세 시까지 학습지 교재를 정리하고, 오십 명 남짓한 선생들에게 그것을 챙겨주는 게 그녀의 일이다. 시아버지가 보험회사로부터 다달이 소액의 연금을 받으므로 둘이 그럭저럭 살아가고 있다. 난이가 일하는 회사의 학습지 교사인 경모는 파혼 경력이 있는 노총각이다. 작년 여름 야유회 때 말문을 튼 두 사람은 지금 비밀 교제를 하고 있다. 얼마 전 그녀는 둘째 시누이에게 가까이 지내는 남자가 있다고 넌지시 고백했다.

"남편의 장례를 치른 지 얼마나 됐다고 벌써 남자가 생겼어. 그렇게 안 봤는데…… 올케도 별 수 없네. 올케, 우리 형제들이 모아준 돈을 생각해봐. 우리 아버지 보살펴주는 수고비로 한 달에 오십만 원 잡고서 계산을 해보잔 말이야. 앞으로 일 년쯤 더 모시는 게 도리 아닌가? 굳이 나가겠다면 어쩔 수 없지만."

약아빠진 시누이의 음성을 떠올리며 난이는 공중전화 부스로 종종걸음 친다. 경모를 만나고 싶다. 자식들에게 내몰린 빙충맞은 노인 때문에 인생을 망칠 순 없다. 시아버지가 돌봐주는 사람도 없이 동요나 부르다가 쓸쓸하게 숨을 거둔다면 그건 당신의 팔자지 내 탓이 아니다. 그녀는 혼잣말로 투덜거리며 공중전화에 동전을 집어넣는다. 백 원짜리가 가벼운 쇳소리를 내며 떨어진다. 공중전화의 숫자판에 '고장 수리 중'이라고 쓴 종잇조각이 붙어 있다. 마음속에서 반짝거리던 별 하나가 애처로이 스러진다.

문밖에서 규칙적으로 새어나오는 가쁜 숨소리에 난이는 눈을 뜬다. 아침 여덟 시가 넘었다. 시아버지는 지금 기공체조를 하고 있을 것이다. 그녀는 옷을 대충 갈아입고서 주방으로 나간다.

시아버지가 뒷짐을 지고 서서 다리를 번갈아 들어 올린다. 위아래로 힘겹게 움직이는 다리의 동작에 따라 합죽한 입도 열렸다 닫힌다.

"그렇게 백날 해봐야 숨만 차지 운동이 되겠어요? 몸에 힘을 실어서 동작을 크고 정확하게 해야지요."

"너, 머리를 묶으니까 젊어 보이는구나."

"밖에 나가면 제가 처녀 줄 알고 중신 선다는 사람도 있어요."

오늘 아침에는 청국장을 끓여 먹자며 시아버지가 말머리를 돌린다. 그녀가 난감한 표정을 짓는다.

"아버지, 아침 운동도 할 겸 빨래 비누랑 두부 좀 사다주세요. 빨래 비누는요, 꼭 무궁화표 표백비누로 사오세요."

며느리가 짜준 카디건을 주섬주섬 껴입는 시아버지의 몸놀림이 기공 체조를 할 때보다 훨씬 기운차 보인다. 시아버지가 나간 것을 확인하고서 그녀는 재빨리 수화기를 집어 든다.

"경모 씨, 나야. 늦잠을 자서 모닝콜을 못했네. 지각했어?"

"늦잠은 무슨, 노인네 눈치 보느라 그랬겠지. 먹지도 못하는 제사에 절만 죽도록 하는 당신한테 잔소리하는 것도 지겨워. 이런 식으로 뜨뜻미지근하게 나오면 나도 어쩔 수 없어. 아침마다 깨워줄 여자를 새로 찾을 수밖에."

그의 목소리가 가뭇없이 사라진 후에도 난이는 수화기를 귀에서 떼지 않는다. 그의 말이 진담으로 들린다. 경모를 놓치면 노인네 뒤치다꺼리나 하다가 폐경기를 맞이할지도 모른다.

"왜 수화기를 들고 서 있니. 누가 전화라도 했으면 계속 통화중이었겠다."

"아이, 참. 제가 무궁화표 표백비누 사오시라고 했잖아요. 저번에는 맛소금 사오라니까 다시다를 집어 오더니, 머리를 안 쓰니까 자꾸 깜빡깜빡하죠."

오렌지 빛깔의 빨래비누를 시아버지에게 들이대며 난이가 신경질을 부린다. 저토록 형편없는 기억력을 가지고 어떻게 혼자 살려는지 한숨이 절로 나온다.

"기공체조만 하실 게 아니라 머리 운동도 좀 하세요. 오래된 쇠파이프는 녹이 슬고 찌꺼기가 끼잖아요. 아버지의 머릿속은 녹슨 파이프나 다름없어요. 경로당에 가셔서 할아버지들이랑 장기를 둔다든지 성경이라도 꼼꼼히 읽으면서 찌꺼기를 걷어내시란 말이에요."

"네가 내 머릿속을 청소해주면 되잖니."

잔뜩 당겨 묶은 머리가 일순간에 풀어지는 듯한 느낌이다. 시아버지가 빨래비누를 바꿔 오겠다며 지팡이를 들고 허둥지둥 나간다.

창문을 열고 방향제를 뿌렸는데도 청국장의 구리텁텁한 냄새가 가시지 않는다. 난이는 꽃무늬 조각보를 앉은뱅이책상 위에 펼친다. 언뜻 보면 식탁보 같지만 바느질도 엉망인 데다 아무짝에도 쓸모없는 피륙일 뿐이다. 그녀는 바늘집 뚜껑을 연다. 바늘에 실을 꿰고서 방바닥에 포개놓은 헝겊을 한 장 집는다. 꽃무늬 헝겊은 이제 일곱 장 남았다. 바늘집은 얼굴을 본 적이 없는 시어머니가 물려준 유품이다.

"어머니가 결혼할 여자한테 주라고 했어요. 할머니가 돌아가실 때 어머니께 물려주신 바늘집이래요. 할머니는 족자나 병풍에 수를 놓는 솜씨가 뛰어났대요. 저희 어머니도 베갯모나 주머니 따위에 수를 곧잘 놓으셨어요. 옛날에는 어머니들이 누비 일감을 꺼내 한 땀 한 땀 바느질하면서 시름을 달랬대요."

남편은 한눈에도 희귀해 보이는 물건을 내밀며 수줍게 청혼했다. 나무로 만든 타원형의 바늘집은 멋스러웠다. 남편의 할머니는 바늘집에 머리카락을 가득 넣어 바늘을 꽂아두었다고 했다. 바늘집 안에는 세 개의 바늘이 들어 있었다. 난이는 바늘집을 핸드백 속에 넣고 다녔다. 양쪽에 밤색 끈이 달려 있어서 캐주얼 차림일 때는 액세서리 대용으로 목에 걸기도 했다. 바늘집이 한 집안의 가족임을 증명하는 무슨 증표처럼 여겨져서 난이는 그것을 소중히 다뤘다. 공교롭게도 남편의 시신을 태우던 날 바늘집 끈을 잡고 빙빙 돌리다가 뚜껑이 열리는 바람에 바늘 한 개를 잃어버렸다. 남편을 납골당에 모시고 나서 그녀는 바늘집도 장롱 깊숙이 넣어두었다.

경모가 결혼 이야기를 꺼냈을 때, 난이는 장롱 서랍에서 바늘집을 다시 꺼냈다. 그 무렵 장롱을 정리하다가 난이는 꽃무늬 커튼을 발견했다. 그녀는 그 커튼으로 가로와 세로가 십 센티미터인 천을 백 개 만들었다. 천을 모두 이어 붙이는 날 그의 청혼을 받아들이자는 엉뚱한 결심을 하고 나서 난이는 바느질을 시작했다. 시누이와 언짢은 통화를 하면 한번에 열 장을 꿰매고, 말라비틀어진 마늘 같은 노인의 치아가 쌀밥 위로 떨어지는 모습을 본 날은 며칠 동안 바늘집을 꺼내지도 않았다. 시할머니와 시어머니가 아끼던 바늘집이 자기에겐 탈출의 도구로 쓰이는 현실 앞에서 난이는 착잡해졌다.

그녀는 박음질을 하다가 감침질로 바꾼다. 오늘은 어쩐 일인지 바늘이 손에서 겉돌고 바늘땀 사이도 배지 않고 뜬다. '네가 내 머릿속을 청소해주면 되잖니' 작정을 하고 내뱉은 것 같은 시아버지의 말이 바느질하는 손을 자꾸만 방해한다. 그녀는 골이 삐뚤어지고 땀폭이 들쭉날쭉한 실 자국을 쪽가위로 뜯어내고서 처음부터 찬찬히 바늘땀을 새긴다.

"네가 그렇게 바느질을 하고 있으면 죽은 할망구가 살아 돌아온 것 같아. 한쪽 다리를 쭉 뻗고서 바느질하는 모습이 네 시어머니와 꼭 빼닮았어. 근데 뭘 만드는 게냐?"

"그냥 심심풀이로 꿰매는 거예요."

난이가 다리를 얼른 오므리며 말을 얼버무린다.

"아버지는 어찌된 게 그 연세에 흰머리가 없어요?"

"젊어 보이고 좋잖아."

"젊어 보이긴요, 흉하죠. 원래 팔자가 사나우면 나이가 들어서도 머리가 새카맣대요."

"그거 다 만들면 나 다우. 한여름에 덮고 자면 좋겠다. 그나저나 병원에 가서 관장 좀 했으면 좋겠다. 벌써 나흘째 변을 못 봤더니 뱃속에 바윗덩어리가 들어 있는 것 같고 입안에서 똥내가 나."

그녀의 얼굴이 대번 일그러진다. 하늘하늘한 조각보 위로 뼈만 앙상한 엉덩판과 시아버지의 쭈글쭈글한 성기가 선명히 떠오른다. 지지난 주말에 밥을 먹다 말고 욕실로 들어간 시아버지가 갑자기 고래고래 소리를 질렀다. 배를 움켜쥐고 뒹구는 시아버지를 보자 더럭 겁이 나서 난이는 노인네를 부축하여 냅다 병원으로 달려갔다. 관장한 후에도 변이 시원하게 나오지 않아 시아버지는 똥독이 오른 얼굴로 고통스러워했다. 그녀는 안 되겠다 싶어 의료용 고무장갑을 끼고서 시아버지의 항문으로 손가락을 집어넣어 딱딱하게 뭉친 변을 파냈다.

"저더러 그 짓을 또 하란 말이에요? 아버지가 죽는 소릴 해도 전 눈 하나 깜짝 안 해요. 그러니까 병원에 가시고 싶으면 그 잘난 아들 딸한테 전화하세요."

난이가 엉두덜거리며 성깔 있게 돌아앉는다. 남편의 밉살맞은 형제들을 떠올리자 그녀의 손놀림이 빨라진다. 그녀가 또 한 장의 헝겊을 집어 든다. 방바닥에 흩어진 실동강이가 시아버지의 머릿속에서 떨어져 나온 찌꺼기 같다. 때마침 전화벨이 울린다. 한 번 울고 그치는 벨소리, 경모다. 방안이 삽시간에 조용해진다. 두 사람의 눈이 동시에 마주친다. 그녀가 조각보를 훌훌 털며 딴청을 피운다. 또다시 전화벨이 울린다. 속이 뒤틀려 있을 경모가 이번에는 신호 따위를 무시하고서 수화기를 끈질기게 붙들고 있다.

"왜 그러고 앉아 있니? 내가 전화를 받으래?"

시아버지가 삐딱하게 묻는다.

"어젯밤에 너랑 통화했던 녀석이지? 여기가 어디라고 밤낮 전화질이야."

노골적으로 불편한 심기를 드러내는 시아버지의 안광이 날카롭다. 그녀가 벌떡 일어나 전화코드를 잡아 뺀다.

"전화도 못 해요?"

"시아버지 앞에서 다른 남자와 허구한 날 전화질이나 하는 네가 정신이 똑바로 박힌 애냐?"

"정신이 똑바로 안 박혔으니까 여태 아버지와 살고 있죠. 이 젊은 나이에 노인네 발가벗은 몸을 보면서 똥이나 파내고 있으니 기막힌 노릇이야. 애나 있으면 또 몰라. 아버지, 그이가 숨을 거둔 순간부터 우린 남남인 걸 모르세요? 난 이제 지긋지긋해요. 구린내가 풍기는 이 집에서 그만 벗어날 거라고요."

속이 후련하다. 이렇게 악이 받친 소리를 끌어 붓고 끝내야 피차 미련이 생기지 않는다. 노인네한테는 자식이 셋이나 있으니 쓸데없는 인정에 얽매여 시간을 낭비할 필요가 없다. 그녀는 주먹을 부르쥐고 발걸음을 재촉한다.

다시는 안 볼 것처럼 큰소리를 치고 뛰쳐나와 머문 곳이 겨우 놀이터다. 지겨워 난이는 세 음절의 단어를 독하게 씹어뱉는다. 낮과 밤이 바뀌었을 뿐 놀이터는 어제 모습 그대로다. 어젯밤 반편이가 요크셔테리어에게 먹이던 햄 한 조각도 떨어져 있다. 그녀는 이슬이 맺힌 햄을 발끝으로 짓이긴다. 출근 때가 지난 아파트는 우중충하게 가라앉아 있다. 자발스럽게 이 나무 저 나무로 옮겨 다니며 시끄럽게 굴던 까치의 울음소리도 들리지 않는다. 쌀쌀한 바람만 기웃거리다 사라질 뿐이다.

놀이터 안에서만 움직여야 한다는 게임 규칙을 따르듯 그녀는 사각의 틀을 벗어나지 못하고 오락가락한다. 옷차림이 허술한데도 추운 줄을 모르겠다. 시아버지는 지금 청심환이며 진통제를 까 먹고 있을 것이다. 혈압약, 진통제, 소화제, 해열제 따위의 약들을 무슨 영양제처럼 날마다 입속에 털어 넣는 양반이니까.

울화가 차츰 가라앉자 몸이 대번 반응을 보인다. 으슬으슬 춥다.

난이는 두 팔을 엇갈려 제 몸을 껴안는다. 앙상한 몸이다. 남편이 구천으로 훌쩍 떠나고 나서 칠 킬로그램이나 빠졌다. 택배기사가 방문을 하거나 화초에 물을 줄 때 이제는 시아버지 앞에서 태연히 남편 얘기를 하는데도 몸무게만은 늘지 않는다. 고등학교 때부터 신혼 시절까지 오십오 킬로그램을 꾸준히 유지하던 몸이었다. 그녀는 인터넷 쇼핑몰에서 구입한 체중계에 수시로 올라섰고, 예전으로 되돌아가지 않는 몸무게를 보며 단절감을 느꼈다. 자신에게 과거와 미래는 없고 18평 아파트에서의 추레한 현실만 존재하는 것 같았다. 점점 'ㄱ'자로 굽어가는 시아버지의 몸을 보면 세상과의 연결고리가 끊어진 듯한 느낌이 더해졌다.

시소에 앉아 있다가 무심코 뒤를 돌아본 난이가 엉겁결에 아, 하고 외마디소리를 지른다. 반편이가 후줄근한 몰골로 서 있었던 것이다. 요크셔테리어가 너무나 피곤하다는 듯 눈을 게슴츠레 뜨고서 바들바들 떨고 있다. 넋이 반쯤 나간 반편이의 얼굴이 부석부석하다.

"남편 기다려?"

반편이가 멍한 눈빛으로 입을 연다.

"산책하러 나왔어."

"아, 산책. 난 우리 오빠 찾으러 다녀."

"혹시 잠도 안 자고 돌아다닌 거야? 어젯밤부터?"

"응. 공원까지 다 뒤져봐도 없어."

공원이란 말이 불쑥 튀어나오자 난이의 눈이 재깍 반편이의 젖가슴을 훑는다. 노리개 운운하던 세탁소 안주인의 걸걸한 목소리도 귓가에 맴돈다. 강아지 냄새인지 반편이의 체취인지 아니면 난이 자신의 몸이 발산하는 것인지 어디선가 비리치근한 냄새가 풍긴다. 경모의 다부진 몸을 얼핏 떠올리며 난이가 짧은 신음 소리를 내뱉는다.

"어젯밤에 오빠가 들어왔을지도 모르잖아. 얼른 집에 가봐."

강아지의 귀때기를 만지작거리며 우두커니 서 있던 반편이가 혀를 빼물고는 후닥닥 뛰어간다. 난이는 다시 시소에 주저앉는다. 다들 어디론가 떠나버렸는데 자기만 갈 길을 몰라 놀이터에서 갈팡질팡하고 있는 느낌이다. 노인네가 지팡이를 다리 삼아 톡톡톡 소리를 내며 걸어올 것만 같아 그녀는 사방을 두리번거린다. 노인네가 자식들한테 외면을 당하든, 그러다 결국 양로원으로 쫓겨나든 알 바 아니다. 누구 하나 거들떠보지 않는다고 해서 시아버지가 원하는 대로 끌려갈 수는 없다. 어쩌자고 머리털이 점점 새카매지는 노인네를 떠넘기고서 그토록 성급히 달아났는지, 밉살스럽고 무책임한 남편이다. 부부의 인연을 끊기가 싫어서 노인네를 내게 남겨놓고 갔느냐며 그녀가 하늘에 대고 중얼거린다.

어디로든 가야겠는데 시소에서 엉덩이가 떨어지지 않는다. 허벅지에 두 손을 올려놓고서 난이는 꽃송이 손톱을 하나하나 눈여겨본다. 손톱 한가운데 꽃술처럼 까만 점을 찍어 놓은 꽃송이는 아무리

봐도 탐스럽지가 않다. 일단 '네일 갤러리'로 가서 열 개의 꽃송이를 지워버리자. 그녀는 무거운 몸을 간신히 일으킨다. 쌀쌀하다. 바지 주머니에 손을 넣는데 무언가가 잡힌다. 바늘집이다. 다리에 힘이 풀린다. 이 바늘집이 어느 결에 주머니 속으로 들어갔을까. 그녀는 입술을 깨물며 이맛살을 찌푸린다. 백 장의 헝겊을 아직 다 꿰매지 못했다는 사실만 머릿속에서 맴돌 뿐 아무것도 생각나지 않는다. 난이는 바늘집을 움켜쥐고서 숨을 몰아쉬다가 뚜껑을 연다. 은색 바늘 하나가 시아버지의 비명처럼 날카롭게 솟아 있다.

글로리아의 독

글로리아의 독

오늘도 그녀는 점심 식사 대신 담배를 피웠다. 변비약도 먹었다. 하루 한두 정씩 취침시 복용하라는 사용설명서의 지시는 무시해버렸다. 변비약의 용법·용량을 철저히 지켰으나, 직장과 항문 사이에 눌러붙은 무언가가 딱딱하게 굳으면서 점점 커지는 느낌이 더해졌기 때문이다. 불쾌한 무게감이었다. 암만해도 그것은 음식물 찌꺼기가 아닌 듯했다. 뱃속에서 음식물을 받아먹고 차근차근 몸집을 키우는 수상한 생물체. 그렇게 단정해버리자 이즈막에는 물을 마시는 것조차 꺼려졌다.

계단을 성큼성큼 오르는 발자국 소리가 들려온다. 변기에 담배꽁초를 버리고서 막 나가려던 자영은 멈칫했다. 바로 화장실의 출입문이 열렸다. 어떤 남자가 지퍼를 내리며 콧노래를 부른다. 그녀는 기척을 내느라고 살며시 헛기침을 했다. 노랫소리가 멈췄다. 자영은 변기에 살포시 앉았다. 화장실이 남녀 공용이라서 여간 불편하지 않다. 이런 상황이 벌어지면 남자가 소변을 보고 나갈 때까지 기다려야 한다. 어차피 남자의 뒷모습만 보일 뿐이므로 냉큼 나가버리면 그만이었지만 몸이 꺼렸다. 세면대에서 손을 씻다가도 남자가 불쑥 들어서면 피할 수밖에 없다. 대체적으로 사내들은 공용 화장실에 여자가 있거나 말거나 보란 듯 지퍼를 열고 배설의 쾌감을 누린다. 자영의 눈에는 그 무례한 자유가 같잖은 우월감으로 비쳤다.

남자의 오줌 줄기는 가늘고 약하다. 게다가 시원하게 흘러나오지 못하고 뚝뚝 끊긴다. 나이는 사십 대 중반, 자영업으로 생계를 꾸려가며, 일주일에 세 번쯤 술을 마시고, 섹스리스 생활을 하는 남자. 자영은 귀를 활짝 열고서 찔찔거리는 오줌 소리로 남자의 생업과 사생활을 점쳐본다. 마침내 오줌 소리가 그쳤다. 남자는 손도 씻지 않고 휑허케 자리를 떴다.

화장실이 조용해지자 다시금 불안이 엄습해온다. 께름칙한 고요다. 금방이라도 끈끈한 음색의 악녀가 전화로 해코지를 할 것만 같다. 휴대폰 번호를 바꾼다고 해결될 문제가 아니다. 자영은 스트로처럼 생긴 담배에 불을 붙였다. 담배 맛이 고약하게 쓰다. 그녀는 담배 연기를 안으로 깊게 들이마셨다가 자연스레 내뿜지 못한다. 시도야 해봤지만 역부족이었다. 그저 연기를 입안에 잠시 머금고 있다가 토해낼 뿐이다. 담배의 맛을 모르는 습관성 흡연이지만 그래도 하루에 한 갑씩 착실히 피워댄다. 기진맥진한 발들이 지하로 내려가는 소리가 들려왔다. 밀폐된 화장실이 담배 연기로 점점 팽창하는 것 같다. 그녀는 반쯤 피운 담배를 뭉툭한 굽으로 짓이겨버렸다.

출판사의 우두머리가 기분 내키는 대로 정하는 점심시간이 지났다. 사장인 고상민 씨가 별안간 "밥 먹자!" 하고 외치면 그때부터 점심시간이다. 어떤 날은 오후 두 시가 넘어서 식사한 적도 있다. 그러니까 고 사장의 위(胃)가 신호를 보내야 점심시간이 시작되는 것이다. 출판사 직원들이 밥그릇을 비우는 순간 점심시간도 끝이다. 그들은 양치질조차 하지 않고 곧장 자리에 앉아서 컴퓨터와 길고 지루한 눈싸움을 벌인다.

고 사장이 빌딩 출입문 밖에서 담배를 피우고 있었다. 아까 화장실에서 소변을 보고 나간 남자가 그였던 모양이다. 박력 없이 떨어지던 오줌 소리가 귓가에 맴돈다. 신체의 은밀한 곳을 훔쳐본 것처럼 그를 대하기가 민망스럽다. 한편으로는 엔간히 깐깐하게 구는 그가 만만해 보이기도 한다. 출입문 구석에 비스듬히 등을 기대고 서서 모락모락 연기를 피워 올리던 고 사장이 이쪽으로 고개를 돌린다. 자영과 눈이 마주쳤다. 그녀가 아랫입술을 깨물며 살짝 머리를 숙였다.

"자영 씨, 요즘 왜 점심을 굶고 그래. 다이어트하나?"

바람이 담배 연기를 실어 나른다. 본의 아니게 흡연가가 됐으면서도 그녀는 담배 냄새가 질색이다. 자영은 묵묵히 계단을 내려갔다. 이월 말까지는 야근을 해야 하네 어쩌네 하면서 그가 말꼬리를 잇는 다. 신출내기 여직원이 일부러 점심식사를 거르고는 나중에 사소한 병을 핑계로 일찍 퇴근할까 봐 그는 염려스러운 것이다. 고 사장은 지레 걱정이 많은 남자였다. 이월 말까지라면 앞으로 열흘도 더 남았다. 상사의 명령인 데다 신입사원의 처지이므로 모든 약속을 삼월로 미뤄야 한다. 주말에는 검질긴 피로가 한꺼번에 밀려와 손끝 하나도 움직이기가 싫었다. 게다가 정체불명의 전화까지 합세하여 그녀를 신경쇠약 환자로 만들고 있다.

문학잡지며 단행본이 출판사 출입구 양쪽에 위태위태한 모습으로 늘어서 있다. 하나같이 1990년대 태생의 아무 짝에도 쓸모없는 도서들이다. 열십자로 묶인 누리끼리한 책들은, 방금 이사를 왔거나 내일이면 어딘가로 떠날 인상을 풍겨 자영은 그것들 때문에라도 좀체 안정을 찾지 못했다.

이월 초순이라도 날씨가 푹해서 여자들의 옷차림이나 가로수가 싱그럽기 짝이 없는데 여기는 아직도 겨울이다. 기력이 떨어진 난로는 소리만 컸지 열을 골고루 나눠주지 못해 지하 사무실은 한결같이 냉습하다. 전임자가 귀띔하기를 삼월 중순까지 불을 땐다고 했다. 직원들은 너나없이 방한용 겉옷을 비상식량처럼 챙겨놓고 있었다. 고 사장은 내달 출간 예정인 동화책의 표지를 모니터에 띄워놓고서 여기저기 매만지고 있다. 예전에는 북디자이너가 따로 있었다는데 지금은 고 사장이 도맡아서 한다. 그는 디자인과 무관한 이공계 출신이지만 서당 개 삼 년이면 풍월을 읊는다고, 그동안 어깨 너머로 익힌 솜씨와 잔머리를 굴려서 어느 책이든 표지를 후딱 만들어낸다. 그 잔머리란 다른 출판사에서 발행한 도서의 표지를 모아뒀다가 비슷하게 본뜨는 것이다.

자영은 절친한 후배의 소개로 풀뿌리출판사에 입사했다. 도무지 출구가 보이지 않는 공무원 시험 준비에 진력이 나서 그만 돈벌이나 하고 싶은 속내를 은근슬쩍 내비쳤더니 후배가 다리를 놓았다.

"주로 어린이 도서를 펴내는 출판산데, 무엇보다 책을 좋아하고 품사를 정확히 알면 오케이래. 대학물 먹은 애들이 형용사와 조사도 분별할 줄 몰라서 사장이 어지간히 스트레스를 받았나 봐. 언니야 국문과 출신이니까 면접도 볼 것 없이 통과지, 뭐. 사장이 진국이래. 출판사 살림을 십 년 넘게 꾸려가고 있다면 알 만하잖아."

풀뿌리출판사는 자영의 상상을 뒤엎었다. 요즘에도 이런 출판사가 있나 싶게 외모가 초라했다. 계단을 밟고 내려가 옆으로 꺾으면 또 계단이 나오는 으슥한 지하, 첨단과 동떨어진 사무용 집기며 난로, 누군가의 열정과 체온이 스며 있지 않은 책상들. 그래도 자영은 책에 파묻혀 사는 고상한 직업이라고 자위하며 우중충한 출판사에 발을 담갔다.

직원은 그녀를 포함해서 모두 네 명이었다. 유일한 외근사원인 이 부장은 출근하면 커피믹스로 입가심을 하고서 자기 말로는 온종일 서점이며 거래처를 돌아다닌다고 했다. 그에게는 영업에 관한 전반적인 일이 맡겨졌다. 자영의 눈에는 그가 당찬 일꾼으로 보이지 않았다. 그 나이에 사표를 내봤자 마땅히 갈 곳도 없으니 적당히 요령을 피우면서 시간을 때우려는 덜렁이 같았던 것이다.

전화 벨소리가 들려왔다. 생기발랄한 멜로디는 사무실의 전화통에서가 아니라 저쪽 구석에서 울렸다. 자영은 사무실 한 켠에 놓인 개수대에서 손을 씻다 말고 자기 책상으로 얼른 뛰어갔다. 휴대전화 벨소리를 진동으로 바꿔야 하는 걸 깜박했다. 그녀는 폴더를 열고 조그맣게 여보세요, 하면서 재고품을 쌓아둔 창고로 들어갔다. 사무실보다 한결 짙은 냉기가 온몸을 휘감았다. 어두컴컴한 창고에서 푹푹 썩어가는 책들이 기묘한 냄새를 풍긴다. 냄새도 공포감을 불러일으킬 수 있다는 사실을 그녀는 순간 깨달았다. 상대방은 대꾸가 없다. 여보세요? 한손으로 팔뚝을 쓸어내리며 그녀가 재차 입을 열었다.

"흥!"

남을 한껏 조롱하는 단음이 대뜸 튀어나왔다. 습한 천장에서 서식하고 있던 파충류가 땅바닥으로 쿵, 떨어지는 듯한 울림도 느껴진다. 알 만한 음성이었다. 그녀는 전기 스위치를 눌렀다. 삽시간에 들어찬 새하얀 빛에 깜짝 놀라 냉큼 불을 끈다.

"왜 벙어리가 됐어? 너, 잘 따지잖아. 평소에 하던 대로 해봐."

"누구세요, 대체."

"내가 누군지 아직도 모르겠니? 보기보단 둔해빠졌군. 입만 살아 가지고."

악녀가 앙팡지게 대꾸했다. 쇠붙이 같은 걸로 뭔가를 긁는 소리가 났다.

"너는 여느 때처럼 내가 새벽에 전화할 줄 알았지. 곰곰 생각해보니까 매일 비슷한 시간에 전화벨이 울리면 긴장이 풀어지겠더라고."

"이제 그만 정체를 밝혀요."

악녀가 말끝마다 반말지거리를 하는데도 자영은 애써 점잖게 대꾸했다. 상대방의 비위를 조금이라도 건드리면 불덩이가 더 커질 것 같아서다.

"나는 니 숨통을 끝까지 조일 거야."

별안간 감정이 격해진 악녀가 악담을 퍼붓고는 사라졌다. 목덜미가 서늘하다. 그녀는 귀를 틀어막으며 잔걸음으로 창고를 벗어났다.

또 비가 내리는 줄 알았다. 지하로 흘러들어오는 자동차의 질주음이 비에 흠씬 젖은 지면을 달리는 소리처럼 들려서 종종 착각을 일으킨다. 갓 입사했을 때는 가짜 빗소리에 속아서 일을 하다 말고 지상으로 뛰어올라가기 일쑤였다. 그러다 말짱한 하늘과 맞닥뜨리면 왠지 허무했다. 그와 반대인 경우가 딱 한 번 있다. 직원들이 이런저런 사정으로 사무실을 비워서 혼자 있던 날이었다. 문밖에서 빗소리가 들려와 환청이겠지 했는데 문단속을 하고 나가 보니 길바닥에 빗물이 흥건했다. 그날의 당혹감이라니. 어쨌거나 진짜든 가짜든 아련한 빗소리는 한 방울의 레몬즙 같았다. 낭만적인 소음이 귀를 자극하면 그 순간만이라도 직장 생활의 군내가 가셨다. 자영은 빗소리의 위로를 받으며 맡은 일을 꾸역꾸역 해냈다. "나는 빗소리 때문에 지하 생활을 견디고 있어" 그녀는 이따금 친구들을 만나면 나른한 목소리로 진담을 농담처럼 지껄이곤 했다.

　말재간이 지지리도 없는 최우식과 고 사장이 각자의 모니터만 뚫어지게 들여다보고 있다. 풀뿌리출판사의 정적은 운치 없이 따분하기만 하다. 사무실에는 여덟 개의 책상이 있으나 주인을 차지한 건 네 개뿐이다. 그래도 구색을 갖추느라고 책상마다 헐어빠진 컴퓨터와 책꽂이를 앉혀놔서 직원들이 잠시 자리를 비운 것처럼 보인다. 타원형 모양의 대형 테이블을 경계로 자영은 이쪽에, 고 사장과 최우식은 건너편에 앉아 '누가 끝까지 입 다물고 있나' 놀이를 하듯 버티고 있다.

　자영은 최우식을 협박 전화의 범인으로 점찍었다. 고 사장은 의심할 것도 없다. 새로 뽑은 여직원이 아무래도 불만족스러우면 사장의 권한으로 잘라내면 그만이다. 어차피 오월까지는 수습기간이므로 고용주가 퇴사 명령을 내린다면 순순히 따라야 한다. 그도 수습기간을 염두에 두고 있을 텐데 무슨 억하심정으로 그렇게 치졸한 방법을 쓰겠는가. 자영은 대학 교수 및 강사들의 평론과 대학생들의 창작물로 꾸며진 교정지를 내리 읽으며 어설픈 문장은 놔두고 오자만 집어냈다. 전후 문맥이 어색하거나 문장이 엉터리라도 필자의 글은 함부로 건드리지 말라는 지시를 받은 탓이다. 하지만 '한시(漢詩)'를 '한시(漢時)'로 표기한 어느 지방 문학회 회원의 문장만큼은 과감히 뜯어고쳤다. 어떤 대학생이 제멋에 겨워 써댄 허무맹랑한 소설을 읽다가 자영은 최우식을 째려봤다. 그녀의 자리에서 머리를 오른쪽으로 돌리면 고 사장과 최우식의 등판이 한눈에 들어온다. 굵은 실로 짠 포도주색 스웨터가 최우식의 왜소한 상체를 한껏 부각시켰다. 혐오감을 주는 뒤태다. 그녀는 매서운 눈빛을 거두지 않았다. 어째 뒤가 머쓱해서 한번쯤 돌아보련만 최우식은 미동도 않고 편집 작업에 여념이 없다.

"고향에 몇 시 차로 내려간다고 했지?"

고 사장이 최우식에게 하는 소리다.

"네 시 사십 분요."

"늦어도 세 시엔 나가야겠네. 나도 시상식이 있어서 그때쯤 퇴근해야 돼."

"무슨 시상식요?"

"장기환 씨 말이야. 이번에 샛별문학상 수상자로 선정됐잖아. 기본 부수도 안 팔리는 저자이긴 해도 눈도장은 찍고 와야지. 이번에 우리 출판사에서 또 동화집을 내기로 했어. '샛별문학상 수상자'라는 타이틀이 붙으면 책이 좀 팔릴라나."

"청계천을 소재로 역사동화를 쓰겠다는 분이죠? 저번에 받은 명함을 보니까 동화작가, 미술가, 사진가, 무슨 문학단체 회장, 또 뭐더라, 아무튼 오지랖 넓게 온갖 일을 다 챙기데요."

"뽐내고 싶어서 몸이 근질근질한 양반이라 그렇지. 하긴 어디 장선생만 그런가. 자비로 출판하겠다는 사람들이 줄을 섰어. 그게 다 자랑거리 만들려는 수작이지 뭐야. 아까도 그런 전화 받았어. 비용은 얼마든지 댈 테니까 수필집을 제작해달래. 지방 문예지로 등단했고, 수필가협회 회원이라나 뭐라나. 우리 출판사 이미지도 있고 해서 좀 생각해보자고 살짝 발을 뺐는데 그 여자의 절절한 욕구를 채워줄까 어쩔까. 제작비 왕창 받아서 밀린 인쇄비나 일부 땜질해버리고."

"다른 출판사가 낚아채기 전에 얼른 잡으세요. 중년 부인들의 지적 허영심을 기꺼이 채워줄 출판사는 쌔고 쌨어요. 사장님이 튕겨봤자 그 여잔 아쉬울 게 없을 겁니다. 어쨌든 등단은 했잖아요."

"등단 매체가 오죽 시시해야 말이지."

"그 정도면 양호하다니까요. 요즘 나이든 유부녀들이 자기네들도 뭔가 남겨야 한다면서 시집이나 수필집 따위를 너나없이 찍어댄대요. 내 인생은 뭔가 하는 상실감을 출판 행위로 해소하는 거죠."

"내 인생이 뭔가 싶으면 책을 읽어야지 왜 책을 찍어."

"등단했답시고 나대는 소위 작가들의 글이라고 다를 게 있나요. 다들 자기도취에 푹 빠져서 살라고 하세요. 어차피 읽어주는 사람도 없으니까요."

무슨 석고상 같던 남자들이 잠깐 마법이 풀린 듯 수다를 떨더니 가뭇없이 굳어졌다. 자영은 볼펜 꽁지로 정수리를 꾹꾹 누르면서 조용히 교정지를 넘겼다. 그녀의 눈을 거친 교정지보다 아직 손을 타지 않은 교정지가 두 배나 많다. 인쇄 상태가 흐릿한 활자들이 우유에 떠서 와시글거리는 여왕개미떼 같다. 희한하게 생긴 여왕개미가 눈에 빨려 들어온다. 그녀는 '해붙오'라는 여왕개미에 동그라미를 친 다음 빨간 줄을 죽 그어 '해부도'라고 고쳐 쓴다.

오늘이 제 아버지의 제삿날이라서 고향에 내려가야 한다고 최우식이 오래전부터 설레발을 쳤다. 풀뿌리출판사는 격주로 토요일에 쉬는데 내일은 일하는 토요일이다. 하지만 최우식의 사정으로 내일은 문을 닫기로 했다. 그 대신 앞으로 2주 동안 연속해서 토요일에 출근해야 한다. 최우식이 없으면 토요일에 일을 하나마나라는 듯 고 사장이 업무 스케줄을 변경한 탓이다. 편집자인 최우식의 실력을 인정해서라기보다 경력 사원을 구하기가 어려워 고 사장은 그 인간의 말이라면 오냐오냐했다.

자영은 교정지에 머리를 처박고서 정신없이 일하는 체했다. 너무나 일에 열중해서 잡일을 시키기가 꺼려질 만큼. 형광등을 사와라, 우편물을 발송하고 와라, 난로에 기름을 넣어라 따위의 잔심부름은 온전히 그녀 몫이었다. 최우식은 은근히 젠체하면서 굵직굵직한 일만 챙겼다. 자영은 눈치껏 해찰을 부렸다. 두 남자가 퇴근하면 일손을 가동시킬 참이다. "나는 니 숨통을 끝까지 조일 거야" 목소리에서 살의가 느껴지던 악녀의 다짐이 귓구멍을 쑤셔댔다. 그녀는 회전의자를 휙 돌렸다. 덩달아 책이 떨어졌다. 고요한 분위기 때문에 사소한 소음도 더러 난폭하게 들린다. 그녀의 안색이 일순 새파래졌다. 최우식과 고 사장이 동시에 자영을 쳐다본다. 바닥에 떨어진 아동잡지를 집어 드는데 최우식이 교활한 미소를 지으며 눈길을 거뒀다. 틀림없이 너야. 자영은 마음속으로 소리쳤다. 선뜩한 미소가 물증이다. 어느 날 굴러들어온 신입사원에게 앙심을 품고서 잔인하게 괴롭히는 인간말짜. 자영은 최우식과 악녀를 한패로 단정하고서 눈을 치떴다.

그녀는 의자를 뒤로 밀어 벽에 등을 붙였다. 낮에도 형광등을 켜야 하는 지하 사무실에 틀어박혀 있으면 밤낮을 구분하기가 어렵다. 실제는 오후 두 시인데 누가 장난을 치느라고 벽시계를 저녁 일곱 시로 맞춰놓으면 정말 초저녁인 줄 알 것이다. 최우식이 컴퓨터의 전원을 껐다. 고 사장도 작업을 중단했다. 자영은 그들의 행동에 개의치 않고 벌떡거리는 가슴을 애써 다독거렸다.

정체불명의 전화가 걸려온 건 지지난 목요일 새벽이었다. 연이은 야근으로 생체리듬이 깨져버려서 자영은 퇴근하면 씻자마자 곧바로 잠자리에 들었다. 베개에 머리를 대는 순간 곯아떨어져 눈을 뜨면 아침이었다. 머릿속에는 꿈의 부스러기조차 남아 있지 않았다. 그녀는 아무런 방해도 받지 않고 숙면을 취했다. 그날 새벽 휴대폰 벨소리를 감지하고서 겨우 눈을 떴을 때 방은 먹빛 그 자체였다. 그녀는 흠칫 놀랐다. 벨이 울리면 액정에 떠올라 춤을 추는, 챙이 넓은 초록색 모자로 눈을 가린 소녀가 잠결에 핏덩이로 보였기 때문이다. 액정 위의 소녀는 붉은 원피스 차림에 머리도 빨간색이었다. 휴대폰을 만지면 뜨끈하고 물컹물컹한 감촉이 느껴질 것 같았다.

"내 삶에 구정물을 끼얹어놓고 돼지새끼처럼 잘도 자는구나, 미친년."

"이봐요, 전화 잘못 걸었어요."

"웃기지 마, 너 박자영이잖아."

야비한 말씨가 자영의 몸을 벌떡 일으켜 세웠다.

"너, 누구야."

"내가 누군지 네가 알아맞혀야 흥미진진한 게임이 되지."

전화가 끊어졌다. 자영은 방금 통화한 번호를 눌러 연결을 시도했다. 02로 시작하는 일곱 자리 번호였다. '고객님, 지금 거신 번호는 받는 전화로는 사용하실 수가 없습니다' 공중전화를 이용한 모양이었다. 자신을 철저히 은폐시킨 악녀의 소행이 그녀를 황당한 미로의 소굴로 몰고 갔다.

섬뜩한 전화는 다음날 새벽에도 걸려왔다. 반들반들하게 길이 난 가죽 채찍으로 뭔가를 잔인하게 내리치는 소리에 그녀는 번쩍 눈을 떴다. 소름 끼치게 깜깜했다. 휴대폰 속의 빨간 머리 소녀가 벨소리에 맞춰 또 춤을 추고 있었다. 마치 소녀가 장난 전화를 하는 것처럼 모자로 눈을 가린 얼굴이며 율동이 섬쩍지근했다. 악녀는 다짜고짜 트집을 잡았다. 자영이 잠결에 전화를 받으니까 뿔다귀가 난 듯했다.

"이따위 장난질 그만해. 너처럼 저질스런 인간이 내 주변엔 없어. 물론 이런 모욕을 당할 만큼 허투루 살지도 않았고. 쥐새끼처럼 어디서 정보를 빼다가 심심풀이로 이 사람 저 사람 찔러보는 모양인데, 허튼수작 그만하고 이쯤에서 신분을 밝혀. 경찰서에 신고하기 전에."

"꼴값 떨고 있네."

자영은 그대로 주저앉았다. 어둠 속에서 노랗고 푸른 빛살들이 난무했다. 악녀를 겁주려고 쟁여놓은 말들이 순식간에 흩어졌다. 그녀는 광견의 예리한 이빨에 물린 듯한 통증을 느꼈다. 너처럼 이기적인 인간은 매운 맛을 봐야 한다며 악녀가 야멸치게 입을 놀렸다. 자영은 대꾸할 엄두를 못 내고 속수무책으로 당하고만 있었다.

언제나 새벽 세 시 즈음에 악녀는 출몰했다. 자영이 전화를 받으면 일단 담배 연기를 길게 내뿜고는, 제 고달픈 신세를 들먹거리며 막말을 해댔다. 욕설도 서슴지 않았다. 한번은 아예 충전기를 빼버렸는데, 다음날 잠에서 깨어 휴대전화를 켜자마자 밤새 전화가 왔음을 알리는 신호가 끊임없이 울렸다. 휴대전화가 꺼져 있는 걸 알면서도 악녀는 새벽 두 시 사십팔 분부터 네 시 십삼 분까지 무려 여든세 번이나 전화를 걸었다. 똑같은 발신번호가 액정 위에 줄줄이 새겨지는 만큼 두려움이 차올랐다.

퇴근하여 열쇠로 현관문을 열고 들어설 때면 자영은 방어 태세를 취하고서 조심조심 집 안을 살폈다. 악녀가 집까지 알아내 감쪽같이 숨어들어 어느 순간 머리채를 잡을 것만 같았다. 옷장 안까지 확인한 후에는 문단속을 철저히 했다. 텔레비전에서 휴대폰 벨소리가 울려도 가슴이 철렁 내려앉았고, 어느 장소에서든 자기도 모르게 이쪽저쪽을 자꾸 휘둘러보는 버릇이 생겼다. 악녀에게 미행을 당하고 있다는 생각 때문이었다.

사무실이 비었다. 자영은 교정지를 들고서 타원형의 테이블로 자리를 옮겼다. 최우식의 책상에는 신문, 영화잡지, 필기도구 따위가 너저분하게 놓여 있었다. 강파른 몸, 뾰족한 턱, 독살스런 눈매, 칙칙하고 거칠거칠한 피부. 그는 마치 살쾡이처럼 인상이 고약했다. 이따금 중국집에서 점심을 배달시킬 때 그가 "뭐 먹을래요?" 하고 물어보면 그 표정이 꼭 "밥을 왜 먹어"라고 위협하는 것 같아 입맛이 달아날 정도였다. 그는 웬일인지 신입사원인 자영을 마뜩찮아했다. 처음에는 떨떠름한 인상 때문에 그런 기분이 드는 줄 알았는데 말투 자체가 삐딱했다. 그는 자영에게 무슨 일을 시킬 때면 미심쩍은 얼굴로 "할 수 있겠어요?" 하며 눈을 내리깔았다. 그녀가 업무에 관한 궁금증을 내비치면 일부러 뜸을 들이면서 마지못해 대답하곤 했다.

자영은 그의 뻣뻣한 태도를 학력 콤플렉스로 돌렸다. 그는 경기도 언저리에 있는 이른바 삼류 대학 출신이었다. 국어문법이나 영어독해가 막히면 고 사장은 으레 자영에게 도움을 청했다. 그녀가 알기 쉽게 엉킨 부분을 풀어주면 고 사장은 물 좋은 대학 운운하면서 농을 쳤는데, 그때마다 최우식은 아니꼬운 얼굴로 키보드나 쳐댈 뿐이었다.

"아, 그거였구나!"

그녀는 손바닥으로 테이블을 쳤다. 마침내 사건의 단서를 잡은 것 같다. 범죄의 물증으로써 의심할 여지없는 장면이 눈앞에 또렷이 그려진다.

풀뿌리출판사의 단골집인 '맛나감자탕'으로 점심을 먹으러 갔던 날이었다. 그날 고 사장은 독감 때문에 결근했다. 고 사장이 사무실을 비우면 한가로이 뭉그적거리는 이 부장은, 식사 시간의 침묵을 견디지 못하는 성미라 한시도 입을 가만두지 않았다.

"자영 씨, 사장님이 아주 잘 봤던데? 한 개를 가르치면 열 개를 알아버린다고 칭찬이 대단해. 자영 씨를 유능한 편집자로 키워놓겠대. 이러다 자영 씨가 편집부장 되는 거 아냐?"

맛깔스런 밑반찬을 골고루 집어먹던 이 부장이 풀뿌리출판사의 소식통처럼 조잘거렸다. 최우식의 얼굴이 대번 일그러졌다. 자영은 고 사장과 한통속이 되어 꾸민 꿍꿍이 수작을 최우식에게 들키기라도 한 듯 공연히 뜨끔했다. 지 밥통을 빼앗길 것 같으니까 나를 골탕 먹여서 스스로 기어나가게 만들려는 거야. 공갈배의 역할은 여자 친구나 누이동생한테 맡겼겠지. 옹졸하고 이악스러운 인간. 자영은 최우식의 회전의자를 발로 힘껏 찼다. 둔탁한 소리와 함께 의자가 빙글빙글 돌아갔다. 나는 미치도록 네가 싫다고, 최우식이 손사래를 치는 것 같다.

오늘 안에 다듬질을 끝내야 할 교정지가 수십 페이지다. 자영은 그럴듯한 단어들로 짜 맞춘, 그러나 뜻이 모호한 어느 대학 강사의 평론을 억지로 눈에 넣었다. 대충대충 읽는 것도 힘에 부쳤다. 실속은 없으면서 기교만 잔뜩 부린 글자들이 내뿜는 공해로 머리가 지끈거린다. 그녀는 교정지를 젖혀놨다. 그러고는 핸드백에서 담배를 꺼냈다. 테이블에 엉덩이를 걸치고 서서 그녀는 담배 연기를 뿜어댔다. 실내가 금세 뿌예진다. 매캐한 냄새가 싫어 얼굴을 찌푸리면서도 자영은 식탐하듯 필터를 빨았다. 출산 직후에 피우는 담배 맛이 세상에서 최고라던 외국 여기자의 말을 음미하며, 스스로가 온몸의 기운을 남김없이 쏟아낸 산모라고 최면을 걸면 쌉쌀하면서도 달콤한 맛이 얼핏 느껴지기도 했다. 코끝이 시리다. 자영이 난로 주변을 맴돌다가 향긋한 봄날 싸늘한 지하 사무실에서 밥벌이를 하는 자신의 일상에 점수를 매겨본다. C학점. C는 고사하고 B도 감히 끼어들지 못했던 대학교 성적표가 떠올라 그녀는 쓴웃음을 흘렸다.

하염없이 도로를 적시는 빗소리가 들렸다. 아니, 저 소리는 지면과 자동차 바퀴가 서로 열렬히 비벼대는 마찰음이다. 허공에 자욱한 담배 연기와 가짜 빗소리가 들썽거리는 마음을 다독거려준다. 별안간 경고음 비슷한 소리가 울렸다. 오싹했다. 그녀가 놀란 눈으로 머리를 쳐들었다. 기름이 떨어졌으니 어서 채워달라고 난로가 재촉하는 소리다. 때맞춰 최우식의 조종에 따라 설쳐대는 휴대전화 속의 악녀가 되살아났다. 자영은 체머리를 흔들었다. 지금 애먼 남자한테 총부리를 겨누고 있는 건 아닐까. 하지만 아무리 속속들이 파헤쳐봐도 그렇게 야비한 짓을 할 사람이 주변에 없다. 그녀와 속말을 나누고 지내는 소수의 지인들은 적어도 매너와 교양에 관한 한 보통의 수준에 닿아 있는 사람들이었다. 서로의 취향이나 성격을 훤히 알므로 얼굴 붉힐 일이 드물고, 간혹 마찰이 생길라치면 틈이 벌어지기 전에 감정의 찌꺼기를 말끔히 닦아냈다. 특히 자영은 인간관계를 맺으면서 책잡힐 짓을 하지 않았다. 어쩌다 시건방지게 행동하는 인간과 어울리면 싫은 소리나 내색을 일절 비치지 않고 아예 상종을 안

했다. 그토록 깔끔하게 처신했는데 어느 누가 자신에게 원한을 품는단 말인가.

오늘이 부친의 제사만 아니라면 최우식을 술집으로 유인하여 단도직입적으로 말했을 텐데. 자영은 팔짱을 끼면서 씨우적거렸다. 악녀하고라도 당장 통화를 하고 싶다. 쓸데없는 일인 줄 알면서도 그녀는 휴대전화의 통화 목록을 뒤져 최우식의 끄나풀이 남긴 전화번호로 접속을 시도해봤다. 자영은 하마터면 휴대전화를 놓칠 뻔했다. 그 순간 자신의 속을 꿰뚫어보고 있는 듯 휴대전화가 부르르 떨었던 것이다. 이번에는 031로 시작하는 전화번호였다. 그녀는 목청을 가다듬고서 통화 버튼을 눌렀다.

"그렇잖아도 네 전화를 기다리고 있었어."

"내가 누군지 알아냈다는 소리야? 그렇담 이제 말이 통하겠네."

"마지막으로 경고하는데, 여기서 끝내지 않으면 경찰서에 도움을 청할 거야. 지난 시간 동안 내가 입은 정신적인 피해도 간과하지 않겠어."

"누구 앞에서 정신적인 피해래? 난 너 때문에 우리 이모의 임종을 못 지켰고, 직장에서도 쫓겨났어. 너는 악평으로 '고객평가카드'를 도배한 것도 부족해서 전화로 항의까지 했잖아. 그날 내가 손님들한테 얼마나 시달린 줄 알아? 미용실 주인은 나를 잠시도 쉬게 하지 않았어. 그날은 오후 여섯 시까지만 일하기로 했는데 다섯 시쯤 네가 미용실에 나타났지. 그 밉살맞은 주인여자가 내 사정을 뻔히 알면서 네 머리를 나한테 맡기더라. 커트도 아닌 파마 손님을 말이야. 내겐 엄마나 다름없는 이모의 생명이 꺼져가고 있는데 재수 없게 너한테 걸려든 거야. 주인 여자가 네 불만 전화를 받고는 나를 재깍 잘라버리데. 니 원대로 불친절한 미용사의 밥줄이 끊어지니까 고소해? 어떤 시인이 그랬어. 입이 꽃처럼 고우라고, 그래야 말도 꽃같이 한다고."

"너…… 누구야?"

"글로리아. 기억도 안 나지? 너, 출판사에 근무하더라? 손끝이 여물지 않다, 감각이 떨어진다, 실습생도 이보단 잘하겠다, 또 뭐랬더라, 아무튼 넌 내가 해준 파마머리를 두고 험담을 늘어놨지. 네가 매만진 책에도 '고객평가카드'를 들이대면 과연 어떤 결과가 나올지 생각해봤니? 너는 눈에 보이지 않는 독자들한테 얼마나 친절해? 보나마나 자격미달일 거야. 너는 나보다 훨씬 후진 솜씨로 건성건성 책을 만들고 있을 거라구. 서점에 가보면 너 같은 인간들이 만든 책이 수두룩해. 그런 책들을 들춰보면 파마약보다 더 지독한 냄새가 나. 지 주제도 모르고 설쳐대는 등신. 참, 베일이 걷혔다고 해서 게임이 끝났다고 착각하지는 마."

악녀가 물러갔다. 글로리아, 글로리아…… 자영은 이름을 되뇌며 기억을 더듬었다. 혼란스러웠다. 그녀는 정녕 그런 일이 있었는지 헤아려보는 게 아니다. 악녀의 말은 진실이었다. '고객평가카드'라는 말을 듣는 순간 그날의 정황이 오롯이 떠올랐다. 그녀가 기억해내려고 애쓰는 건 글로리아라는 여자의 얼굴이다. 실루엣만 오락가락할 뿐 선명히 잡히는 얼굴이 없다. 그날 동행한 친구가 글로리아의 인상착의를 세세히 설명해준다 해도 검은 화상(畵像)에서 낯익은 얼굴이 튀어나올 것 같지 않다. 그녀는 사무실을 바장이면서 줄담배를 피워댔다. 이제는 쓴맛조차 느껴지지 않는다.

미용실은 컨베이어가 어수선하게 돌아가는 공장 같은 이미지를 풍겼다. 손님들이 후줄근한 가운을 걸치고서 소파에 나란히 앉아 있으면 책임자인 듯한 여자가 미용사를 지정해줬다. 머리에 파마 로드를 주렁주렁 매달고서 미용사의 지시에 따라 이리저리 옮겨 다니는 손님들이 컨베이어에서 돌고 도는 물건처럼 비쳤다. 미용사들은 산만한 실내에서 기계적으로 움직이며 후닥닥 머리라는 제품을 완성했다. 그들은 제인, 토마스, 안나 따위의 이름이 새겨진 깜찍한 명찰을 차고 있었다. 나름대로 의미를 부여한 가명일 터였다. 자영은 담당 미용사의 명찰을 보며 무슨 꽃 이름 같다는 생각을 얼핏 떠올리다가 그 가명을 금세 잊어버렸다. 그래서 악녀가 '글로리아'라고 했을 때 바로 알아듣지 못한 것이다.

유독 지쳐 보이던 글로리아는 무슨 다급한 용무가 있는 듯한 태도였다. 자영은 머리를 단장하는 내내 마음이 불편했다. 미용사의 가위질 솜씨가 미덥지 않아서였다. 가위를 쥔 손에 생기가 없었고, 갑자기 시동이 꺼진 듯 이따금 손놀림을 멈추곤 했다. 한마디로 넋이 나간 손이었다. 글로리아는 벽시계를 흘끔흘끔 쳐다보면서 신속하게 로드를 감아올리고, 중화제를 바르고, 머리를 감겼다.

아니나 다를까, 그녀가 허둥지둥 완성한 머리는 어설펐다. 한 시간 남짓 잡지를 보며 기다려준 친구가 귓속말로, 앞은 처년데 뒤에서 보면 아줌마야, 라고 말해서 더 화딱지가 났다. 파마는 잘 나왔는데 처음이라 어색해서 그렇다고, 며칠 지나면 자연스러워질 거라면서 미용실 책임자가 자영을 구슬렸다. 파마 요금을 치르고 나자 그녀가 누리끼리한 종이를 건넸다. '고객평가카드'였다. 고객님의 목소리에 귀 기울여 양질의 서비스를 제공하겠다는 내용이 적혀 있었다. 아주만족, 보통, 불만족으로 나눠놓고서 담당 미용사의 태도에 점수를 매기는 평가지를 보는 순간 자영은 옳거니, 하며 속으로 쾌재를 불렀다. 글로리아가 혼쭐나기를 간절히 바랐으므로 자영은 '불만족'에 주저 없이 체크했다. 따로 빈칸을 만들어놓지 않았는데도 그녀는 굳이 여백에 '이렇게 불친절한 미용사는 처음 봅니다'라는 소감까지 썼다. 미용실 입구에 추첨함 같은 통이 마련되어 있었다. 플라스틱 박스에는 고객평가카드가 수북했다.

며칠이 지나도 헤어스타일은 변함이 없었다. 거울을 볼 때마다 짜증이 솟구쳤다. 자영은 114 안내원을 통해 미용실의 전화번호를 알아냈다. 때마침 미용실 책임자가 전화를 받았다. 자영은 헤어스타일에 대한 불만을 늘어놓고서 글로리아를 씹어댔다. 그 미용사가 인상을 구기고 있어서 내내 불쾌했다, 손님 머리를 감기면서 곁에 있는 미용사랑 누구 흉을 보더라, 그 여자 때문에 당신네 미용실의 이미지가 아주 나빠졌다, 자영의 혀는 푸릇푸릇한 묘목을 집어삼키는 불꽃처럼 맹렬하게 꿈틀거렸다.

머릿속에서 진땀이 흐른다. 자영은 테이블 위에 올려둔 담뱃갑을 집었다. 담배가 한 개비도 없다. 그나저나 내 전화번호며 출판사에 근무하는 사실을 어떻게 알았을까. 그녀는 몸을 웅송그리고서 자신의 정보가 유출된 경로를 추적해봤다. 고민할 것도 없이 적립카드가 떠올랐다. 필요 없다는데도 함께 간 친구가 적립카드는 일단 만들어놓고 봐야 한다며 한사코 부추겨서 지폐처럼 생긴 카드에 기본적인 신상정보를 적었다. 책임자가 해고 사유를 곧이곧대로 털어놨을 테고, 글로리아가 눈치껏 컴퓨터를 뒤져서 괘씸한 고객의 전화번호를 빼냈을 것이다.

그녀는 초조해하며 책상마다 서랍을 뒤져봤다. 담배가 있을 턱이 없다. 골초들은 비행기에 오를 적에 흡연 욕구를 지레 눌러 끄느라고 수면제를 먹는다던데, 담배도 수면제도 없이 탑승했을 때의 심정이 이럴까 싶다. 뒤늦게 들어온 손님의 머리를 매만지느라고 이모의 임종을 지키지 못했다던 글로리아의 원망이 뇌리에서 와글거린다.

그날 이모의 목숨이 그토록 위태로웠다면 조퇴를 했어야 마땅하다. 머리를 다루는 솜씨가 뛰어난 미용사였다면 고용주가 그렇게 선뜻 내쳤을 리가 없다. 삶에 가물이 들면 핑계부터 앞세우는 머저리들. 자영은 정수기에서 냉수를 뽑아 연거푸 들이켰다.

손질하다 만 교정지를 펼쳐놓고서 그녀는 일에 매달렸다. 의미가 불분명한 문장은 건너뛰고, 동어반복이 심한 문단도 그냥 지나치면서 잘못 입력한 글자들을 가려냈다. 그녀의 눈과 손이 기계적으로 재바르게 움직인다. 언제나 일의 능률을 올려주는 건 '이런 책을 누가 사서 읽겠어' 하는 버릇이 되어버린 단정이었다. 문장에서 빠진 마침표를 찍어 넣다가 자영은 한숨을 길게 내쉰다. 고객평가카드 운운하던 글로리아의 비난이 시야를 가렸기 때문이다. 조만간 문예지로 탈바꿈할 이 교정지에 고객평가카드를 적용하면 어떤 말들이 쏟아져 나올까. 자영은 착잡한 심정으로 사무실을 휘둘러본다. 책장에 아무렇게나 꽂혀 있는 무수한 책들과 창고에 가득 쟁여둔 재고서적까지 압박감을 안겨준다. 다음 주에는 두 종의 신간이 또 사무실로 밀려 들어온다. 애프터서비스가 통하지 않고 또 무시해도 좋은, 고객관리를 허술히 했다고 글로리아처럼 쫓겨날 염려가 없는 이 직업이 얼마나 미더운가. 자영의 얼굴에 비웃음이 어린다. 어쨌거나 오늘 안으로 일을 끝내야 하므로 교정지를 다시 펼치는데 게임이 끝났다고 착각하지 말라던 글로리아의 경고가 메아리쳤다. 무슨 독소가 온몸으로 서서히 퍼지는 것처럼 숨이 차고 욕지기가 치솟았다. 항문과 직장 사이에 딱딱하게 눌러붙은 무언가는 혹시 글로리아의 독이 아닐까 하는 망상까지 덮친다. 자영은 불안한 눈빛으로 호주머니를 뒤졌다. 라이터만 잡힌다. 일단 담배부터 사와야 한다. 그녀는 교정지를 내던지고 사무실을 뛰쳐나가 계단을 두 개씩 밟고 올라갔다.

그녀는 착지하듯 멈춰 섰다. 굵은 빗줄기가 어지럽게 날리고 있었다. 도시는 이미 볼썽사납게 젖은 상태였다. 도로와 바퀴가 한 몸이 되어 일으키는 마찰음은 진짜 빗소리였던 것이다. 허공에 뜬 우산들이 험상궂은 바람을 막아내려고 안간힘을 쓰고 있었다. 하지만 얼마 못가 뒤집히고 말았다. 덩달아 망가지는 기분이다. 길 건너 불을 환히 밝힌 편의점이 마치 베이스캠프 같아 옷이 젖건 말건 얼른 뛰어가려고 폼을 잡는데 휴대전화가 또 자지러지게 울어댄다. 누군지 짐작이 가는 생소한 번호다. 공중전화가 보일 때마다 악취미가 발동할 글로리아. 그녀에게 꿀릴 이유가 없다. 미용실 고객으로서 서비스 평가를 솔직히 한 것뿐이니까. 글로리아를 헐뜯던 그날의 악의가 되살아나라, 되살아나라. 그녀는 주문을 걸듯 입속말을 했다. 과감히 폴더를 열자 사악한 웃음소리가 비명처럼 터져 나왔다. 때맞춰 어디선가 급브레이크를 밟는 소리가 났다. 자영은 질겁하며 휴대전화를 빗속에 내동댕이쳤다.

딸매기야,
딸매기야

딸매기야, 딸매기야

오복연립 나동 101호에 요즘 이상한 일이 생겼다. 101호의 가장이면서 과부인 윤씨는 가슴까지 졸이며 그 느닷없이 벌어진 사건을 흥미롭게 지켜보았다. 반면 외동딸 주미는 정신병자의 심심풀이 장난이라며 꾸준히 외면했다. 한결같이 적막한 집안에 파문을 일으킨 대상은 바로 편지였다. 철이 지난 달력을 길쭉하게 오려 만든 편지지에 정성껏 글자를 수놓은 편지. 그것은 한 달에 두 번 꼴로 배달되었다. 편지는 언제나 윤씨가 우편함에서 가져왔다. 주미는 그 정체불명의 편지만 쏙 빼놓고 다른 우편물을 챙겼다. '우편물 반송함'에 내팽개쳐진 편지를 윤씨가 발견한 적도 있었다. 그런 날은 모녀 사이에 말다툼이 오갔다.

"편지를 왜 반송함에 넣고 그러냐? 우리 집 주소가 엄연히 찍혀 있는데. 더군다나 이건 무슨 홍보 우편물이 아니라 진짜 편지잖아, 편지."

"그딴 편지를 뭣하러 읽어. 엄마는 그렇게 할 일이 없어? 편지봉투도 무슨 상복처럼 하얘가지고…… 재수 없는 편지야."

"저렇게 매사에 무관심하니까 연애를 못 하지."

"누가 연애를 못 해, 안 하는 거지. 그리고 그동안 내가 연애감정을 느낄 처지이기나 했어? 속박에서 풀려난 지가 얼마나 됐다고. 근데 왜 정신병자 편지에 내 연애를 찍어 붙여?"

"한번 읽어봐. 꽤나 진지해."

"정신병자들이 원래 지나치게 진지해. 듣기 싫어, 읽지 말래두?"

주미가 편지를 거들떠보지 않으면 윤씨는 공연히 부아가 돋아서 큰소리로 편지를 읽었다.

바쁘시겠지만 쪼메 시간을 내서 지 얘기를 들어주실라요? 말할 사람이 없어서라우. 오늘 오복연립 나동 앞에서 라일락 나무를 봤어라. 어릴적 우리집 정원에 있던 라일락 나무와 어찌 그러코롬 똑같이 생겼습디여? 그걸 보고 있응게 갑자기 고향이 생각나더란 말여요. 그래서 오복연립 주소를 베껴왔지라. 지 고향 얘기를 하고 싶어서라우. 옛날에 지가 살았던 곳은 동네 한 가운데 자락논이 층층이 있고 그 주위로 집들이 삥 둘러 있었지라우. 우리 집은 서까래가 여느 집 기둥만큼이나 굵은 전통 한옥이었어라. 대문을 열고 들어가면 우리 아부지가 정성 들여 가꿔놓은 정원이 있었는디요, 봄이면 라일락 향기에 흠뻑 취해 살았어라우. 우리 집은 꽃천지였어라. 화양목, 동백, 매화, 장미, 백합, 분꽃, 채송화…… 참말로 벨벨 꽃이 다 있었지라우. 우리 고향이 눈에 선허요. 그리 높지 않은 산꼭대기에 황새바위가 있고, 산허리를 타고 내려오는 물줄기가 우리 집 앞을 흘렀지라우. 물소리가 어찌나 곱든지 가만히 듣고 있으믄 슬슬 잠이 왔당께요. 초인종이 울리느만요, 딸이 왔는갑소.

주미가 얼굴을 구기며 상복에 빗댄 편지봉투는 아닌 게 아니라 좀 별나기는 했다. '깨끗하다'거나 '순수하다'라는 느낌을 넘어서 누구라도 그걸 보는 순간 섬뜩해지는 기묘한 흰빛을 띠고 있었으니 말이다. 하얗기는 편지지도 마찬가지였다. 달력의 뒷면을 편지지로 사용했는데 기름한 그것을 펼쳐놓으면, 무리지어 걷는 산짐승의 까만 발자국이 눈밭에 찍힌 것처럼 비쳤다. 한국의 김치가 소개된 달력을 편지지로 삼은 듯 사연 뒷면에는 고들빼기, 나박김치, 동치미, 파김치 따위가 온전치 못한 상태로 놓여 있었다.

윤씨의 딸 주미는 올해 드디어 꿈을 이뤘다! 9급 공무원 시험에 턱걸이일망정 당당히 합격한 것이다. 대학교 동기들의 사회 진출에 위기감을 느낀 주미가 수험 서적과 씨름한 지 칠 년 만에 이룬 쾌거였

다. 윤씨는 칠 년 동안 날마다 성호경을 그으며 딸의 행복을 빌었으
나 막상 합격 소식을 듣고 나자 별다른 감흥이 일지 않았다. "꽉 막
혀 있던 니 운수가 이제부터 풀리나 보다" "나는 지금 죽어도 여한이
없어" "니가 정말 공무원이 됐구나, 공무원!" 입으로야 떠들썩하게
축하해줬지만 마음은 왠지 출렁이지 않았던 것이다. 멀리 떠난 남편
을 기다리다 망부석이 되어버린 기분? 아니, 영화촬영이 막을 내림
으로써 이제는 본래의 '나'로 돌아가야 하는 상실감? 아무튼 누군가
가 싸리비로 마음 구석구석을 훑는 듯한, 너무 샅샅이 쓸어서 오히
려 허하고 시린 감정의 물살에 윤씨는 꽤나 오래 부대꼈다.

올해 서른 살의 문턱을 밟은 주미는 이십 대라는 실한 묘목을 노
량진 고시촌에서 키웠다. 모녀는 명절까지 합해서 일 년에 평균 다
섯 번쯤 만났다. 처음에는 집 근처 독서실을 잡아놓고 허구한 날 야
근과 특근에 시달리는 일꾼처럼 출퇴근했으나, 정보 싸움에서 밀린
다는 이유로 서둘러 보따리를 쌌다. 공부하는 데 방해가 될까 싶어
윤씨는 딸에게 전화도 자주 걸지 못했다. "엄마는 쓸데없이 전화해
서 집중력을 떨어뜨려. 나는 지금 전쟁터에서 격렬하게 총질을 하고
있다고!" 이런 핀잔을 듣고부터는 딸이 그리워도 아예 연락하지 않
았다. 향긋한 봄과 시퍼런 여름과 애틋한 가을과 순박한 겨울, 그들
이 들려주는 다채로운 노랫소리를 윤씨는 홀로 음미했다. 그녀에게
고독은, 또한 인내는 일종의 장기(臟器)와도 같은 것이었다.

"편지가 또 왔다."

"흥, 정신병자."

주미가 소시지 부침을 먹으면서 비웃는다. 모녀가 오랜만에 함께 먹는 저녁식사다. 딸이 교육청의 일원이 되면서부터 한집에 살기는 하나 얼굴 보기는 고시원 시절만큼이나 어렵다. 주미는 수험생으로 구질구질하게 살았던 지난 세월을 스스로에게 보상받으려는 듯 온갖 '놀이'를 배불리 향유하고 있었다. 다른 친구들보다 출발이 늦었으니 돈을 악착같이 모아야 한다면서 월급은 거의 통째로 은행에 맡겨버린다. 유흥비는 주말에 따로 벌어서 쓴다.

"읽어봐."

윤씨가 새하얀 편지 봉투를 내밀었다. 역시나 "싫어" 하면서 주미가 젓가락으로 편지를 밀어낸다. 공연히 오기가 발동한 윤씨가 편지지를 펼쳐 딸이 보지 않을 수 없게 바싹 내밀었다.

"하여간 성격도 별나. 이 장난 편지가 엄마의 마음을 살살 흔들어? 나한테 기어이 읽히고 싶을 정도로?"

주미가 코웃음치면서 그게 소원이라면 읽어주겠다는 듯 얄미운 눈길을 마지못해 편지로 옮긴다.

오늘은 술을 마시고 싶은 밤이어라. 비가 내리니께요. 술 사주께 나와라, 하믄 후딱 나가겄는디 지한테 그런 친구가 있간디요. 지는 파출부 일을 하는디요, 반년 동안 일하던 집에서 오늘 쫓겨났어라. 삼백만 원짜리 시계가 없어졌담서 날 의심합디다. 사람을 그러코롬 오래 겪어봤음서 지를 도둑으로 몰더란 말여라. 그렇게 사람을 못 믿고 워찌 산답디여? 오늘은 이래저래 운수가 사나운 날이었어라우. 딸내미는 오늘도 늦을랑갑소. 지는 이렇게 비 오는 밤이면 어린 애메끼로 무섬을 타지라우. 우리 아부지, 엄니도 보고잡고 말여라. 저번 편지에 우리 아부지 얘기 했지라? 아부지가 정원에 벨벨 꽃을 다 심어놨다는 말이어라우. 어렸을 적에 학교에 가려고 대청마루에 앉아서 신발을 신고 있으믄 아부지가 지 손에 꽃다발을 쥐어줬어라. "딸매기야, 선상님 책상 위에 꽂아놓니라" 하시면서 말여라. 정원에서 꺾은 꽃으로 만든 꽃다발이었는디 참말로 이뻤어라. 참, 지는 어렸을 적에 사람들이 딸매기라고 불렀어라우. 우리 엄니가 딸만 다섯을 낳았는디 지가 젤 막내였지라. 딸 그만 낳게 막으라는 뜻으로 원래는 '딸막이'라고 지었는디 자꾸 부르다봉께 딸매기가 됐뿌렸소. 우리 아부지 얘기를 쪼깨 더 할랍니다. 아부지는 무신 일이건 대충 하는 벱이 없고 동네 일도 내 일처럼 했지라우. 우리 동네에 아담한 우물이 있었는디 거기서 채소도 씻고, 빨래도 하고, 목욕도 했어라. 우물이 하나다 봉께 아주 불편했지라. 음식찌꺼기며 비누거품 땜시 수채구녕도 잘 멕혔어요. 언제부턴가 아부지가 삽과 괭이를 들고 나갑디다. 나중에 알고봉께 우물 반대편에다 빨래하고 목욕만 하는 샘을 파놨어라. 혼자 말여요. 물줄기를 잘 잡아서 그런가 그 샘은 어찌나 물이 많이 나오는지 온 동네 사람들이 다 써도 모지라는 벱이 없었어라우. 밤중에 비라도 쏟아지믄 아부지는 날이 밝자마자 삽과 괭이를 들고 나가서는 길이 파인 데마다 땜질을 하고 다녔어라. 우리 아부지는 동네 땅을 자기 몸 가꾸듯 하셨당게요. 우리 엄니는요, 여느 부모가 다 그렇겠지만 자식 사랑이 유별났어라우. 옛날에는 겨울이 을매나 추웠는지 아요? 식구들에게 아침밥을 차려주고 나면 우리 엄니는 아궁이에서 뜨거운 재를 당그래로 끌어냈지라. 재를 다독인 다음 그 위에 삼발이를 얹고 다시 그 위에 운동화를 올려놓으면 운동화가 따숩게 데워져라. 지가 방에서 나와 쪽마루로 걸어가면 엄니가 댓돌 위에 운동화를 올려놓는디 그걸 신으면 학교까지 그 먼 길을 걸어가면서도 발이 시려운 줄 몰랐지라우…….

"이럴 줄 알았어. 쉰밥 같은 옛날이야기. 자기 아버지 자랑이 늘어졌네. 엄마는 이 편지가 재밌어? 그래서 이젠 편지가 기다려지기까지 해?"

"외로움이 느껴지잖냐."

"무슨 얼어 죽을 외로움이야. 심심해 죽겠다는 발악이지. 생판 모르는 남한테 이게 무슨 짓이람. 하여간 요즘은 다들 개성이 너무 강해. 이거 달력에 쓴 거 아냐? 가지가지 한다."

주미가 무슨 더러운 걸레 집듯 편지를 들어 올려 앞뒤로 살피면서 종알거린다. 윤씨는 딸의 조롱을 묵묵히 듣고 있었다. 그녀는 맥없이 아랫배를 살살 문질렀다. 뱃속에서 낙엽이 떨어지는 소리가 들리는 것 같다.

"이 정신병자는 왜 매번 니가 쉰밥 같다고 말하는 사연을 하얀 종이에 담아 보낼까."

"달력을 찢어서 편지를 쓰는 여잔데 무슨 심오한 뜻이 있겠어. 집 안에 하얀색 봉투가 널려 있나 보지."

"그 여자의 마음이 이렇게 새하얀 종이처럼 공허한가? 속이 텅빈, 실속 없이 헛된 무채색."

"우리 엄마 유식하네. 그 여자가 독자를 아주 잘 골랐어. 둘이 편지로 우정을 쌓아봐. 나이도 비슷한 것 같은데. 이런, 보내는 사람 주소가 없네. 나는 떠들 테니 너는 잠자코 듣기만 해라? 일방적이고 무례해."

그만 들어가 자겠다면서 주미가 몸을 일으켰다. 윤씨가 얼른 딸의 손을 붙잡는다.

"마지막 편지야."

"아, 귀찮아. 엄마나 읽어."

"부탁이야, 한번만 더 읽어봐. 이 여자가 위험해."

윤씨가 주미를 억지로 앉혀놓고 두 번째 편지를 펼쳤다.

오늘은 고백할 것이 있어라우. 뭣이냐면, 지는 요새 불장난을 하고 다녀라. 얼마 전에 지 생일이었는디, 하긴 뭐 생일이 벨것이간디요. 그래도 누구 하나 챙겨주는 사람이 없응게 서운터만요. 생일날 우리 엄니가 겁나게 보고싶습디다. 넘의 집 설거지통에 손 담그며 살라고 애지중지 키운 게 아닐 것인디 이 꼴이 뭐냔말요. 지 생일날 신혼부부가 사는 아파트로 일하러 갔는디요, 결혼한 지 백일이 됐담서 여행을 간답디다. 그 집 부부가 강아지를 키우는디요, 새댁 말이 가관이어라. 여행을 가면 빈집에 강아지 혼자 있는 것이 불쌍타믄서 강아지호텔에 맡긴답디다. 참말로 그런 것이 있답디어? 강아지 목욕시킴시롱 을매나 울었는지 몰러요. 메칼없이 눈물이 쏟아집디다. 그날 집으로 가는디 전봇대 앞에 밑창 떨어진 구두가 있지 않겠소? 무슨 멤이었는지 신발을 가져다가 태웠지라우. 활활 타오르는 불꽃을 보고 있응게 이상허니 기분이 좋아집디다. 어제는 넘의 집 앞에 있는 쓰레기 봉투에 불을 질렀어라. 숨어서 불귀경을 하는디, 어떤 여자가 나와서 불을 보고는 팔딱팔딱 뜀시롱 소리를 지르는디 그 모습이 솔찬히 재밌더만요. 지도 참 한심한 여편네여라. 나이가 멧인디 어린애메끼로 불장난을 하고 다니냔 말이어라우. 지는요, 일할 때는 꼭 서울말을 쓰지라. 일할 때 사투리를 쓰면 젊은 엄마들이 싫은 소리를 해싸요. 애들이 지 말을 흉내내니께 교육상 안 좋담서 하루 죙일 꽁시랑거리지라. 서울말을 쓸라면 낯간지러 죽겠는디 돈을 벌어야 하니께 어쩌겠어요. 요로코롬 편지지에다 사투리를 쏟아내면 좀 살 것 같어라. 요새는 우리 아부지, 엄니가 보고잡어 죽겄어라. 아부지, 엄니가 살아 있으믄 넘의 집 설거지통이 아니라 똥통을 치워도 행복하겠당께요. 지는 오늘도 혼자 있어라우. 요새는 말요, 비도 안 오는데 무서워라. 가만히 앉아 있으믄 어느 순간 집이 무너질 것 같고 어떤 날은 갑자기 숨이 턱 막혀버릴 것 같어라우. 글믄 지를 누가 구해준답디여? 오늘은 엄니가 아궁이에 따숩게 뎁혀주는 운동화도 신고 싶고 딸매기야, 딸매기야, 함시롱 지를 부르는 친구들과 들판을 숨이 차게 뛰고 싶어라우. 여기가 어디 사람 살 뎁디여? 사람이 살 데냐 말이어라.

"간도 크셔라. 이제 불장난까지 하고 돌아다니시네. 곧 신문에 등장하겠어. '오십 대 주부 방화범' 이런 타이틀을 앞세우고서. 내 말이 맞잖아, 정신병자. 엄마, 임무 완수 했으니까 나는 그만 자도 되겠지?"

주미가 찬바람을 일으키며 제 방으로 들어갔다. 오늘따라 딸애가 방문을 더 단단히 잠그는 것처럼 느껴진다. 눈이 따갑다. 윤기가 사라진 반찬들 사이로 무슨 쓰레기처럼 놓여 있는 편지를 윤씨는 물끄러미 바라본다. 달력 편지지와 봉투의 흰빛이 처연히 빛나고 있다.

윤씨는 식탁을 치우지 않고 편지만 챙겨 거실로 나왔다. 그리고는 '정신병자의 편지'를 곱게 접어 스웨터 주머니에 넣었다. '나쁜 계집

애, 눈치코치도 모르는 니가 모자란 인간이지 뭐야 윤씨는 딸의 방을 흘겨보면서 중얼댄다. 아직 저녁 아홉 시 뉴스도 시작하지 않은 시간인데 잠을 자겠다고 들어간 딸년이 밉살스럽다. 오늘처럼 일찍 귀가하는 날이 어디 흔한가. 보나마나 잠자리에 들기는커녕 스마트폰인지 뭔지 그 만능 파트너와 함께 저녁 시간을 즐기고 있을 것이다.

오늘 같은 날, 오랜만에 산책이나 하자며 제 엄마 팔짱을 끼고 나갈 수는 없나? 거실에 마주 앉아 맥주라도 한잔 마시면서 수습기간이 갓 지난 직장생활의 고충이랄지 보람을 털어놓으면 얼마나 사랑스러울까. 엄지발가락이 퉁퉁 부은 데다 곪기까지 해서 절룩거려도 무관심하고, 엄마 생일을 까먹는 걸 아무렇지 않게 여기는 매정한 계집애. 첫 월급이 찍힌 통장을 제 엄마 손에 쥐어주면 안 돼? 누가 그 귀한 돈을 쓸까 봐? 지긋지긋하게 오래 달고 있던 취업준비생이라는 딱지를 떼고 받은 첫 월급이니까 구경이나 시켜달라는 거지. 윤씨는 좁은 거실을 바장이면서 그지없이 옹졸해지는 스스로를 애써 두둔했다.

주미가 고등학교에 입학하던 해 남편은 열여덟 평짜리 임대아파트만 달랑 남겨놓고 세상을 떴다. 그는 건설현장의 착실한 노동자였다. 사인은 뇌졸중이었는데, 늦겨울 새벽 일터로 출근하다가 당한 사고여서 아무런 보상도 받지 못했다. 집안 살림이나 야무지게 꾸릴 줄 알았던 윤씨는 졸지에 생활전선으로 뛰어들었다. 아버지라는 푹신한 신발 한 짝을 잃어버린 주미에게 따스한 밥을 먹여야 했기 때문이다. 천 원짜리 한 장 보태줄 사람은 그 어디에도 없었다. 일가친척이야 핏줄이 같은 타인에 불과했다. 몸과 마음을 '책임감'으로 도배하고서 전력 질주한 세월이었다. 딸내미 대학 공부도 시켰고, 9급 공무원 시험에 합격할 때까지 경제적인 지원도 아끼지 않았으며, 내일이라도 당장 시집보낼 수 있는 결혼자금도 진작 마련해뒀다. 석류처럼 반짝반짝 빛나는 내 몫의 시간을 온전히 너한테 바쳤다고 생색을 내려는 게 아니다. 이왕이면 주미가 외줄타기 하듯 살아온 제 엄마의 묵은 세월을 이따금 들춰봐줬으면…… 이런 기대가 번번이 허물어지다 보니 저절로 흘러나온 푸념이다. 반쪽 부모로서 아득바득 이뤄낸 '책임완수'의 끝에는 '공백'이 펼쳐져 있었다. 빈틈없이 새하얀 설산과 맞닥뜨린 듯한, 어디로 발을 내디뎌야 할지 도무지 알 수 없는 섬뜩한 공백. 윤씨는 별안간 나타난 그 설산에서 어떻게든 빠져나갈 궁리로 시종일관 낑낑거렸다.

폐경 진단을 받은 지지난달 해거름에 윤씨는 얼굴의 점을 뺐다. 무엇보다 마음을 비워라, 규칙적인 식사와 운동을 하면서 폐경기를 극복해야 한다, 의사의 상투적인 조언을 그래도 곱씹으며 지하철 출구로 나갔는데 어떤 여자가 전단을 나눠주며 새된 목소리로 외쳤다. "오픈 세일! 점 하나에 천 원!" 그녀가 건네준 전단을 덥석 받아 읽어보니 점 하나를 빼는 데 천 원이라는 소리였다. 최근 개업한 허기석

피부과에서 손님을 끌어들이려는 기발한 상술이었다. 윤씨는 그날만 천 원을 주고 열한 개의 점을 뺐다. 자기 얼굴에 그렇게나 많은 점이 박혀 있는 줄 미처 몰랐다. 하긴 그동안 얼굴을 제대로 들여다볼 짬이나 있었나. 기껏 딸 하나 키우면서 어지간히 분주하게 살았다. 언제나 허둥지둥, 걸핏하면 노심초사. 훈훈한 봄밤이었는데도, 물기가 증발해버려 꾸덕꾸덕 말라가는 몸과 얼굴의 까만 씨앗을 걷어낸 자리로만 빗방울이 떨어지는 것 같았다.

윤씨는 거실과 주방의 불을 끄고 안방으로 들어갔다. 방문이 잘 잠겼는지 그녀는 다시 한 번 살폈다. 그리고 안방의 불도 껐다. 무슨 의식을 치르듯 윤씨는 침대에 걸터앉아 두 손을 모으고 불안정한 호흡을 가다듬는다. 해가 짧아진 덕분에 농익은 어둠을 빨리 만날 수 있어 그나마 위안이 된다. 하루의 끝자락에서 별 수 없이 깨닫는 건 아찔한 공백을 메워줄 사람은 결국 '나'라는 자각이다. 아직 갈 길이 남아 있고, 시들시들한 날개로나마 비행하려면 한 모금의 물을 상비약처럼 지녀야 할 터였다. 오늘밤 윤씨는 그 한 모금의 물을 또 마시려 한다. 대꾸를 하든 말든 무시를 당하든 말든.

친정어머니가 물려준 문갑에서 윤씨는 조심스레 상자를 꺼냈다. 그리고 침대 발치에 놓아둔 앉은뱅이책상을 끌어당겼다. 작은 가로등처럼 생긴 스탠드를 켜자 어둠이 후닥닥 물러난다. 상자에는 길쭉하게 자른 달력이 가지런히 누워 있다. 까만 볼펜도 여러 개 챙겨뒀다. 그녀는 달력 한 장을 꺼내 이제야 조금씩 생기가 돌기 시작하는 눈으로 찬찬히 살펴본다. 달력의 뒷면으로 눈길을 돌린다. 스탠드 불빛에 비치는 싱싱한 오이소박이. 하얀 사기그릇에 푸짐히 담긴 오이소박이를 보자 대번 군침이 돈다. 윤씨는 입맛을 다시며 달력의 하얀 여백과 눈을 맞춘다. '오늘은 어떤 추억을 풀어놓을까' 잠시 허공을 응시하던 윤씨가 묵직한 어둠을 등에 업고서 달력 편지지에 또박또박 글자를 새긴다.

〈여성동아 문우회 소설집에 수록〉

언니의 안개

언니의 안개

"까이쓰더."

유파가 혼잣말로 다소 거칠게 입을 놀린다. 누군가를 비웃는 표정까지 곁들이면서. 언니와 내가 그 조소의 대상이 된 것만 같다. 가뜩이나 어색한 자리가 더욱 거북스러워진다. 위해(威海)여객터미널에서 만날 때부터 무뚝뚝하게 굴던 유파의 낯빛이 어두워졌다. 우리 자매가 한국에서 중국의 소도시까지 가져온 나무상자에 담긴 물건은 칠피구두였다. 형광등 불빛을 흠뻑 빨아들인 검은 구두가 조청을 바른 것처럼 반들반들하다. 언니와 나는 칠피구두와 유파를 포위하듯 앉아 있었다.

"이게 누구 신발이야?"

"척 보면 몰라? 엄마 구두잖아."

두 살 터울의 남매가 눈으로만 칠피구두를 쳐다보면서 조잘거린다. 그나마 아이들 때문에 딱딱한 분위기가 다소 부드러워졌다. 유파의 아이들, 특히 딸애의 말과 행동거지가 좀 부자연스러웠다. 제 엄마에게 어떤 주의를 단단히 받은 것 같았다. 그들이 의도적으로 거리를 두었으므로 나도 말을 아꼈다. 언니만은 연신 미소를 흘리며 무슨 말이든 꺼내 시종 대화를 이끌었다. 여기 모인 사람들 가운데 심신이 피로해서 만사가 귀찮을 사람은 바로 언니일 텐데도 말이다. 유파가 칠피구두를 구석으로 밀어냈다. 소름 끼치는 소리가 난다. 우리의 시선이 한꺼번에 그쪽으로 쏠렸다. 여덟팔자 모양으로 내팽개쳐진 구두에서 사위스런 기운이 감돌았다.

"구두가 고급스러워요. 유행도 타지 않는 디자인이고요."

"난 원래 구두 안 신어요."

유파의 어기대는 말대꾸가 분위기를 또 싸늘하게 만든다. 나무상자에는 구두 이외에 공단으로 감싼 물건과 편지봉투도 들어 있었다. 편지지를 펼쳐든 유파의 두 눈이 불안정하게 깜박거린다. 그녀가 편지에 정신이 팔린 틈을 타서 아이들이 칠피구두를 슬쩍슬쩍 만졌다. 바람이 휘몰아치는 갑판을 밤새 들락거리던 언니는 소파에 기대어 눈을 붙이고 있다. 오로지 나만이 유파를 주시하고 있었다. 공단으로 포장한 물건이 유파의 심기를 제대로 건드린 듯하다.

"먼 길 오느라 피곤할 텐데 어서 들어가 쉬어요."

그녀가 우리에게 방을 안내하고서, 취침 시간 운운하며 남매를 꾸짖더니 나무상자를 옆구리에 끼고 안방으로 들어갔다.

서울에서 중국의 위해라는 도시까지 오는 데 꼬박 열세 시간 걸렸다. 위해여객터미널에 입항하여 선상 비자를 받느라 허비한 시간까지 합하면 열다섯 시간이다. 비행기로 넉넉잡아 한 시간이면 닿는 거리를 에돌아 온 데는 부득이한 사정이 있었다. 저녁 일곱 시 출항, 이튿날 아침 여덟 시 입항. 이런 스케줄에 따라 움직이는 여객선을 타고서 국경을 넘고 싶다는 언니의 뜻을 저버릴 수 없었기 때문이다. 언니는 해운회사의 홈페이지를 보여주며 나를 꼬드겼다. 나는 다양한 부대시설을 갖춘 초대형 여객선에 반해서가 아니라, 그렇게 하면 꽝꽝 얼어붙은 언니의 마음이 좀 녹아내릴까 싶어 선박을 이용하기로 했다. 갑작스런 중국 방문인 데다, 너도나도 해외로 줄달음치는 성수기라 객실이 이코노미클래스뿐이었다. 그것조차 잔여 객실이 일곱 개밖에 남아 있지 않았다. 언니는 허둥지둥 마우스를 움직여 객실을 확보했다.

인천여객터미널은 피로에 찌든 인파로 시끌벅적했다. 하나같이 꾀죄죄한 가방을 들고서 개찰구에 늘어선 여행객들이 마치 난민 같았다. 그들은 뜻대로 돌아가지 않는 삶에 대한 기대를 진작 내려놓은 것처럼 보였다. 여객선의 객실은 군대의 내무반과 흡사했다. 시무룩한 표정으로 수속 절차를 밟던 언니는 침상에 배낭을 내려놓자마자 치약과 칫솔부터 꺼냈다. 그러고는 또 화장실에 다녀온다면서 모습을 감췄다. 언니는 어디서든 짬이 났다 하면 "화장실에 다녀올게"라고 말하며 냉큼 자리를 떴다. 용변을 보기 위해서가 아니라 '사기꾼'과 전화통화를 하려는 수작임을 내가 모를 리 없었다. 나는 감시자 신분으로 동행한 터라 명백한 부정행위를 마냥 두고 보기가 께적지근했다. 그렇다고 휴대전화를 압수할 수도 없는 노릇이었다. 나는 객실에 우두커니 앉아, 애초부터 탐탁지 않았던 중국 여행을 기어이 뿌리쳐야 했다고 속으로 중얼거렸다.

"언니, 잠들었어?"

"그럴 리가."

"공단으로 감싼 물건이 뭘까. 유파가 편지를 읽으면서 되게 당황하는 표정이었어. 엄마한테 무슨 말 들은 거 없어?"

"내가 요즘 죄인 취급 받고 살잖아. 나한텐 별 말 없었어. 비밀을 지켜야 하는 물건인가 봐. 무사히 전달했으니까 됐지 뭐."

임무만 완수했으면 그게 무엇이든 관심 없다는 투다.

우리는 파란색 모기장이 높다랗게 둘러쳐진 침대에 누웠다. 겨우 아홉 시가 넘었는데 아파트 주변이 산사처럼 고요하다. 유파는 우리의 방문이 꽤나 불만스러운 모양이다. 진정 반가웠다면 한국에서 날아온 일가붙이를 이토록 빨리 재우진 않을 테니까. 달빛이 모기장 안으로 새어 들어왔다. 파란 안개에 휩싸인 것 같다. 그 자연적인 조명이 언니의 얼굴에 음영을 드리웠다. 꺽다리 선풍기가 머리를 이리 저리 내두르며 조용한 소음을 일으킨다. 선풍기가 이쪽으로 바람을 불어넣으면 모기장이 흔들려 마치 파도를 타는 기분이었다.

"풀벌레가 우는 줄 알았는데 초침 소리였네. 언니, 아까 유파가 내뱉은 '까이쓰더'란 말이 무슨 뜻일까. 표정으로 봐선 '재수 없어', '젠장' 뭐 이런 의미 같던데."

나는 모기장 밖으로 손을 뻗어 손목시계를 집어 들며 말했다. 언니는 묵묵부답이다. 단단한 침묵 위로 엄마의 간절한 당부가 떠오른다. 오늘 아침, 위해여객터미널에 입항하여 집으로 전화를 걸자 엄마는 다짜고짜 어떻게든 언니의 마음을 되돌려놓으라는 말만 되풀이했다.

"아버지가 부녀의 인연을 끊기 전에 그 사기꾼부터 작살내고야 말겠대."

엄마가 겁에 질린 목소리로 하소연했다. 너무 염려하지 말라고, 그런 일은 아무나 저지를 수 없다면서 나는 일단 엄마를 안심시켰다. 장담하듯 대꾸했으나 나도 엄마 못지않게 답답하긴 마찬가지였다. 여독이 온몸에 겹겹이 배어 있는데도 졸음이 얼씬거리지 않는다. 태어나서 처음으로 중국 땅을 밟은 감회가 새롭지도 않다. 이 불면의 밤이 지루하기만 하다. 멀미 때문에 배 안에서 밤새 뒤척이던 언니는 어느새 곯아떨어졌다.

새들이 요란하게 울어대는 소리에 잠이 깼다. 언니는 벌써 일어나 머리까지 감고서 화장을 하고 있었다. 집 안은 고요했다. 욕실이 비어 있으니 얼른 씻고 나오라며 언니가 등을 떠밀었다. 눈에서 잠기가 가시자 뜬금없이 배가 고팠다. 한국을 떠난 지 겨우 하루가 지났을 뿐인데 갓 구운 김 특유의 고소한 맛이 혀끝에 감돌았던 것이다. 오롯이 살아난 미각이 여기가 타국이라는 사실을 비로소 실감케 해줬다. 언니와 나는 말끔히 단장하고서 거실로 나갔다.

유파가 베란다에서 빨래를 널며 창밖의 중국 여자와 무슨 말인가를 주고받았다. 모국어가 아닌 중국어로 매끄럽게 의사소통을 하는 그녀가 오히려 친근하게 보인다. 한국어를 구사하는 순간 유파는 한 세대쯤 뒤처져 보이던 여객선의 초라한 여행객들 만큼이나 낯설어진다. 유파의 아이들은 보이지 않았다. 아침 아홉 시 이십 분이었다. 유파가 우리를 보더니 억지로 눈웃음쳤다. 인중이 길고 미간이 넓은 탓인지 그녀는 미소 짓고 있어도 고집스러워 보인다. 유파와 이따금 눈이 마주칠 때마다 꽃가루처럼 떠다니던 그녀에 대한 지질한 소문들이 되살아났다. 또한 유파의 아이들을 보면 누가 기찻길 옆 단칸방에서 태어났을까 하는 의문이 생기고, 평생 병마에 시달렸다던 남편에 대해서도 느닷없이 궁금해졌다. 유파가 주방에서 우리를 부른다.

"우리가 먹는 밥상에 수저만 올려놨어. 손이 두 개라도 모자라는 처지라 음식 장만할 시간이 있어야지."

그녀가 알루미늄 냄비를 식탁에 올려놨다. 누군가가 먼저 숟가락을 댄 김치찌개였다.

"아이들은 어디 갔어요?"

"일찌감치 아침밥 먹고 공부방에서 자습하고 있어."

"방학인데도요?"

"방학 때가 아니면 한참 뒤떨어진 실력을 언제 보충해. 방학 동안 나사를 힘껏 조여야지."

유파가 행주를 꼭 짜면서 대답한다. 언니는 어제처럼 사근사근하게 굴면서 말꼬리를 이어갔다. 중국에서 무말랭이와 깻잎을 먹게 될 줄 몰랐다며 무성의한 식탁을 추켜세웠다.

"내가 오전 열한 시부터 한국인 관광객을 태우고 유적지를 돌아다녀야 해. 우리 아이들은 아침 아홉 시부터 저녁 일곱 시까지 내가 짜준 계획표대로 공부하거든. 중간에 수학이랑 중국어 과외 선생이 오셔. 집에 손님이 있으면 아이들이 아무래도……."

"무슨 말인지 알겠어요. 그렇잖아도 일찌감치 나가려던 참이었어요. 중국 여행이 처음인데 심부름만 하고 돌아갈 순 없잖아요. 서울에서 올 때 위해의 관광명소를 인터넷으로 살펴봤거든요."

언니가 엉뚱한 이야기를 꺼냈다. 위해의 명소를 알아뒀는지 어쨌는지는 몰라도 아침 일찍 집을 나서자고 우리가 입을 맞춘 적은 없었다. 언니의 말대로라면 우리는 아침밥을 먹은 후 바로 불구덩이

속을 헤매야 한다. 부지런히 수저질을 하는 언니를 보자 덩달아 내 손놀림도 빨라진다. 공연히 눈치를 보며 굽실거리는 언니의 태도가 못마땅하다. 여전히 찌무룩한 얼굴을 하고서 아직까지 어느 누구의 안부도 묻지 않는 유파의 행동거지도 아니꼽다. 겸사겸사 들른 것도 아니고 순전히 자기 때문에 시간을 쪼갠 우리를 이렇게 푸대접할 수는 없었다. 성질 같아선 당장 호텔이든 공항으로 달려가고 싶다.

"자, 이거 받아. 비행기 티켓이야. 내가 딱히 해줄 게 없어서……관광하려면 승용차를 대절해. 그게 실속 있고 편해. 가이드는 내가 소개시켜줄게."

유파가 식탁 위에 넓적한 봉투를 올려놓더니 빈 그릇을 치웠다. 그녀의 마음씀씀이가 고맙다기보다 빨리 돌아가라고 재촉받는 기분이 들어서 무안해진다. 위해공항에서 이륙하는 비행기의 출발 시간은 토요일 낮 12시였다. 날짜를 확인하는 순간 울화가 치민다.

"토요일이면 내일이잖아. 저 여자 너무 뻣세게 군다. 친척들이 씹어댈 만하네. 오늘 출발하는 티켓을 끊고 싶었는데 좌석이 없었던 모양이지?"

나는 침대에 걸터앉아 항공권으로 부채질을 하며 유파를 헐뜯었다. 친척이라도 앞으로 두 번 다시 만나고 싶지 않은 여자였다.

"군더더기 없는 성격 같아서 좋은데 뭐. 겉으로는 방긋방긋 웃으면서 뒤에서는 흉보는 것보다 낫지. 또 우리가 불청객인 것도 사실이고.”

언니는 유파의 냉랭한 태도를 감싸고돌았다. 언니를 심부름꾼으로 지목한 아버지의 속내를 훤히 알고 있는 나로선 은근히 신경이 쓰였다. 유파의 생활 면면을 눈여겨보는 언니의 얼굴이 밝았기 때문이다. 나는 갑자기 옴쭉달싹하기 싫어서 창가로 터덜터덜 걸어갔다. 새들조차 얼씬거리지 않는 쨍쨍한 하늘은 쳐다보기만 해도 숨이 막혔다.

유파의 본명은 ‘권주옥’. 그녀는 우리 외할머니 남동생의 외동딸이었다. 가까운 일가친척이라도 경조사 때나 겨우 만나는 처지라서 촌수가 다소 먼 권주옥을 우리는 중국에서 처음 봤다. 얼굴은 알지 못해도 심심찮게 풍문이 나돌아 우리는 그녀의 사생활을 웬만큼 알고 있었다. 위해여객터미널에서 그녀를 만났을 때 언니가 “권주옥 이모님이시죠”라고 말하며 인사를 건네자 “내 중국식 이름이 유파야, 그렇게 불러줘” 하면서 재깍 이름을 정정했다. 자신의 본명을 대놓고 괄시하는 태도였다.

외가 쪽은 그야말로 단정한 집안이었다. 빛나는 가문은 아니었지만, 자손들이 하나같이 반반한 직장과 야무진 배필을 얻었다. ‘가지 많은 나무에 바람 잘 날이 없다’는 속담은 외가와 무관했다. 매끈한 집안에 돋아난 티눈이 바로 유파였다. 대학 졸업 후 어느 중소기업에 취직한 것까지는 좋았는데 중병을 앓고 있는 가난뱅이와 눈이 맞아 집안에 파란을 일으켰다. 가출을 했다, 동거를 한다, 임신을 했다더라, 기찻길 옆 단칸방에서 아기를 낳았다 따위의 구차한 소문이 내 귀에까지 속속 들려왔다. 바람 잘 날이 없는 집안이었다면 유파의 '탈선'은 조용히 묻혔을지도 몰랐다.

친척들이 어쩌다 모이면 그 말썽꾼을 헐뜯었고, 심지어는 가정교육 운운하며 그녀의 부모까지 싸잡아 무시하는 분위기였다. 유파가 두 아이를 데리고 중국으로 떠난 게 작년 봄이었다. 외할머니는 당신의 올케, 그러니까 유파의 어머니와 친분이 두터워서 뜨문뜨문이나마 연락하며 지냈다. 지지난 해부터 우리 아버지가 장모, 그러니까 외할머니를 모시고 살아서 그 집안의 사정을 웬만큼 알고 있다. 유파의 부친은 관절염으로 병치레를 하다가 얼마 전에 숨을 거뒀다. 그는 자신의 가슴에 대못을 박아버린 외동딸에게 유품을 남겼다고 했다. 물론 유파는 제 아버지의 장례식장에 나타나지 않았다. 이 삼복더위에 유품을 들고 중국까지 건너갈 사람이 누가 있을까. 반드시 직접 전해달라는 망자의 유언 때문에 항공우편을 이용할 수도 없었다. 우리 부모님은 해괴망측한 고백으로 집안에 회오리바람을 일으킨 큰딸을 그 심부름의 적임자로 내세웠다. 나는 경호원 자격으로 언니와 한데 묶였다.

오후 여섯 시까지 우리를 관광지로 안내할 '왕랑'은 한국말을 곧잘 했다. 언니가 그의 한국어 실력을 칭찬하자 '한국어 교본'을 들어

보이더니 "일본말도 조금 할 줄 알아요" 하면서 귀엽게 으스댔다. 내일 낮 12시에 비행기를 탈 거라면 굳이 관광지를 돌아다닐 필요가 있을까. 게다가 이렇듯 살인적인 더위 속에서. 북경이나 상하이라면 몰라도 지저분하고 후진 시골 구석에 나는 일절 흥미가 없었다. 그 무지막지한 택시를 떠올리면 여기서 한 발자국도 움직이고 싶지 않았다. 어제 여객터미널로 마중 나온 유파를 따라 우리는 택시를 타고 중국식당으로 갔다. 입이 쩍 벌어질 만큼 택시는 전근대적이었다. 케케묵은 시대를 재현시킨 야외세트장에 들어선 기분이었다. 운전석과 뒷좌석 사이에 교도소 면회실의 그것처럼 쇠창살이 있었는데, 강도가 휘두를지도 모를 흉기에 대비한 보호 장치라고 했다. 특히 여름이면 강도나 날치기, 좀도둑들이 활개를 친다는 거였다. 거꾸로 택시 기사가 외국인 관광객을 으슥한 곳으로 유인할지도 모른다는 생각에 나는 택시의 문고리를 단단히 붙잡고 있었다.

왕링은 제 밥벌이 수단인 독일제 자동차에 대단한 자부심을 갖고 있었다. 말이 수입차지 구식 승용차였다. 그렇긴 해도 쇠창살이 있는 택시에 비하면 양반이다. 위해가 항구도시라서 드라이브를 하기에는 그만이었다. 승용차를 하루 빌려 쓰고 왕링에게 주는 품삯은 우리나라 돈으로 사만 원이 채 되지 않았다. 태양이 자신의 에너지를 한껏 발산하는 대낮이었다. 위해, 아니 중국은 태양마저도 커 보인다. 순박하게 생긴 왕링은 더워? 더워? 하면서 에어컨을 조절했다. 널찍하고 한산한 도로에는 자동차보다 농부한테 이끌려 다니는 가축이 더 많다. 왕링이 한국의 유행가요를 틀어놓고 신나게 액셀을 밟는다. 촌티가 줄줄 흐르는 이 옹색한 도시에까지 한국의 유행가가 파고들다니, 역시 한류바람은 세다. 쾌속 질주하는 승용차에 몸을 맡기니까 속이 좀 후련해진다. 왕링의 한국어 실력에 한계가 있어서 의사소통에 빨간불이 켜질 때는 중국어 회화 포켓북의 도움을 받았다.

"유파, 친구?"

"아니, 우리 친척."

"치인촉?"

"친척 몰라? 가만있자, 여기 있다, '친치'. 발음이 비슷하네. 참, 왕링, '까이쓰더'가 무슨 뜻이야?"

"응? 뭐? 까이쎄더? 아, 까이쓰더. 욕이야. 비르머글."

"비르머글? 언니, 왕링이 뭐라는 거야."

"'빌어먹을'이라잖아."

왕링이 맞아, 맞아, 하면서 고개를 끄덕이더니 유파가 좋은 사람이라며 엄지손가락을 치켜든다. 그녀도 자기처럼 이런 승용차를 몰면서 돈을 번다고 했다. 더듬더듬 쏟아내는 왕링의 말을 조합해보니 이 승용차는 다목적 고급 임대 택시였다.

"난 관광객 전용 승용찬 줄 알았는데 장거리를 뛰는 택신가 봐. 그러니까 유파가 택시기사라는 거잖아. 관광객이 아니고서야 이런 고급 택시를 이용하는 사람이 이곳에 얼마나 있겠어. 언니, 택시 기사 수입으로 어떻게 아이를 둘씩이나 키우며 살 수 있지?"

"엄마니까 가능하지."

유파에 관한 소문이 무성했던 반면 남편은 생사조차 불분명했다. 나는 유파의 사생활 따위에 관심이 없었다. 어쩌다 그녀의 근황을 전해들어도 그냥 그런가 보다 했다. 중국으로 아예 터전을 옮겼다는 소식이 들려왔을 때만 잠시 그녀를 떠올렸을 뿐이다. 두 아이를 양쪽에 끼고서 모국을 벗어난 그녀의 용기에 나는 혀를 내둘렀다. 안정된 울타리에서 한 발짝도 벗어나본 적이 없는 내게는 그 탈출 아닌 탈출이 퍽 위험해 보였다.

전문대학에서 제과제빵 기술을 익힌 나는 제과점에 취업했다. 유파처럼 감정에 충실한 사랑을 나는 동경조차 하지 않았다. 사랑도 현실적으로 접근해야 그것이 행복과 직결된다고 믿었다. 감정에 치우친 사랑의 뒤끝은 가시만 무성하다는 단정을 나는 일찍부터 머릿속에 새겼다. 나는 결혼적령기를 넘기지 않으며, 어떤 남자와 부부의 연을 맺으면 바로 아이를 낳아 기르고, 사십 대에는 집을 장만하는 삶의 수순을 밟을 것이다. 나는 어떤 규격화된 삶에 길들여졌고 또 그런 일상이 편했다.

"왕링, 성산두로 가요."

"성산두? 장보고 유적지 아니야?"

언니가 왕링에게 행선지를 분명히 말했다. 유파가 관광 코스를 미리 말해뒀는지 왕링의 목소리가 가볍게 튀어 올랐다. 어느 길로 접어들어도 고즈넉한 풍경이 펼쳐졌다. 울울창창한 산과 점잖게 출렁이는 바다와 한적한 도로를 오늘 하루 임대한 느낌이었다. 언니는 새색시처럼 다소곳이 앉아 창밖에 시선을 고정시켰다. 밤새 더 부풀어 오른, 입술 아래 발갛게 돋아난 뾰루지가 언니의 무모한 의지처럼 비쳤다. 나는 이제까지 언니가 책밖에 모르는 숙맥인 줄 알았는데 알고 보니 별종이었다. 언니가 그렇듯 확고한 삶의 계획을 기분에 따라 물건 골라잡듯 세운 건 아닐 터였다. 차라리 그런 거라면 한시름 놓겠다. 순간의 감정이 불러일으킨 탓에 대개 후회로 이어지는 것이 충동구매의 속성이니까. 후회하는 데 걸리는 시간은 그리 길지도 않다. 하지만 언니의 행동은 충동구매와는 거리가 멀었다. 꼼꼼히 따져서 선택한 구매 행위였던 것이다.

언니는 박사 과정을 밟으며 모교에서 후배들을 가르치는 시간강사였다. 세무사인 아버지는 당신의 딸이 대학 사회에 뿌리를 내리길 바랐다. 언니는 부모님의 뜻을 거스르지 않고 자신의 목표를 향해 한발 한발 착실히 걸어가는 것처럼 보였다.

"결혼은 하지 않고 아이만 낳아서 혼자 기르고 싶어요."

지난 추석 때 산소에 다녀온 언니가 하필이면 밥상머리에서 꺼낸 말이었다. 우리 가족이 동시에 밥숟가락을 놓았다. 언니가 현재 임신을 했다는 건지, 아니면 앞으로 그렇게 살겠다는 말인지 헷갈렸다. 일단 냉수를 들이킨 아버지가 핏대를 올리면서 유부남을 사귀고 있느냐, 누구한테 겁탈을 당했느냐며 노골적으로 따져 물었다.

"니가 지금 머리가 돌았냐? 누구처럼 집안을 망신시키려고 작정했어? 뱃속에 씨가 있는지 없는지 후딱 말해봐! 얼른 병원 가서 지워뽈게."

이번에는 엄마가 막말을 들이댔다. '누구처럼'은 유파를 지칭하는 말이었다.

그 뒤로 언니는 감시 속에서 살았다. 매사에 신중한 큰딸의 입에서 흘러나온 '선언'이었으니 언니를 설미지근하게 다룰 리 만무했다. 충분히 짐작한 일이며 또한 그 감시가 당연하다는 듯 언니는 묵묵히 견뎠다. 그러면서 언니는 우리로서는 황당하기 그지없는 자신의 인생관을 감쌌다. 그 꼿꼿한 고집을 언니의 행동, 말투, 눈빛에서 느낄 수 있었다. 부모 자식 간의 신경전이 팽팽해질수록 나는 언니를 미행하고 싶었다. 그런 '망발'을 떳떳이 토해낸 언니라면 가출도 얼마든지 할 수 있을 테니까. 하지만 그 미행의 욕구를 해소한 적은 단 한 번도 없다.

공부고 뭐고 당장 때려치우라는 아버지의 엄명도, 엄마가 서둘러 마련한 여러 맞선 자리도 언니는 가볍게 외면해버렸다. 밤새 어떤 주술에 걸려 언니와 외모는 똑같은데 성격이 판이한 타인이 집 안에서 떠도는 것만 같았다. 아무리 가족이고 연인이라도 상대방을 속속들이 알 수야 없지만 이건 너무 황당한 반전이잖아! 도무지 속을 알 수 없는 언니 그 자체가 내게는 혼란 덩어리였다.

왕링과 두 시간 후에 만나기로 약속하고 우리는 정문으로 들어갔다. 성산두는 안개에 뒤덮여 있었다. 안개 속을 거니는 관광객들이 흡사 유령 같았다. 정교한 조각상들이며 화려한 사원에 대한 설명이 죄다 한문으로 적혀 있어서 나는 그저 생김새만 훑어보고 다녔다. 그 앞에 서면 인간이 하찮게 보이는 거대한 석상들이 위압감을 안겨 준다. 중국의 관광명소는 으리으리하고 기품 있게 호화스럽다. 농밀한 안개가 감상을 방해해서 안타깝다. 랩으로 몸을 친친 감고 있는 듯한 느낌, 이런 위협적인 안개는 처음 본다.

언니는 어디론가 부지런히 걸어갔다. 목적지를 정확히 알고 있는 발걸음이었다. 안개 속에서 가까워졌다 멀어졌다 하는 언니의 모습이 모호한 형상으로 다가왔다. 부모 자식 간의 인연을 끊어야만 자신이 원하는 삶을 살 수 있는 언니의 손을 잡고 싶은데 내 발걸음이 자꾸만 늦춰졌다. 굳이 언니를 비행기에 태운 부모님의 의도를 나는 어렵잖게 알아챘다. 물론 언니도 짐작했을 터였다. 부모의 말을 묵살하고서 제멋대로 꾸린 삶의 말로가 어떤지, 홀몸으로 아이들을 키우며 지지리도 궁색하게 사는 유파를 본보기로 삼아 정신 바싹 차리라는 게 부모님의 꿍꿍이셈일 것이다.

안개에 젖으며 나는 언니를 쫓아갔다. 익살스러운 포즈로 관광객의 눈길을 사로잡는 희귀한 석상들이 일제히 입김을 토해내고 있는 듯하다. 언니가 어느 순간 오른쪽으로 몸을 틀었다. 언니를 뒤쫓아 샛길로 들어서자 풀숲 사이로 나무계단이 구불구불 놓여 있었다. 언니가 빠른 걸음으로 계단을 내려간다. 성산두 입구 쪽의 안개가 빡빡하게 뭉쳐 있는 듯한 느낌이라면, 이쪽은 하얀 치마폭이 묘한 소리를 내면서 움직이는 것 같아 몸이 저절로 움츠러든다.

"얼른 내려와 봐. 바다야, 바다."

언니의 들뜬 목소리가 안개에 섞여 아슴푸레하게 들려왔다.

망망대해가 이상야릇한 소리를 내며 위엄스럽게 뒤척였다. 눈앞의 웅장한 풍취에 도취한 나는 발이 얼어붙은 채 숨만 할딱였다. 안개는 왕을 보필하는 충직한 신하처럼 바다 위에 고르게 퍼져 있었다. 띠를 두른 모양으로 빼곡히 심어져 있는 나무며 성산두가 대번 신령스러운 존재로 보인다. 거대한 백사(白蛇)가 느릿느릿 기어가는 듯한 산책로가 멀리까지 뻗어 있다.

"이야, 장관이다. 언니, 여기 원래부터 알고 있었어?"

"인터넷에서 찾아봤어. 가장 먼저 일출을 볼 수 있어서 성산두가 중국의 희망봉으로 불린대. 저 바다 건너편이 우리나라야. 한반도와 가장 가까운 곳이지."

성산두는 태양신이 거주하는 곳으로 알려져 있으며, 진시황이 불로장생의 약초를 구하기 위해 이곳에서 배를 띄웠다는 말을 언니가 뜸직뜸직 내뱉는다. 꽃무늬 손수건으로 땀을 닦고 난 언니가 가방에서 디지털 카메라를 꺼냈다. 관광객은 우리뿐이었다. 언니의 심중을 들여다볼 수 있는 절호의 기회다.

"안개가 잔뜩 꼈는데 사진은 찍어서 뭐해. 이런 안개는 처음 봐. 블랙홀에 빠져드는 기분이야. 안개 블랙홀. 여기 와보니까 인간이 진짜 별거 아닌 거 같네. 자연이 정말 한수 위야. 관광객들이 이 바닷길 산책로를 모르나? 우리만 있으니까 좀 으스스하다. 언니, 분위기도 잡혔는데 나한테만 솔직히 털어놔 봐."

"뭘."

"그 충격 선언 말이야."

"털어놓고 자시고 할 게 뭐 있어. 난 이미 진심을 말했는데. 식구들 앞에서 말한 그대로야. 남편 없이 그냥 아이만 낳아서 제대로 기르고 싶어."

"설득력이 떨어지잖아. 그동안 남자들한테 상처를 받은 것도 아니고, 무슨 결격 사유가 있는 것도 아닌데 왜 멀쩡한 여자가 아이를 낳아서 혼자 기르겠대? 독신주의자이면서 출산은 원하는 게 현대판 신여성인가? 나는 구식이라서 그런지 이해 불가야."

"난 결혼 자체가 싫어. 결혼은 한마디로 관계 맺기잖아. 얽히고 얽히는 인간관계. 둘만 좋으면 되는 게 아니라고. 흔히 결혼하면 안정

을 얻는다고 하는데 그건 전적으로 틀린 말이야. 안정이 아니라 속
박을 얻는 거지. 그 속박은 결국 자기실현을 가로막는 장애물이고.
딱 한 번 사는 인생이니까 자유를 즐기다가 죽자는게 내 뜻이야. 출
산은 최고의 축복이니까 반드시 누려야 하고. 삶의 방식은 옷차림만
큼이나 달라. 그 다양성에 편견의 잣대를 들이댄다면 그건 폭력이
야."

"잘났다, 정말. 애는 뭐 낳아놓기만 하면 저절로 커?"

"그래서 내가 지금 열심히 공부하고 있잖아. 출산에는 막중한 책
임이 따라붙으니까. 무책임하고 무능력한 엄마가 되고 싶진 않아."

언니가 디지털 카메라의 렌즈를 밀었다 당겼다 하며 희끄무레한
바다를 연신 찍어댄다.

"언니 곁에 아이를 만들어줄 남자가 있어? 아니면 혹시 정자은행
같은 걸 이용하겠다는 건가? 매스컴에서나 보던 별종이 우리 집안
에 있었다니."

"지금 니 눈엔 안개 밖에 안 보이지? 성산두나 우리를 에워싸고 있
는 안개만 눈에 들어올 거라고. 그 안개 속의 실체가 또렷이 보이는 날
이 올 거야. 어머, 시간 다 됐어. 빨리 가자. 왕링이 기다리겠다."

더 이상 할 말도 들을 말도 없다는 듯 언니가 자리를 털고 일어났
다. 결혼은 곧 안정이라는 사고방식을 떠받드는 나로서는 언니의 행
동이 비행으로밖에 보이지 않는다. 언니는 대답을 회피했으나 현재

사귀는 남자가 있다는 쪽으로 나는 가닥을 잡았다. 그 인물은 하자가 없는 남자일 수도, 유부남일 수도, 시한부 인생을 사는 중환자일 수도 있다. 언니는 지금 어떤 서정으로 부부의 연을 맺을 수 없는 처지라서 결혼은 속박이라는 자기합리화로 고집을 피우고 있는지도 모른다. 하지만 자기합리화라기에는 언니의 주장이 매우 견고하다. 하긴 지금 남자의 정체를 따질 상황이 아니다. 그게 언제든 언니는 분명 아이를 출산할 것이고, 피붙이의 마음을 돌려야 한다는 내 막중한 임무는 결국 실패로 끝났다는 사실이 수면 위로 불쑥 떠올랐으니까. 더욱 짙어진 안개가 임무를 완수하지 못한 나를 집어삼킬 것만 같다.

문 네 짝을 죄다 열어놓고 왕링은 승용차의 뒷좌석에서 자고 있었다. 언니가 좀 더 자게 내버려두라고 했지만 나는 빨리 에어컨 바람을 쐬고 싶어 왕링을 깨웠다. 화들짝 놀라며 일어나는 그의 얼굴이 땀으로 번들번들했다.

"아까 유파 전화 왔었어. 일미식당 오래."

"일미식당?"

"응, 맛 좋아. 유명해."

왕링의 전갈에 언니와 나는 의아하다는 눈빛을 교환했다. 왕링의 관광 승용차를 오후 여섯 시까지만 타기로 했으므로, 우리는 유파 남매의 공부가 끝나는 저녁 여덟 시까지 해상공원에서 시간을 때울 참이었다.

"우리를 아침부터 밖으로 내몬 것이 마음에 걸렸나 보네. 유파가 또 인상을 잔뜩 찌푸리고 있을 텐데 가지 말까. 유파가 만드는 그 우중충한 분위기는 정말 질색이야."

내가 입을 비죽이며 투덜대자 언니가 내 등을 차 속으로 떠민다.

일미식당은 위해 중심가에서 두 블록 정도 떨어진 곳에 있었다. 중국의 서민들은 돼지의 잡다한 내장이나 닭, 오징어 따위를 꼬챙이에 꿰어 구운 꼬치를 즐겨 먹는 모양이다. 눈앞에 즐비한 식당이 죄다 그런 집이었다. 비릿한 냄새가 순식간에 몸에 뱄다. 식당 앞에 펼쳐놓은 파라솔에도 손님이 넘쳐나 도로가 시끌벅적하다. 일미식당으로 들어가자 유파가 벌써 자리를 잡고 앉아 있었다. 모자를 눌러써서 앞머리가 주저앉은 유파는 몹시 피로해 보였다. 언니가 자리에 앉자마자 관광지를 둘러본 소감을 구성진 목소리로 들려준다.

조선족이 운영한다는 일미식당은 이 일대에서 손꼽히는 집이라고 했다. 산골 처녀처럼 생긴 종업원이 주방, 카운터, 테이블을 왔다 갔다 하며 주문을 받느라 정신이 없었다. 한국인 손님이 꽤 많았다. 손님들의 대화 속에 한국어와 중국어가 고르게 섞여 있었고, 주변에 한국어 간판이 흔해서 여기가 중국이라는 사실을 망각하곤 했다. 유파가 산골 처녀에게 여러 종류의 꼬치를 주문하더니 우선 맥주부터 가져오라고 이른다. 콜라만 먹어도 얼굴이 새빨개지는 언니가 어쩐 일로 맥주를 반 컵이나 마셨다. 천장에 매달려 돌아가는 선풍기는 있으나 마나여서 바깥 못지않게 실내가 후텁지근하다.

"고모님이 전화로 당신의 손녀들을 보낸다기에 한사코 거절했어. 우리 아버지의 유품을 들고 온다고 해서 더 탐탁지 않았지."

유파가 말하는 고모님은 우리 외할머니였다. 제 아버지의 장례식장에도 불참한 고집불통을 외할머니가 설득한 모양이었다. 유파가 금세 맥주 한 병을 비웠다. 술기운 때문인지 그녀의 입이 수시로 움직인다.

"내 시끄러운 과거지사는 다들 알고 있으리라 믿어. 죽음을 코앞에 둔 남자라도 내가 살고 싶다는데 자기들이 무슨 상관이야? 여기서 사귄 지인들은 내가 다른 한국 엄마들처럼 아이들의 교육 때문에 정착한 줄 알아. 나를 인생의 패배자로 취급하는 사람들한테 신물이 나서 한국을 등진 줄 모르고……."

이민의 내막을 친척들에게 분명히 전해달라는 듯 유파가 우리를 뚫어지게 쳐다본다. 언니는 유파의 잔이 비워지면 재깍 술을 따르고, 그녀가 잘 먹는 서비스 안주가 떨어지면 종업원을 불러 빈 접시를 채웠다. 한없이 자상하고 다정한 모습이다. 해외 이주는 남편 사망 후 본격적으로 계획한 일이며, 아이들에게 안락한 환경을 만들어주려고 한국에서 아득바득 돈을 모았고, 여기서는 주로 관광객들을 태우고 다니며 밥벌이를 한다고 했다. 중국인이나 다름없는 한국인

이웃이 여러모로 도움을 주는 모양이었다.

"집을 구하려고 중국을 드나들 때, 한푼이라도 아끼려고 배를 타고 다녔어. 싸구려 칸에 모인 사람들이 대개가 보따리장수들이야. 그들 중엔 한 달 가까이 배안에서 생활하는 사람도 있대. 의지가지 없는 타국에서 애들이랑 사는데 나라고 왜 겁이 안 나겠어. 하루에 보통 열두 시간씩 운전해. 야간에 차를 몰면서 깜빡 졸다가 가드레일을 들이받아 죽을 뻔한 적도 있어. 중국으로 떠난 나를 두고 친척들이 또 쪼아댔겠지. 난 정말 잘 살 거야. 그게 복수니까. 아는지 모르겠는데 자기들이 가져온 그 공단 안에 우리 아버지가 들어 있데. 바다에 뿌리고 오는 길이야."

술이 확 깨는 사연인데 나는 갑자기 취기가 올라 어지러웠다. 언니도 순간 당황했는지 고개를 숙인 채 무생채만 집어먹고 있다. 그러고 보니 우리 자매는 나무상자 속 내용물에 대해 궁금해하지 않았다. 이번 내 여행의 목적은 '운반'이 아니라 '설득'이었기에 나무상자가 자연히 눈 밖으로 밀려난 것이다. 그러니까 우리가 어제 딸자식 때문에 평생 고독했다던 유파의 아버지와 망망대해를 건넜다는 소리지? 주변이 적막해지면서 한기가 몰려온다.

"징그러운 노인네, 알아서 갈 길 가지 왜 나를 찾아와, 귀찮게. 호적에서 이름 파낼 때는 언제고 무슨 미련이 남아서…… 칠피구두 말이야. 예전에 내가 아껴 신었던 신발이야. 나중에 애들 아빠랑 살림

차리고 보니까 그 칠피구두를 집에 두고 나왔더라고. 그때는 친정으로 신발도 가지러 갈 수 없는 처지였어. 우리 엄마가 편지를 써서 보냈데. 아버지가 당신의 한줌 몸을 나한테 보내달라고 했다나. 죽어서나마 내 곁에 있고 싶다고. 신파극이 따로 없어. 내가 손 내밀 때는 거들떠보지도 않더니…… 아까 바위에 한참 앉아 있다가 아버지를 바다로 보내는데 나날이 앓았던 만성 체기가 이제 좀 가라앉는 것 같더라."

언니가 유파에게 건배를 청한다. 나도 얼떨결에 술잔을 부딪쳤다. 유파에게 술을 따르는 언니의 얼굴이 왠지 밝아 보인다. 언니가 유파의 찢기고 헐벗은 삶을 목격하고 나면 마음이 바뀔 거라는 부모님의 추측은 빗나간 듯싶다. 앞으로 부모 자식 간의 줄다리기는 더욱 팽팽해질 것이고, 그 접전을 속수무책으로 바라봐야 한다니 벌써부터 가슴이 답답해진다. 언니가 선택한 삶이 내게는 여전히 어리석게 보이는데도, 언니가 줄을 놓지 말고 끝까지 버텼으면 하는 심리는 또 뭔지 모르겠다.

빼빼 마른 계집아이가 빨간 기타를 어깨에 메고 식당으로 들어왔다. 노래를 들려주고서 돈을 받거나 음식을 얻어먹는 거지라고 한다. 옆 테이블에 앉은 사내들이 빨간 기타를 불러 세웠다. 계집아이는 기타를 치면서 중국 노래를 불렀다. 무슨 동요 같았는데 원래 구슬픈 가락인지 아니면 동정을 사려고 일부러 꾸며 부르는 건지 계집

아이의 노랫소리가 가슴에 맺힌다. 유파는 벽에 등을 기댄 채 눈을 감고 있었다. 자기 아버지를 배웅하며 그녀는 어떤 작별 인사를 했을까. 나는 차마 물어볼 수 없는 말을 맥주와 함께 삼켰다.

끝이 보이지 않는 부모와의 싸움에 지친 나머지 언니도 유파처럼 낯선 나라로 훌쩍 떠나버리지 않을까 싶어 나는 혈육의 팔을 꼭 붙들었다. 계집아이가 기타를 치며 울먹이는 듯한 목소리로 노래를 부른다. 까이쓰더, 까이쓰더, 나는 입술을 비틀며 유파에게 처음으로 배워 익힌 중국어를 나불거린다.

나귀를 타고

나귀를 타고

찰옥수수는 햇것인데도 시금털털하다. 노르스름하니 말간 빛깔, 미인의 건치처럼 빈틈없이 고르게 박힌 알갱이, 군침이 저절로 괴어드는 탱탱한 촉감, 어디 하나 흠잡을 데가 없다. 엄지손가락으로 줄줄이 뜯어 한입에 넣고 씹으면 옥수수 씨가 톡톡 터지면서 차지게 엉기는 감칠맛이 언제라도 별스럽다. 이렇듯 맛깔스런 군음식이건만 통통한 옥수수 알갱이가 잘게 부서지는 지금 내 입안은 텁텁하기 그지없다.

나는 찰옥수수를 먹다 말고 미네랄 광천수로 입안을 헹군다. 멍하니 천장을 바라보고 있으려니까 헛웃음이 나온다. 내 입맛을 돋우지 못하는 찰옥수수가 꼭 현무 같다는 생각이 들어서다. 깔끔한 모텔 같던 남의 침실에서 우리는 거리낌 없이 한몸이 됐다. 하지만 나는 숨만 찼다. 현무가 포르노 영화의 그것을 실습하듯 내 엉덩짝에 붙어 퍼드덕거릴 때도 내 몸은 뜨뜻미지근했다. 그는 주인집 남자의 면도기로 턱수염까지 깎고서 총총히 사라졌다. 한낮의 은밀한 놀이를 즐기고 돌아가는 현무의 모습이 마치 유흥가 주변에서 건들거리는 삐끼 같았다.

낯익은 부부의 안방으로 현무를 끌어들인 뻔뻔스런 행위를 나는 아버지 탓으로 돌린다. 엉성하고 지겨운 자기합리화다. 어젯밤 나는 모처럼 영화를 관람하고서 아버지가 살고 있는 원주로 내려갔다. 한시라도 빨리 임시 숙소로 들어가야 했으나, 늙은 이발사가 기찻길에 앉아 바리캉으로 자신의 머리를 깎던 마지막 장면이 아른거려 무작정 고속버스터미널로 향한 것이다. 어둑새벽이었으므로 아버지가 당연히 집에 있을 줄 알았다. 키홀더에 끼워져 있는 보조키로 문을 열려던 나는 멈칫했다. 희부연 문짝에 무슨 경호원처럼 거만하게 붙어 있는 전자식 자물쇠가 나의 출입을 완강히 막았기 때문이다. 울적한 심사를 견디지 못한 아버지가 영화 속 늙은 이발사처럼 끔찍한 일을 저지른 게 아닐까. 나는 조마조마해지는 마음을 다독이며 휴대폰을 열었다. 멜로디가 거의 끝날 때쯤 잠결에 취한 당신의 음성이 들렸다. 안도의 한숨이 절로 나왔다. 아버지는 반가워하기는커녕 연락도 없이 내려온 딸자식을 나무라더니 자물쇠의 비밀번호를 일러주고서 전화를 끊어버렸다. 나는 기이한 감정에 휘말려 전자식 자물쇠의 덮개를 위로 올렸다. 비밀번호를 누르자 오밀조밀한 숫자판이 사위스러운 빛을 발산했다.

내가 사흘째 머물고 있는 이 빌라는 현무의 퇴장으로 더욱 적막해졌다. 어느 한적한 별장에서 모처럼 휴식을 즐기는 기분으로 나는 베란다 가까이에 앉아 상념의 꼬리를 이어갔다. 그러다 보면 어느새 밖이 깜깜해졌다. 만약 일인용 접이식 소파가 없었더라면 시간은 지금과 반대로 흘러갔을 것이다. 베란다에서 우연히 발견한 붉은 빛깔의 소파는, '스위트홈'이란 상표를 매단 채 투명한 비닐에 싸여 있다. 사용설명서를 볼 것도 없이 스틸 봉을 양손으로 붙잡고서 옆으로 벌리자 근사한 소파가 만들어졌다. 가운데가 움푹 들어간 둥그런 모양의 소파는 빨간 움집 같았다. 나는 소파를 베란다 앞에 놓고서 필히 안정을 취해야 하는 환자처럼 편히 앉아 낮과 밤이 뒤바뀌는 것을 쓸쓸히 지켜봤다.

현재 나는 재혼 가정에서 베이비시터 노릇을 하고 있다. 초등학교 2학년인 송나래를 오후 다섯 시부터 저녁 아홉 시까지 돌봐준다. 자신의 이혼 경력을 쉬쉬하지 않는 이 집 안주인은 자기보다 세 살이나 어린 총각과 작년 팔월에 결혼식을 올렸다고 했다. 사내 커플이었다던 부부는 딸애를 데리고 엊그제 홍콩으로 가족여행을 떠났다. 나는 어깨를 주무르며 집 안을 살펴본다. 나래 엄마가 크고 작은 결혼사진을 과시하듯 여기저기 걸어놨다. 신혼부부의 보금자리인데도 이상하게 나래 아빠가 세상살이에 달통한 이혼녀의 집에 얹혀살고 있는 듯하다. 여자는 노숙한 외모인 데 반해 남자는 앳된 얼굴이라서 어떤 땐 그가 주인여자의 귀여움을 받는 하숙생처럼 보이기도 한다. 돈푼깨나 주고 찍었을 결혼사진 속에서 활짝 웃고 있는 남녀가 "우리는 어엿한 부부야!"라고 소리치는 것 같다.

신랑신부의 하얀 꽃다발에 아버지의 이목구비가 새겨진다. 엉뚱한 연상이다. 아버지가 무슨 바람이 불어 전자식 자물쇠까지 달아 문을 꽁꽁 달아놨을까. 아무리 생각해봐도 아버지가 갈 데라고는 사슴목장밖에 없다. 수년 전 할아버지가 물려주고 돌아가신, 실속 없이 잔손만 많이 가서 당신 형제들이 절대 눈독 들이지 않는 사슴들한테 아버지는 애정을 쏟았다. 군청 공무원이었던 남편에게 허구한 날 불평을 일삼던 엄마가 '나는 사슴만도 못한 년'이라고 말끝마다 빈정거릴 만도 했다. 하지만 오늘 새벽 전화로 아버지와 대화를 나누면서 당신이 머물고 있는 그곳이 목장이 아니라는 사실을 눈치챘다. 정년퇴직을 하고부터는 바깥세상과도 담을 쌓고 사는 양반이 대체 어딜 갔을까. 돌이켜보면 아버지가 홀아비나 다름없이 지내면서부터 내 발길도 뜸해졌으니 혹여 당신의 외출이 가출로 이어진다면 나의 가슴에 돌덩이가 한 개쯤 얹힐 것이다.

내 부모는 잡음이 많은 결혼생활을 영위해왔다. 그들은 성격 차이에서 오는 염증을 견디지 못하고 걸핏하면 으르렁거렸다. 아버지는 군청에서 일할 때, 새벽 다섯 시면 어김없이 목장으로 달려가 사슴들에게 손수 아침밥을 챙겨 먹이고 나서야 출근을 서둘렀다. 아버지가 목장을 비우면 모가지가 길어 슬픈 짐승만큼이나 순한 벙어리 일꾼이 사슴들을 보살폈다. 엄마는 그따위 옹색한 목장을 거들떠보지도 않았다. 하지만 사슴의 뿔을 잘라낼 때가 되면 살쾡이처럼 목장으로 기어들어가 칼슘이 풍부하다는 녹용을 후무려 오는 것이었다. 아버지의 사슴목장은 다른 목장들처럼 녹혈이랄지 사슴 엑기스, 녹용 개소주, 총명탕 따위를 가공·판매하거나, 홈페이지까지 그럴싸하게 제작하여 동네방네 소문을 퍼뜨릴 만큼 규모가 크지 않았다. 사육 두수는 고작 열 마리에 불과했다. 아버지는 애초부터 사슴을 키워 잇속을 챙길 생각이 없었다. 엄마가 슬쩍 빼돌리고 남은 연한 뿔들은 할아버지 적부터 왕래하고 지낸 인근 한의원에서 가져갔다.

"녹용이 수사슴의 호르몬 저장고라더라. 녹용의 효험을 보려면 그것들이 발정하기 전에 뿔을 잘라버려야 한대."

초봄이 지나 사슴의 뿔이 야물게 자랄 무렵이면 엄마는 달력 앞에서 날짜를 헤아리곤 했다. 노처녀가 배란일을 따져보고 있는 듯한 모습이었다. 정말로 녹용의 효험을 본 것인지 엄마의 살결이 매끄럽게 보였고 유방도 한결 풍만해진 것 같았다. 아버지가 타박을 하든 말든 수사슴의 호르몬을 달게 먹고 나면 엄마는 동네 여자들과 길게는 사흘씩 단풍놀이를 다녀왔다.

하필이면 아버지가 정년퇴직을 하던 해, 그렇게나 손발이 맞지 않았던 부부가 별거생활을 시작했다. 나는 그들의 두 집 살림에 한사코 입을 다물었다. 나는 어떤 근거도 없이 엄마가 부정을 저질렀을 거라고 지레짐작했다. 아슬아슬하게나마 모양새를 갖추고 있던 가정이 결국 반으로 쪼개졌는데, 두 양주가 옳게 갈라서지도 않고 엉거주춤하니 별거를 선택한 것도 어쩐지 시쁘게 여겨졌다.

내 휴대전화에서 크리스마스 캐럴이 울린다. 흰 눈 사이로 썰매를 타고 달리는 기분이 상쾌하다면서 인기 개그우먼이 호들갑스럽게 노래를 부른다. 어디서나 밉지 않게 입방아를 찧어대는 명오가 하루하루를 성탄절인 것처럼 보내라며 선물해준 컬러링이다. 올해 입춘 때 자궁에서 물혹을 떼어낸 그녀가 나를 찾는다.

"아직도 그 집에서 죽치고 있니? 그 밥순이 노릇 좀 제발 때려치워. 고작 베이비시터를 하려고 회사에서 물러난 거야?"

"사감 선생이라면 몰라도 밥순이라니. 아이의 구겨진 성격이 조금씩 펴지는 걸 보면 얼마나 흐뭇한데. 난 지금 인간의 심성을 조경하면서 성선설과 성악설의 비중을 저울질해보고 있는 거야."

"헛소리 작작 해. 니가 손을 내밀면 소장도 기꺼이 받아줄 눈치니까 고집 그만 피우고 돌아와. 벌써 칠월이야. 두 달이나 놀았으면 됐잖아."

"아직 덜 놀았어."

"대충대충 살고 말지 뭐가 그렇게 복잡해. 괜찮은 일거리가 있어서 전화했어. 호텔 조경공사 도면을 수정하는 일인데 거의 완성본이라 군데군데 손질만 해주면 돼. 보수도 상당히 센 편이야. 내가 낚아챘으면 좋겠는데 난 지금 진행하고 있는 프로젝트 때문에 오늘도 집에 못 들어가. 도면이 세 장인데 니 실력이면 금방 해치울 거야. 남한테 넘기기가 아까워서 그래."

"도면이라는 말만 들어도 지긋지긋하다."

"내 말을 가지치기 하듯이 싹둑 잘라버리네. 그나저나 언제까지 그 집에 있어야 해?"

"내일까지."

"하여간 어지간히 쩨쩨한 사람들이야. 가져갈 게 뭐가 있다고 집을 지키래. 돈이 될 만한 건 이런저런 금융권에다 맡겨놨을 거면서. 난 요즘 열흘 내내 야근 아니면 밤샘이야. 일에 치여서 남자랑 손잡을 시간도 없는데 두 달째 생리가 안 비쳐. 폐경긴가? 우리 나이 때 생리가 없어지는 여자들이 많다잖아. 물혹에, 무월경에, 내 자궁의 유효기간이 점점 짧아지고 있는 느낌이야."

"너도 우리 엄마처럼 부지런히 녹용을 먹어봐. 우리 엄만 쉰일곱인데 아직도 생리대를 사러 다니더라."

통화시간이 길어지면 열이 오르는 휴대폰 때문에 귀가 뜨뜻하니 멍멍하다. 휴대폰을 보니까 오 분 삼십칠 초 동안 명오와 노닥거렸다. 오늘은 휴대폰의 열기가 평상시보다 더 높다. 생리불순이며 자궁질환 때문에 스트레스가 겹겹이 쌓인 명오 대신 예민한 내 전자기기가 신열이 난 모양이다. 이래저래 남의 감성까지 읽어내니 전자제품은 그야말로 만능이다.

대학교 졸업식을 치르자마자 나는 대학 선배의 소개로 '솔빛조경'에 입사했다. 죽어라 일만 해주고 월급을 제때 받지 못해서 직장을 수시로 옮겨 다니던 동기들에 비하면 나는 첫 단추를 잘 끼운 편이었다. 솔빛조경에서 만난 명오와는 육 년째 흉허물 없이 지내는 사이다. 무슨 붙박이장처럼 한 직장에 들어앉아 도면을 그리다 보니 어느새 육 년이라는 세월이 훌쩍 지나갔다. 되돌아보면 나는 그 묵직한 시간 동안 후텁지근한 날씨만 겪으며 산 것 같다.

솔빛조경의 우두머리인 소장이 재간꾼이라서 살림 두량을 잘했을 뿐만 아니라, 직원들도 하나같이 제 몫의 일을 야무지게 해치워서 여러 현장들이 분주하게 돌아갔다. 신축 아파트, 근린공원, 어린이 놀이터 등등의 조경 설계를 정해진 기간 내에 맞추느라 나를 포함한 여덟 명의 직원들은, 연애는 고사하고 백화점에서 구두 한 켤레조차 골라 신을 짬이 없었다. 그래도 머지않아 내 마음을 부풀어 오르게 할 짙푸른 구조물을 떠올리며 도면 작업에 임할 때면 언제라도 의욕이 솟구쳤다. 건축설계사무소의 웹하드에서 다운받은 아파트 배치도에 놀이터나 휴게시설 따위를 그렸다 지웠다 옮겼다 하며 완성시킨 조경 설계도는 볼수록 탐스러운 유실수 같았다. 내가 정성스레 꾸며준 공간을 거닐면서 주민들이 사색의 그물을 엮어간다고 생각하면, 내 생업에 대한 작은 자부심이 꿈틀거리는 것을 어쩌지 못했다.

나는 설계도를 그리기 전에 기꺼이 다리품을 팔면서 공사 현장과 그 주변 환경을 면밀히 뜯어보곤 했다. 녹지 면적은 아파트 대지 면적의 삼십 프로를 차지해야 하고 상록수와 낙엽수의 비율을 맞춰야 하는 등등의 자질구레한 법적인 규정보다, 현장에서 채집한 내용을 더 중요한 참고자료로 여기면서 나는 풀 한 포기 없는 아파트 배치도의 자투리 대지를 모양 나게 매만졌다. 여기에 옹벽을 세우면 답답할 테니까 하단에 아이비나 담쟁이덩굴을 들여놓고, 옹벽에 고상한 무늬를 놓아서 인공적인 느낌을 말끔히 걷어내자. 좀 상투적인 발상이긴 해도 중앙광장에는 느티나무를 심어서 주민들에게 널따란 그늘을 만들어줘야 한다. 공사 현장에서 찍어온 사진과 취재수첩을 들춰보면 드로잉 펜을 쥔 내 손이 생기발랄하게 움직였다.

갑자기 요란하게 울어대는 안방의 자동응답 전화기가 내 몽롱한 정신을 깨워놓는다. 이 집에서 숙식한 이후로 세 번째 걸려오는 전화다. 한 번은 전화국에서 고객 사은 행사를 한다고, 또 한 번은 정수기 회사에서 필터를 교환하라며 안주인을 찾았다. 저렇게 벨소리가 울리면 나는 집 지킴이인 주제에도 남의 집에 몰래 숨어든 것 같아 깜짝깜짝 놀랐다. 또 쓸데없는 전화려니 하고 나는 느릿느릿 안

방으로 걸어간다. 벨소리가 멈추자 메모를 남겨달라는 나래 엄마의 상냥한 음성이 들려온다. '언니, 태국에서 아직 안 왔어? 에이, 씨. 돈놀이 하는 여자가 로밍 서비스도 안 받고 한국을 뜨면 어떡해. 당장 돈이 필요하단 말이야. 나한테 빨리 연락 좀 해줘.' 어떤 여자가 툴툴거리며 말끝을 맺는다.

나는 자동응답전화기의 재생 버튼을 누른다. 발신자는 나래 엄마에게 '돈놀이 하는 여자'라고 지칭했다. 뜻밖의 정보다. 이 집 부부도 돈을 버는 족족 먹고 노는 데 써버리는 부류인 줄 알았더니 돈놀이까지 해서 통장을 착실히 불려가고 있는 모양이다. 나래 엄마가 악착스러운 면이 있다고 생각하니까 명색 신혼집이면서 특특한 살림살이가 허투루 보이지 않는다. 어쨌거나 새색시인 나래 엄마가 집을 가꿀 줄 몰라서 오래된 가구를 그대로 두고 쓰는 게 아니라, 살림살이를 새로 장만할 돈을 남한테 빌려주고 그 이자로 부수입을 올리려는 속셈이었나 보다.

나래엄마는 나와 처음 대면한 자리에서 자신의 이혼 경력을 서슴없이 밝혔다. 나였다면 초면인 여자에게 칙칙한 사생활을 털어놓지는 않았을 것이다. 나는 나래의 담임 선생도 아니고 단지 학습 지도를 겸한, 기분에 따라 언제든지 그만둘 수 있는 뜨내기 베이비시터였기 때문이다. 교육자 집안의 둘째 아들과 결혼해서 마음고생을 톡톡히 하며 삼 년을 버티다가 결국 남남이 됐고, 백일이 갓 지난 나래를 친정엄마한테 맡기고서 칠 년 동안 죽자 사자 일만 했다는 속사정도 술술 쏟아냈다. 자기 아들이 머저리인 줄은 모르고 홀어미의 맏딸에 학벌도 변변찮은 둘째 며느리를 시부모가 어지간히 업신여긴 모양이었다. 나는 그녀의 신세타령에 맞장구를 쳐주면서도 속으로는 저 여자가 어떻게 이혼녀의 처지로, 게다가 자기보다 어린 멀쩡한 총각을 후렸을까 하는 의문을 떠올리며 나래 엄마의 투실투실한 가슴이며 엉덩이를 할금거렸다.

명오의 핀잔이 아니더라도 나래 엄마가 잔머리를 굴렸다는 것쯤은 나도 잘 안다. 겨우 두 달 겪어본 베이비시터에게 집을 맡길 적에는 웬만큼 잡도리를 했을 것이다. 나는 조경설계 사무실에서 오랫동안 근무했던 사실을 나래 엄마에게 숨기고 공무원 시험 준비생인 척했다. 시간에 쫓기는 수험생이면서 아르바이트를 하는 내가 궁하고 딱해 보였던지 그녀는 선심 쓰듯 월급을 선불로 내밀었다. 월말이면 나를 단골 음식점으로 데려가 돼지갈비를 먹이는 아량도 베풀었다. 그러다가도 내가 감기 몸살로 하루 빠졌을 때 다음 달 월급에서 그날의 일당을 가차 없이 덜어내서 나를 잠깐 혼란에 빠뜨리기도 했다. 나래 엄마가 말이야 좀도둑 핑계를 댔지만, 일을 하지 않고 거저 먹는 3박 4일 동안의 보수를 제할 수도 없고, 그냥 일한 셈치자니 돈이 아까워서 나를 든든한 경비원으로 써먹자는 묘안을 떠올렸을 것이다. 아무래도 좋다. 아니, 나는 오히려 그녀의 깍쟁이 같은 처사를 고맙게 여긴다. 그녀가 엉뚱한 제의를 하지 않았다면 갑갑한 내 집을 단 며칠이라도 떠날 수 없었을 테니까.

내 철없는 욕정처럼 금세 식어버린 찰옥수수를 한 알 한 알 떼어먹다가 나는 맥없이 냉장고 문을 열어보고는 다시 힘주어 닫는다. 냉장고 옆구리에 붙어 있는 종이가 털럭거린다. 한약방에서 지어온 임신약에 대한 질문과 대답이 적힌 B4용지다. 나래 엄마는 자궁을 따뜻하게 해준다는 한약을 복용하고 있었다. 하루라도 빨리 자궁 안에 싹을 틔워야 새신랑뿐만 아니라 시댁 식구들과의 관계가 돈독해진다고 믿는 듯 그녀는 행여 임신이 안 될까 봐 안달하는 낌새가 눈매에 완연했다.

"한의사가 일러준 임신하기 좋은 날 밤에 내가 애교를 부리면 우리 신랑 거시기가 힘 좀 쓰다가 이내 시들해지고 말아요. 내가 하도 임신, 임신, 하니까 부담스러워서 잘 안 된대요. 마누라 애타는 심정도 몰라주고."

나래 엄마는 땡감 씹은 얼굴로 그 내밀한 밤일까지 시시콜콜히 내게 들려줬다. 나는 콘돔을 성생활의 필수품으로 여겨 아무리 안전한 날이라도 그 고무 액세서리가 없으면 절대 몸을 섞지 않았다. 현무는 나의 그런 '안전민감증'에 오만상을 찌푸렸다. 한 여자는 임신을 반기고 다른 여자는 손사래를 치는 그 판이한 입장이 엉뚱하게도 선악의 본보기처럼 여겨질 때면 나는 어느 쪽이 선이고 어느 쪽이 악인지 헷갈려서 머리를 절레절레 흔들었다.

　나이트클럽이며 칵테일바를 드나들 무렵 나는 산후우울증을 겪는 여자처럼 매사가 시답지 않았다. 부모의 별거, 그 결손가정을 떠올리면 새삼스레 맥이 풀렸다. 누가 먼저 별거하자는 말을 꺼냈는지는 몰라도, 퇴직자로 밀려난 아버지는 이제 좀 쉴 만해지자 손수 밥을 지어 먹으며 사슴들 뒤치다꺼리나 하면서 지냈다. 어떤 연고로 거기다 살 길을 열었는지 알 수 없는 엄마는 부산에서 보험 상품이나 팔러 다니며 신바람 나게 사는 눈치였다. 아버지가 얻어준 예쁘장한 전세 원룸에서 나도 그들처럼 내 멋대로 살았다. 실력이 짱짱한 디자이너라는 소리를 들으려고 야근을 자처하며 일에 몰두할 때는 몰랐는데, 직장 후배들한테 고참 행세를 하며 여유를 부릴 만해지자 그제야 내 집안이 허점투성이의 설계도면으로 보인 것도 수상했다. 고작 세 명뿐인 가족이 각자 다른 도시에서 각살림을 하는 현실이 새삼스레 서글펐고, 그들의 별거를 끝까지 말리지 않은 것도 후회스러웠다. 제 집은 나 몰라라 하면서 다른 사람들에게 쾌적한 환경을 만들어주겠다고 머리를 쥐어짜는 내 꼬락서니도 한심했다. 설계도면을 수정하듯 허술한 집안을 비다듬고 싶은 마음이야 간절했지만 이미 엎질러진 물이었다. 우리 세 식구는 어쩌면 가족이라는 동아줄로 다시 묶여질까 봐 겁이 나서 서로 멀찌가니 거리를 두고 아무런 불편 없이 그냥저냥 살아가고 있는 셈인지도 모른다.

혹시나 기분 전환이 될까 싶어 동료들과 찾아간 로열나이트클럽에서 만난 현무는 바람이 빠져 쪼글쪼글해진 내 일상에 적잖이 활력을 불어넣어줬다. 그는 제법 인지도가 높은 입시학원의 국어 강사였다. 나는 현무와 통성명을 하면서 그의 목부터 살펴봤다. 연애를 하려거든 사슴처럼 목이 긴 남자를 고르라던 아버지의 우스갯소리 같은 충고가 문득 떠올랐기 때문이다. 그는 목이 길지 않았고, 내 머릿속에 변함없이 자리 잡고 있는 남성 타입과도 거리가 멀었는데 그날따라 이상하게 마음이 끌렸다. 그 후 우리는 자연스럽게 교제했다. 퇴근 시간이 일정치 않은 고달픈 직업 때문에 나는 그를 자주 만날 수가 없었다. 내가 하천변 공원화 프로젝트를 맡아 올해 정월을 사무실에서 보냈을 때 그는 해외여행을 다녀왔다. 알고 보니 그는 역마살이 낀 남자라서 통장에 월급을 묻어둘 틈이 없었다.

꽃샘추위가 행인들의 온기를 야박하게 앗아가던 주말 저녁에 나는 현무와 단둘이 작심하고 술을 마셔댔다. 마감 기한이 코앞에 닥친 일거리들이 차곡차곡 순서를 기다리고 있었지만, 여러 달 동안 애를 먹인 프로젝트를 마무리 지은 뒤끝이라 하루 저녁만이라도 기진맥진한 몸을 술로 풀어줘야 했다. 서로 술을 주거니 받거니 하면서 무슨 말인가를 연신 시부렁거리다가, 어느 순간 퍼뜩 정신을 차리고 보니 내 원룸의 침대였다. 내 곁에는 현무가 알몸으로 누워 있었다. 내가 술을 마시다가 저한테 열쇠를 주면서 우리 집으로 함께 가자고 했다는데 도통 기억이 나지 않았다. 술김에 동침한 이후 현무는 사흘에 한 번 꼴로 내 침대를 애용했다. 나 또한 그의 싱싱한 몸뚱어리가 싫지 않았다. 그가 일주일쯤 내 원룸에 머물다가 제 거처로 돌아가면 나는 몸이 허전해서 잠을 이루지 못했다. 씁쓸한 신체반응이었다.

올해 삼월 중순께, 현무는 왔다 갔다 하기가 귀찮다면서 아예 내 집에 들어앉았다. 그는 보증금 없이 한 달에 사십만 원씩 집세를 내는 최첨단의 고시텔에서 생활했던 터라 아무 때고 그곳에서 나올 수 있었다. 내가 손사래 치는 것이 오히려 이상할 정도로 그의 태도는 자연스러웠다. 내 몸을 속속들이 알고 나니까 내 거처까지도 만만히 보이는가 싶었다. 동거는 절대 할 수 없다는 말이 입안에서 빙빙 맴도는데 내 손은 어느새 현무의 짐을 풀고 있었다. 나는 구깃구깃해진 그의 속옷을 개키며, 아버지가 장만해준 집에서 이래도 되는 것인지, 훗날 이 동거 사실이 들통 나서 내 결혼생활을 엉망진창으로 만들어버리는 건 아닌지, 무엇보다 내가 진심으로 원하는 일인지를 줄기차게 떠올렸다.

솔직히 말하면 과년한 내게는 성욕까지 때맞춰 연소시켜줄 '남자 가정부'가 필요했는지도 모른다. 혹여 현무가 내 통장을 야금야금 갉아먹는 백수였어도 나는 그를 곁에 두었을 것이다. 알뜰해서라기보다 밀려드는 일 때문에 도무지 돈을 쓸 겨를이 없어서 내 수중에는 한 사람쯤 거둬 먹일 여윳돈이 있었다. 그는 언제나 나보다 일찍 퇴근하여 집안일을 도맡았다. 밤늦게 돌아왔을 때, 나를 반겨주는 남자가 요리한 음식을 날름날름 받아먹는 재미가 쏠쏠했다. 현무는 양심껏 생활비를 내놓았다. 동거생활의 살림을 그가 꾸려가는 셈인데도 숙박비조로 디미는 그 돈이 좀 우스꽝스러웠다. 하지만 그에겐 기벽이 있었다. 현무는 캐논 EOS 400D 카메라를 애인마냥 끼고서 내 눈치 보지 않고 틈만 생기면 여행을 다녔다. 여행사에서 패키지 상품으로 내놓은 해외여행 일정이 학원 수업과 겹치면 그럴듯한 핑계를 만들어 일단 학원에 사표를 내고서 공항으로 달려갔다. 도시에 학원이 흔해터져서 일자리는 어렵지 않게 구할 수 있었다. 남편이 아니라 동거남이므로 그의 방만한 생활에 잔소리를 해댈 구실이 애초부터 면제되어 있는 셈이었다.

때마침 현무에게 전화가 걸려왔다. 벨이 울리면 무지개가 뜨는 액정에 그의 휴대폰 번호가 깜박거린다. 현무의 전화번호가 액정에 새겨지면 내 마음속에도 무지개가 뻗치던 때가 있었다. 전화가 받기 싫어서 잠자코 있자니 현무가 거듭 신호를 보낸다. 나한테 무슨 볼일이 있어서 이 야단인지 모르겠다.

"곧 수업 들어가야 하는데 왜 그렇게 전활 안 받아. 잤어?"

"무슨 일인데."

"부탁 하나만 들어달라고. 내가 여행사 홈페이지를 알려줄 테니까

니 신용카드로 결제 좀 해줘. 아주 저렴한 가격으로 터키 일주를 하는 여행 상품인데 선착순이라서 서둘러야 해. 내 신용카드는 한도가 꽉 찼거든."

"중국에 다녀온 지가 얼마나 됐다고 또 터키를 가? 정말 돌았나봐. 여행 경비 모아서 하다못해 달동네에 전셋집이라도 얻어놓고 돌아다니든가."

"막내아들이 장가를 가겠다면 우리 엄마가 전셋집이야 얻어주겠지. 빡빡하게 굴지 말고 좀 긁어줘봐. 내가 오늘 거기까지 쫓아가서 자기한테 서비스했잖아."

"목이 짧아서 그런가 정말 생각이 없는 남자네. 그리고 누가 아까 좋았대?"

"너란 인간은 도대체 멋대가리가 없어. 그러니까 회사에서 쫓겨났지. 그렇게 꽉 막힌 머리에서 멋들어진 조경이 나오겠냐? 소위 디자이너면서, 백수가 됐걸랑 홀가분하게 세상 구경이나 할 것이지 남의 집구석에서 옥수수나 뜯어 먹고 앉아 있는 꼴이라니. 네가 설계한 조경은 사람들 눈에 피로만 잔뜩 안겨줄 거야."

회사에서 쫓겨난 것이 아니라 스스로 걸어 나왔다고, 나는 굳이 현무의 실언을 바로잡아 되받아치지 않았다. 신용카드를 빌려주지 않아서 배알이 꼴린 건지 아니면 마지막 대꾸에 자존심이 상했는지 그가 치사하게 나의 실직까지 들먹이며 씨우적거리더니 다시는 안

볼 것처럼 전화를 끊었다.

　문득 아버지가 좋아하는 꽃게탕을 끓여서 당신과 함께 저녁식사를 하고 싶어진다. 원주로 전화를 넣어보지만 벨소리만 지루하게 들려온다. 아무래도 아버지의 외출이 길어질 모양이다. 당신의 휴대폰 번호를 눌러 닦달하면 거처쯤이야 알아낼 수 있겠지만 나는 구태여 그러고 싶지 않다. 독신생활이 신물 나서 재미로 전자식 자물쇠도 달아보고, 딸에게 공연히 짜증을 부리고, 만사가 귀찮아 정처 없이 집을 나선 거라면 그냥 잠자코 있어주는 게 자식의 도리라는 생각이 들어서다.

　내가 설계한 조경은 눈에 피로만 안겨준다던 현무의 야유가 불현듯 되살아나면서 찌릿한 열기가 내 등줄기를 타고 퍼져나간다. 한창 진행 중이던 일을 갈무리하지 않고 사표를 내던진 날도 이런 기분이었다. 나는 그날 아침부터 현장 인부들한테 들볶였다. 더군다나 내가 맡은 조경 도면이 퇴짜를 맞아 알짜 일거리를 다른 설계사무실한테 번번이 빼앗긴 터수여서, 나는 사소한 자극에도 민감하게 반응하며 억지로 자리를 지키고 있던 판이었다.

　"지금 풍경화 그려요? 현장이나 한번 들러보고 설계를 했냔 말이지. 도면에는 연못을 설치하라고 되어 있는데 땅을 파보니까 전선케이블이 지나가는 자리드만. 아까는 토심이 육십 센티미터밖에 안 되는 땅에 큰 나무를 심으라고 하더니, 아주 지들 멋대로야."

부실한 도면 때문에 여러 차례 통화한 인부가 이제는 내게 서슴없이 반말지거리를 하며 비아냥거렸다. 할 말이 없었다. 일이 매번 어그러져서 우거지상을 하고 앉아 있던 소장이 나를 노려보면서 자리를 떴다. 진통제까지 까 먹고서 도면이고 뭐고 다 팽개치고 싶은 마음을 애써 가라앉히고 있는데, 친분이 두터운 건축설계사무소의 이 과장한테서 전화가 걸려왔다. 나는 그쪽에서 보내준 호텔 배치도의 조경을 완성해서 메일로 보내놓고 그의 연락을 기다리고 있던 참이었다.

　"도면이 너무 상투적이야. 반짝거리는 공간이 한 군데도 없잖아. 공부 좀 해. 언제까지나 이렇게 수준 낮은 도면만 그리고 있을 거야? 세상은 자연주의다 뭐다 하고 팽팽 돌아가고 있는데."

　이 과장의 냉랭한 목소리를 듣는 순간 내가 마치 사람들을 얼렁뚱땅 속이고서 돈이나 받아먹는 야바위꾼 같았다. 나는 신발도 제대로 신지 않은 채 누군가에게 쫓기듯 허겁지겁 솔빛조경을 빠져나왔다.

　어둠이 차올라 중압감이 느껴지는 실내가 오늘따라 낯설고 으스스하지만 왠지 불을 밝히기가 싫다. 방금 소쩍새 울음소리를 들었지 싶은데, 성질이 사납다는 그 텃새가 길찬 숲속을 놔두고 시멘트 냄새로 찌든 난잡한 도시를 배회할 리는 없겠지. 나는 비좁은 거실을 바장이다가 안방의 탄력이 좋은 더블침대에 온몸을 던져버린다. 신용카드를 빌려 쓸 속셈으로 그랬는지 침대에서 지나치게 수선을 피우던 현무가 눈앞에 오락가락한다. 그는 젊은 기운답게 아직까지 밤이 기다려지는 모양인데, 내게 있어 그와의 섹스는 마감 기일을 빨리 맞춰야 하는 피로한 도면 작업 같다. 내일 집주인이 돌아오면 나는 별수 없이 하루가 다르게 낯설고 불편해지는 원룸으로 돌아가야 할 것이다. 현무의 물건들이 어디에나 친숙하게 널려 있는 집은 내게 더 이상 안식처가 아니다. 조금 전의 말다툼을 계기로 우리의 인연이 이쯤에서 끊어졌으면 좋으련만, 그는 여느 때처럼 태연한 얼굴로 나를 맞이할 게 틀림없다. 우리는 언제부턴가 서로를 은근히 깔보면서 막말을 내뱉고도 아무렇지 않게 한 식탁에서 밥숟갈을 뜨는 습관에 길들여져 있었다. 그동안 요긴하게 부려먹은 현무를 문젯거리로 취급하는 내 자신이 가증스럽지만, 그렇다고 해서 밍밍한 동거 생활에 색다른 조미료 따위를 뿌리긴 싫다.

팔베개를 하고서 모로 눕자 개개풀어진 내 눈 속으로 누리끼리한 그림이 빨려 들어왔다. 장롱 옆에 걸려 있는 기다란 달력이다. 나는 몸을 벌떡 일으켜 안방의 전기 스위치를 누른다. 수묵의 짙고 옅은 조화로 화폭에 옮겨진 산속은 단조롭지만 특색이 있다. 구도며 산, 인물의 형상력이 거칠지만 그런 가벼운 터치 때문에 예스러운 맛이 살아난다. 산들바람이 불어오는 툇마루에서 명상을 즐기던 화가가 머릿속 풍경을 단숨에 표현한 것 같은 옛 그림의 제목은 〈나귀를 타고〉다. 외떨어진 바윗돌에 앉은 사내아이가 나귀에 몸을 싣고 앞서

가는 선비들을 우두커니 바라본다. 16세기 초 중종 연간에 나귀를 타고 여행하는 그림이 크게 유행했으며, 동자의 외로운 모습에서 인간적인 분위기가 느껴진다는 설명이 그림 한 귀퉁이에 깨알같이 적혀 있다. 16세기라면 붕당들끼리의 팽팽한 대립으로 뒤숭숭했을 테니 유치한 파벌 싸움으로 허송세월하는 정계를 등지고 허허실실 유람하는 선비들이 적잖았나 보다. 화가가 작심하고 수상한 세월 속 힘없는 선비들의 평생 소원을 화폭에 옮겨놓은 것일 수도 있겠지. 나는 달력을 골똘히 바라본다. 내 엄지손톱보다도 작게 스케치한 동자의 우울한 자태가 상실감을 안겨준다.

나는 무언가를 산속에 떨어뜨린 것처럼 두리번거린다. 너나없이 '나귀를 타고' 먼 길을 떠나버린 산속에 나 홀로 남겨진 기분이다. 마음이 스산해지면서 내 불안한 앞날의 여러 세부도가 힘차게 달려든다. 내가 도면에서 영영 손을 뗀다면 무슨 일을 해서 생계를 꾸려가야 할까. 공부를 다시 시작하기도, 뭔가를 새로 배워서 이직을 하기도 어중간한 나이일뿐더러 그럴 용기도 없다. 육 년 동안 한 우물만 팠던 내가 돈벌이를 하려고 정보지를 뒤져보니 베이비시터 말고는 달리 할 일이 없었다. 명오에겐 아이의 심성을 조경하면서 보람을 느낀다고 그럴듯하게 둘러댔으나, 실제로 나는 밥이나 제때 먹이고 학습 지도를 대충 해주면서 시간을 때웠다. 고향으로 내려가 아버지의 시중이나 들면서 사슴들을 키우는 생활도 그려보지만, 나는 군색한 목장의 퀴퀴한 냄새를 견디지 못하고 금세 도시로 기어나올 것이다.

안방의 불을 끄고 거실로 나오던 나는 우뚝 멈춰 선다. 거기서 한 발자국도 움직이지 말라고 어둠이 나를 힘껏 밀어내는 것 같다. 베란다 앞에 동그마니 놓여 있는 일인용 소파는 빨간 움집이 아니라 무작정 회사에서 뛰쳐나와 방구석에 웅크리고 있던 내 모습 같다. 우묵한 소파 위로 현장을 도외시한 채 타성에 젖어 그려낸 도면들까지 한 장 한 장 떨어진다. 짜임새가 없이 엉성한 내 집안의 도면도 보인다. 현무의 같잖은 충고대로 나도 당장 '나귀를 타고' 어디로든 여행을 가고 싶은데 불현듯, 베이비시터의 처지와 속내를 훤히 꿰뚫어본 나래엄마가 내게 자숙의 시간을 만끽해보라고 이 집을 맡겼을지도 모른다는 생각이 든다. 어두침침한 실내에서 갑자기 크리스마스 캐럴이 울려 나는 흠칫 놀란다. 흰 눈 사이로 썰매를 타고 달려온 사람은 바로 아버지다.

"너 시방 어디에 있냐."

"아버지는 어디세요?"

"너희 집 앞이야. 젊으나 늙으나 여자들이 집 지킬 줄도 모르고."

"아버지, 제가 택시 타고 금방 갈 테니까 거기 꼼짝 말고 계세요."

나는 급한 마음에 주섬주섬 옷을 챙겨 입는다. 그러다 문득 오늘 새벽의 나처럼 딸의 부재로 허탈감에 젖어 있을 아버지를 떠올리자 마음이 다소 느긋해진다. 아버지는 걸핏하면 시동이 꺼지는 1998년

식 소형 자동차를 몰고 이미 사라졌을지도 모르기 때문이다. 아버지의 발목을 붙잡아놨으면서도 나는 베란다로 발걸음을 옮긴다. 베란다 문짝에 기대고 앉아 후텁지근한 밤공기를 연거푸 들이마신다. 하늘 저편에 아기자기한 별들이 명징하게 빛나고 있다. 나는 별을 헤아리다가 이곳이 아무래도 내가 머물 자리가 아니라는 생각이 들어 로봇처럼 벌떡 일어서버린다.

메리씨는 오늘도
망자를 부르네

메리씨는 오늘도 망자를 부르네

오늘은 아버지를 빌려야 한다. 수습사원에 불과한 내 처지를 따져보면 분에 넘치는 소비다. 그 과소비가 안겨줄 시간적인 손실도 이만저만이 아니다. 아직까지는 적선한다 생각하며 내 비상금을 축내고 있으나, 외삼촌이 귀국 날짜를 마냥 늦춘다면 그간에 들어간 비용을 모조리 청구할 참이다. 버젓이 살아 있는 아버지 대신 그 대역을 빌리려니까 여간 찝찔하지 않다. 하지만 당신은 두어 해 전부터 거처를 숨긴 채 뜨문뜨문 기별하고 있으니 난들 어쩔 수가 없다. 그 가물에 콩 나듯 하는 안부전화도 작년부터는 황토장판이나 정수기, 운동기구 따위의 고가제품을 팔아달라는 아쉰소리로 변한 마당이다. 내가 그 공치사를 앞세운 외삼촌의 부탁을 차마 거절하지 못한 까닭도 염치를 내팽개친 아버지의 그런저런 행태 때문이다.

연휴의 첫날을 노파한테 들볶이면서 보내고 있는 판이다. 예정대로라면 나는 지금 이름도 어여쁜 꽃지해수욕장에서 달달하게 익은 봄의 정취를 만끽하고 있어야 한다. 전망 좋은 펜션의 베란다에 둘러앉아 희희낙락거리는 직장 동료들, 입사동기 K가 바비큐 파티를 하자면서 흥을 돋우는 모습이 눈에 선하다. 부하 직원들을 엄하게 다잡는 만큼 어르기도 잘하는 팀장이 신입사원들을 위해 특별히 마련한 야유회였다. 그 대열에 끼지 못한 건 둘째 치고, K를 위해 준비한 새하얀 순면 타월이 노파의 밑씻개로 쓰인 사실 때문에라도 분통이 자글자글 터져 나온다.

나는 아파트 입구에서 서성거리다가 체육공원으로 발길을 옮겼다. 오늘따라 왠지 동네가 추레하니 가라앉아 있다. 체육공원도 휑뎅그렁하다. 무료한 일상 마디마디에 박혀 있는 '연휴'를 사람들이 집에서 썩힐 리가 없다. 그야말로 황금연휴 아닌가. 나무벤치에 몸을 부리자 한숨이 저절로 나온다. 사람을 빌려 쓰면서까지 내가 노파의 비위를 맞추며 이곳에 머물 이유가 있을까. 만약 이대로 슬그머니 사라진다면 인간말짜로 낙인이 찍힐 것이다. 그러니 여기저기 구멍이 생기는 노파의 머릿속을 허겁지겁 땜질하면서 외삼촌을 기다리는 수밖에 별 도리가 없긴 하다. 하루빨리 이 동거의 고리를 끊어버려야 하지만 오늘은 일단 노파의 터무니없는 분부부터 따라야 한다.

"곽은오예요, 기억하시겠어요?"

"기억하다마다요. 저희 브이아이피 고객이신데요. 지지난 주에도 통화했잖아요."

그녀가 방정맞게 내뱉은 브이아이피 고객이란 말이 가슴을 찌른다.

"급히 아버지가 필요해서요. 휴일인데 가능할지……."

"저희는 연중무휴예요. 그나저나 저야 건수 올려서 좋지만 은오 씨의 속이 푹푹 썩겠어요."

"비용은 얼마나 드나요."

"요금은 비슷비슷해요. 은오 씨는 단골이니까 저렴하게 해드릴게요. 하지만 저번처럼 시간을 초과하면 추가 비용을 내셔야 해요. 저희 홈페이지에 들어가셔서 살펴보시고 연락 주세요. 그러믄요, 원하시는 시간에 신속하게 보내드리죠."

그녀가 짐짓 생색내는 음성으로 빤히 알고 있는 이용 절차를 늘어놓는다. 그녀의 꼴사나운 위로에 안 그래도 잡친 기분이 더 뒤틀어진다. 나는 새벽녘에 도우미 프로필을 눈여겨보며 점찍어둔 남자의 고유 번호를 무슨 상품 이름 대듯 그녀에게 알려줬다.

"SE 501이라…… 아, 최상익 씨. 잘 고르셨어요. 이분도 연기력이 수준급이거든요. 오늘 몇 시까지 보내드리면 될까요?"

"정오까지요."

"그렇게나 빨리요? 인천에 사시는 양반이라 시간이 맞을지 모르겠네. 아무튼 제가 최대한 시간을 맞춰볼게요."

그녀가 깍듯이 굴면서 앞으로도 많이 이용해달라는 말을 애교스럽게 날린다. 내 처지를 진정 가엾게 여긴다면, 앞으로는 저를 찾는 일이 없어야 할 텐데요, 라고 말해야 하지 않나? 하여간 속도 없는 두루춘풍 같은 여자다.

뒷산에서 연방 불어오는 포근한 바람이 내 머리카락을 흐트러뜨린다. 〈하하하닷컴〉이라는 도우미 대행 네트워크 업체로부터 '비밀 보장 각서'를 받아뒀고, 도우미를 추악한 일에 끌어들이려는 심사도 아닌데 그녀와 흥정을 하고 나면 이상하게도 뒤가 켕긴다.

담당자가 친근하게 입에 올린 '메리씨'는 나의 외할머니다. 당신은 1남 2녀를 출산했는데 환갑 전에 두 딸을 잃었다. 서른여섯의 나이로 저승길을 밟은 당신의 맏딸이 내 엄마다. 개망나니 같은 사위가 맏딸의 명줄을 그렇게나 빨리 끊어놨다고 외할머니는 길길이 날뛰었다. 그때의 장례식 풍경을 더듬어보면 외할머니가 조문객들 앞에서 아버지의 멱살을 쥐고 흔들던 모습만 덩두렷이 떠오른다. 딸자식의 사십구일재를 지내고 나서 외할머니는, '육시럴 놈'이라고 삿대질을 하더니 맏사위를 향해 과도를 집어던졌다. 방향도 제법 겨냥하고 있었던 듯 날카로운 흉기가 문설주에 꽂혔다. 아버지가 엉겁결에 윗몸을 폭삭 앞으로 웅동그렸다.

아내를 여의고 나서도 아버지는 예전처럼 주색잡기에 빠져 지냈지만 나까지 외면하지는 않았다. 제 새끼를 고아원에 버릴 거라는 친척들의 장담이 무색하게 나를 하염없이 보살폈다. 비좁고 습한 둥지에 살면서 집주인의 방세 독촉에 시달렸을망정 아버지는 제비처럼 내 입에 꾸준히 먹이를 넣어줬다. 당신은 돈벌이 업종을 주살나게 바꾸며 어설프게나마 엄마 노릇까지 하다가, 나를 대학 문턱에 들여놓고 나서는 여기까지가 자신의 한계라는 듯 손을 털고 일어섰다. 아버지와 내가 마지막으로 함께 살았던 집은 검붉은 벽돌로 외벽을 마감한, 누기가 사철 내내 굼실거리던 반지하의 원룸이었다. 공교롭게도 내가 대학교에 입학한 그해 삼월에 전세 계약 기한이 끝나서 우리는 재계약을 하든지, 아니면 다른 보금자리로 떠나야 했다.

우리 부녀는 당연히 그래야 하는 것처럼 얄팍한 전세금으로 각자 거처할 집을 알아봤다. 달랑 옷가방만 들고서 시내버스에 오르던 아버지의 뒷모습은 해치울 능력이 없는 일을 가까스로 끝맺은 사람처럼 홀가분해 보였다. 그때부터 나는 날개와 생식기능이 없다는 일개 미처럼 연애는커녕 엠티 한번 못 가고 돈벌이와 학업을 병행하며 살았지만 어느 누구도 원망한 적은 아직 없다. 명줄이 고작 그것밖에 안 되는 엄마야 분풀이 상대가 아니고, 아버지가 그만큼이나 뒷바라지해준 걸 나는 그나마 다행으로 여기고 있다. 친척이란 존재는 애초부터 제쳐뒀으므로 그들의 한결같은 무관심에 원망의 내색을 비친 적이 없다.

아버지가 외판원으로 전전하면서부터 외삼촌과 나의 전화통화가 빈번해졌다. 언제나 그쪽에서 먼저 나를 찾았다. 누울 자리를 봐가며 발을 뻗지 않는 아버지가 외삼촌과 나 사이에 뽀얗게 낀 먼지를 털어주는 것 같았다. 두 누나의 때 이른 운명으로 더 귀한 자식이 되고 만 외삼촌은, 지방 사립대학의 건축학과를 졸업한 후 일찌감치 장사판에 뛰어들어 운 좋게도 한밑천을 잡은 사십 대 초반의 독신자였다. 늘그막에 시앗한테 홀려서 가산을 탕진했다는 외할아버지의 바람기마저 외삼촌이 그대로 빼닮았다는 사실을 나는 외가 쪽 친지들의 험담을 통해 익히 알고 있었다. 결혼해서 마누라 눈치 봐가며 감질나게 재미를 보느니 툭 터놓고 욕심껏 여색을 즐기자는 생각에 외삼촌은 독신을 고집하고 있는지도 몰랐다. 현재 그는 강남에서 스테이크 전문점을 운영하며 철철이 해외여행이나 다니면서 무사태평하게 살고 있다. 외삼촌의 그런 기름진 형편을 훤히 알아버린 아버지는, 말주변이며 알음알이가 보잘것없거든 막노동이나 하고 말지 걸핏하면 처남한테 손을 내밀었다. 외삼촌은 또 큰누나를 생각해서 사줄 수밖에 없었다는 물건을 무슨 대단한 자랑거리인 양 일일이 내게 말했다.

갓 입사한 몸이라 이 눈치 저 눈치 봐가며 분주한 나날을 보내던 어느 날, 외삼촌이 자신의 일터로 나를 불렀다. 내가 도무지 짬이 없다는데도 그는 만나서 긴히 할 이야기가 있다며 자기 멋대로 시간 약속을 잡고 좨치는 거였다. 짜증이 솟구쳤다. 천장이 높아서 실제

평수보다 훨씬 넓어 보이는 스테이크 전문점의 실내는 젊은이들로 싱그러웠다. 뒷짐을 지고서 실내를 휘휘 둘러보던 외삼촌이 나와 눈이 마주치자 왼손을 가볍게 들어올렸다. 우리는 구석진 테이블에 앉았다. 외삼촌은 다짜고짜 필리핀에 한국어 학원을 내겠다는 말부터 꺼내놨다. 요즘 한창 한국어 붐이 일고 있다는 그 나라의 사정을 늘어놓더니 수지가 맞는 사업이라며 지레 흥분했다. 그래서요? 라는 대꾸가 내 입안에서 맴돌았다.

"조만간 필리핀으로 현지답사를 다녀와야 해. 내 재산을 몽땅 털어 붓고서 진행하는 프로젝트니까 돌다리를 지겹게 두드려보고 건너야지. 넉넉잡아 한 달쯤 집을 비워야 하는데 메리씨가 걱정돼서 말이야."

그때 다부지게 생긴 남자가 우리 쪽으로 걸어오더니 "사장님, 생육축산에서 질 좋은 한우가 들어왔답니다. 주문 좀 해볼까요" 하면서 무슨 조직 폭력단의 '형님'을 대하듯 외삼촌에게 굽실거렸다. 그러자 외삼촌이 "내가 가게 살림을 당분간 당신한테 맡긴다고 했잖아. 다 알아서 해. 교육사업에 뛰어들 내가 기껏 고기 나부랭이나 챙기고 앉아 있게 생겼어?" 어쩌구 으스대면서 거만하게 팔짱을 끼는 것이었다. 교육사업 운운하는 문잣속도 그랬지만 어깨를 씰룩거리는 꼴마저 하도 유치해서 내 얼굴이 화끈거렸다. 그러나마나 스테이크 전문점까지 남의 손에 떠넘기는 걸 보니 필리핀에서 판을 크게 벌일 모양이었다. 나와는 하등 상관없는 일인데도 외삼촌이 나대는 모습을 보니까 공연히 뒤숭숭했다.

"내가 어디까지 얘기했지? 메리씨가 누구냐고? 외할머니야. 외할머니 이름이 '손말희'잖아. 내가 장난으로 말희씨, 말희씨, 하고 부르다보니까 그렇게 야들야들한 이름으로 변했어. 노인네가 그렇게 부르는 걸 좋아해. 곱살하게 늙은 서양 할머니 이름 같다나? 요즘 주책은 나이도 남녀도 안 가리잖아."

외삼촌은 나더러 자기가 필리핀에서 돌아올 때까지 메리씨와 함께 지내라고 설레발을 치더니 나중에는 숫제 명령조였다. 그는 누이 좋고 매부 좋은 일이 따로 있는 게 아니라며 거드름을 피웠다. 내가 후진 동네, 그것도 땡볕이 마구 쏟아지는 꼭대기층 원룸에서 친구와 부대끼며 사는 형편을 외삼촌은 진작 알고 있었다.

"워낙 말수가 적고 깔끔한 양반이라 네가 딱히 신경 쓸 일은 없을 거야. 노인네들은 흔히 밤새 안녕이라잖아. 혹시나 해서 너를 메리씨 곁에 두려는 거야. 아참, 엊그제 네 아버지한테 전화가 왔데. 그냥 안부전화를 했다는데 조만간 또 새로운 상품 카탈로그를 들고 나타나겠지. 보험이나 건강상품을 팔러 다니면 좀 좋아. 이건 들이미는 물건마다 고가품이니, 원. 내가 심심찮게 실적을 올려주니까 그냥저냥 밥이나 제때 챙겨먹고 살겠지. 그쯤 알고 너무 걱정하지 마라."

자기가 부려먹는 종업원을 대하는 듯한 말투였다. 외삼촌의 오만을 비웃어주고 싶었는데 그랬다간 아버지의 소중한 고객이 떨어져 나갈까 봐 나는 잠자코 앉아 있었다. 당신이야 먹고살려니 어쩔 수 없다 쳐도 나까지 비굴하게 만드는 아버지가 그날따라 엔간히도 원망스러웠다. 나는 좀 마뜩찮다는 티를 다문다문 드러내며 장사꾼답게 이해타산이 빠른 외삼촌의 부탁을 마지못해 들어줬다. 그 자리를 벗어나고 보니 인정이 조금도 섞이지 않은 우리의 거래가 신속하게 이뤄졌음을 깨닫고, 이런 관계 맺기를 도대체 뭐라고 명명해야 할지 몰라서 나는 망연히 서 있었다.

　SE 501 최상익과 만나기로 한 곳은 전철역 입구와 지근거리에 있는 찻집이었다. HS 127 김상현이 오히려 아버지의 인상과 비슷했으나 최상익의 좁은 이마가 결정적으로 내 마음을 되돌렸다. 엄마가 살아 있을 때, 외할머니는 아버지의 좁은 이마를 흉잡으며 노상 왕왕거렸다. 체육공원에서 약속 장소까지는 도보로 십 분쯤 걸린다. 최상익이 맡을 배역이 아버지 역할이라서 내심 초조하지만 명배우일 터이므로 이번에도 외할머니가 감쪽같이 속아 넘어가줄 것이다. 그나저나 노인네가 무슨 꿍꿍이로 낯짝도 보기 싫다던 맏사위를 찾아대는지 알다가도 모를 일이다.

　전철역에 다다르자 사차선 도로가 행락지로 떠나는 차량들로 북적거렸다. 굵은 체인으로 출입문을 걸어 잠근 상가도 속속 눈에 띈다. 공휴일 아침부터 동네에서 빌빌거리니까 나 자신이 불러주는 사람도, 갈 데도 없는 빙충이처럼 느껴진다. 찻집에 들어선 나는 그를 한눈에 알아봤다. 프로필 사진보다 실물이 더 아버지의 외모와 흡사해서였다. 단정하게 오므린 다리 사이로 두 손을 찔러 넣은 자세하며 축 처진 어깨, 무엇보다 달동네의 쪽방처럼 비좁고 각진 이마가 그럴싸했다. 내가 머리를 약간 숙이며 하하하닷컴에서 나오셨느냐고 묻자 그가 엉거주춤 일어선다. 키가 작지만 문제될 건 없다.

"아버지 대역이 필요하시다죠. 그동안 제가 혼주 역할을 많이 해봐서 연기가 어색하진 않을 겁니다."

그가 깍짓손을 살짝 흔들면서 먼저 말문을 열었다. 목소리가 여유만만하다. 내가 거래하고 있는 하하하닷컴의 도우미들은 대체로 상품으로서는 품질이 썩 좋은 편이었다. 그들은 촌티가 나지 않으면서 인품과 교양을 두루 갖춘 중산층의 얼굴로 점잔을 피웠다.

"혼주 역할이 아니에요. 담당자가 말해주지 않았나요?"

"열두 시까지 꼭 시간을 지켜야 한다는 말만 하던데요."

저 남자한테 잠시 후 막을 올릴 연극의 내용을 설명하려니까 연출자로서 의욕이 대번에 떨어진다. 그간에 다녀간 도우미들은 담당자를 통해 이쪽의 내막을 훤히 알고 약속장소에 나오곤 했다. 아무것도 모르고 나타난 그가 무슨 불량제품 같아서 당장 반품해버리고 싶은 심정이다.

"저희 할머니가 치매에 걸렸는데 꼭 죽은 사람만 찾아대요. 자기 뜻을 받아주지 않으면 한밤중에도 고함을 질러대죠. 오늘 새벽에는 저희 아버지를 찾는 바람에 아파트가 발칵 뒤집혔어요."

눈만 멀거니 뜨고 있는 최상익을 보니까 맥이 풀리고 부질없는 짓이라는 체념까지 엉겨 붙는다. 그가 헛기침을 하면서 앉은 자세를 바꾼다.

"그럼 제가 아들 역할입니까, 사위 역할입니까? 네, 사위요…… 할머님이 저를 사위로 믿을까요? 얼굴이 딴판일 텐데요. 아무리 치매 환자라도 그렇죠. 게다가 아버지가 살아 계신다면서요. 아무튼 이렇게 황당한 역할은 처음 맡아보네요."

그가 피식 웃으면서 시선을 옆으로 돌린다.

"그동안 여러 도우미가 다녀갔어요. 물론 불미스러운 일은 없었고요. 제 말이 믿기지 않으면 담당자한테 전화해보세요."

최상익이 반신반의한 얼굴로 의자를 끌어당긴다. 이제야 조금 구미가 동한 눈빛이지만 얼토당토않은 수작이란 조소는 그의 얼굴에 여전히 묻어 있다. 정면으로 보이는 벽시계의 깜찍한 시계바늘이 열두 시 이십오 분을 가리킨다. 어서 일을 마무리 지으라고 시계조차 닦달하는 것 같다.

"할머니가 맏사위인 우리 아버지를 한때는 죽여버리겠다면서 과도를 집어던지고 그랬어요. 그때 벌써 치매기가 비치긴 했지만 요즘 패악은 아주 악성인 것 같아요."

갈수록 태산이라는 듯 그가 난감한 낯색을 사방으로 내둘린다. 최상익이 아무래도 미심쩍어 다른 도우미로 교체하고 싶지만 시간적인 여유가 없다.

내가 외할머니의 둥지로 들어간 날은 사월 둘째 주 토요일이었다. 외삼촌이 출국하기 전에 외할머니와 셋이서 저녁식사를 하자고 했는데 일정이 바뀌었다며 이틀이나 빨리 필리핀으로 떠나버렸다. 외삼촌이 없는 집에서 혼자 외할머니를 대면하려니까 초면인 사람을 만나러 가는 것처럼 발걸음이 무거웠다. 어림잡아 사 년 만에 외할머니를 접한 나는 소름이 끼쳤다. 장면 하나가 불현듯 떠올라서였다. 대학 시절 옥탑방에서 자취할 때, 오전 강의를 들으려고 일찍 대문을 나섰는데 뭔가가 내 시선을 잡아끌었다. 입을 벌린 채 눈을 똑바로 뜨고서 죽어 있는 새끼고양이였다. 내장이 터져 부패하기 시작한 새끼고양이를 버러지들이 새카맣게 달라붙어서 파먹고 있었다. 일일이 손질해주기가 귀찮아서 아무렇게나 싹둑싹둑 잘라놓은 듯한 외할머니의 성근 머리 때문이었는지는 몰라도, 한낱 버러지들의 먹이가 된 그 새끼고양이가 내 머릿속에서 둥둥 떠다녔던 것이다. 쭈그렁이로 변한 외할머니를 보자 당신에게 모진 설움을 받은 것도 아닌데 공연히 고소해졌다. 그런 기분 때문인지 외삼촌의 당부대로 당신을 '메리씨'라고 부르며 따르는 척이라도 하고 싶은 위선의 망 같은 것이 내 눈앞에 얼쩡거렸다.

외삼촌은 필리핀에서 뜨문뜨문 전화를 걸어 안부를 챙겼다. 메리씨의 시중을 드느라고 애쓴다는 빈말도 덧붙였다. 메리씨의 심술이 도져서 아버지를 헐뜯을까 봐 신경이 쓰였는데 어쩐 일인지 당신은 맏사위에 대해서는 입도 뻥긋 안 했다. 그 함구가 고마워서 그랬는지 몰라도 처음엔 물컹거리는 이물감으로 다가오던 '메리씨'라는 이름이 점점 내 입에 쫀득하게 들러붙었다.

나는 아침 여덟 시에 출근해서 밤 아홉 시가 넘어서야 귀가했으므로 메리씨와 마주칠 일이 드물었다. 올해 삼월, 반반한 캐주얼 전문 의류회사에 입사한 나는 노상 잡무에 시달렸다. 나는 영업기획팀에 소속되어 있었으므로 온갖 서류를 만들고, 재고 조사를 하고, 자사 브랜드 매장을 돌면서 매출 현황을 꼼꼼이 파악해야 했다. 재질부터 색깔·재단·세련도 같은 복식 전반의 감각을 챙기는 안목도 아직은 수준 이하인 데다 뻔한 말귀도 제대로 못 알아듣고 덤벙대다가 종종 실수를 저질러 상사한테 질책을 받은 후라도, 목걸이형 사원증을 목에 걸고서 회사를 누비면 이내 기운이 솟구쳤다. 구내식당에서 동료들과 어울려 점심식사를 할 때면 속되지 않은 열정도 내 가슴 속에 그득히 차올랐다.

그러나 나는 이따금 시름에 젖어 지내야 했다. 사월 중순께부터 메리씨가 더럭 이상한 행동을 내놓았기 때문이다. 저녁 늦게 현관문을 열고 들어서면 텔레비전 앞에 붙어 있어야 할 그녀가 거실 한가운데

서서 건들건들 움직이며 손뼉을 쳐댔다. 순간 당황스럽기야 했지만 그새 좀 친해졌다고 평소 자신의 별스런 행동을 스스럼없이 내보이는 줄 알았다. 하지만 그 우스꽝스러운 율동은 꾸준히 이어졌다. 당신의 눈에만 잡히는 무언가를 쫓고 있는 듯한 몽롱한 표정도 어째 심상치 않았다. 어느 날 부서 회식을 마치고 귀가했더니 겨울옷이 주방에 수북이 쌓여 있었다. 멍하니 서 있는 나를 혼 빠진 노파가 섬뜩해지는 웃음을 배물고 상냥하게 반겼다. 순간 뒤통수가 뻐근했다. 메리씨는 찬찬한 손놀림으로 옷을 접었다 폈다 하면서 구시렁거렸다.

"아가씨, 내 남동생한테 전화 좀 걸어줘. 바지 빨아서 다려놨으니까 어여 와서 입으라고 해."

아가씨라는 호칭을 앞세우지 않았더라면 깜박 속아 넘어갔을 실감나는 헛소리였다. 내가 그녀를 가만히 노려보니까 얼른 연락하지 않는다며 차곡차곡 개켜놓은 옷가지를 흩어버리는 거였다. 내가 제발 정신 좀 차리시라고 하자, 이제는 자기 말을 개떡같이 여긴다며 악악거렸다. 아무 때나 친척들을 불러들이라고 노발대발하는 메리씨의 억지는 잊을 만하면 재발했다. 독이 오른 쌈닭이 따로 없었다. 내가 알기로 노인네가 입에 올린 친척들은 진작 이승을 떠난 사람들이었다. 이 마른하늘에 날벼락을 속히 알려야겠는데 소식이 뜸해진 외삼촌한테 연락할 방법이 없었다. 나는 메리씨에게 언니로, 아줌마로, 올케로, 아가씨로 불리며 외삼촌의 전화를 애타게 기다렸다.

"치매네, 치매. 이쯤에서 짐 싸지 그래. 너 그러다 직장까지 놓치면 어쩌려고 그러냐. 치매가 얼마나 지독한 병인지 너도 잘 알잖아. 그러지 말고 도우미를 이용해봐. 역할 도우미 말이야. 뭐가 말이 안 되니? 도우미는 요새 너도나도 써먹는 인력이야. 너를 못 알아볼 땐 노인네가 다른 세상을 헤매고 있다는 거잖아. 우선 네가 살고 봐야지 별수 있니?"

반지하 원룸에서 한솥밥을 먹고 지내는 친구에게 전화로 하소연하자 그녀가 가당찮은 해결책을 내놓았다. 메리씨가 제정신이 아닐 때 누군가를 호명하면 도우미를 그 사람인 척 끌어들이라는 소리였는데 평소 허풍을 잘 떠는 그녀다운 발상이었다. 나는 친구의 꾀를 무시해버렸다. 그러나마나 메리씨의 그 '망자 호출'은 쉽게 사그라지지 않았다. 메리씨 몰래 짐을 싸가지고 나갔다가도 꼭 그럴 때만 아른거리는 엄마 때문에 발길을 되돌렸다. 행패에 가까운 투정을 받아주면서 메리씨 곁에 있어야 하는 이유를 나는 하루에도 수십 번씩 곱씹어봤다. 내 엄마의 친모가 아니었다면 김치 한 조각 얻어먹은 일이 없는 노파의 중환 따위야 얼마든지 외면할 수 있을 터였다. 핏줄이라는 알량한 이름에 얽매여 고역을 치르는 내 처지가 딱하고 억울했다. 착잡한 심경에 휩싸이다 보니까 그제야 친구의 엉뚱한 대안이 묘책으로 떠올랐다. 나는 과감히 사이버 공간으로 뛰어들어 도우미 대행업체의 문을 두드렸다.

나는 일단 최상익을 아파트 놀이터에 대기시켜놓았다. 메리씨가 간밤의 난동을 까맣게 잊었을지도 모르기 때문이다. 아파트의 현관 문을 열면 구리텁텁한 냄새까지 나를 못살게 군다. 악취 제거에 효과가 있다는 숯을 한 보따리 사다가 현관 입구에 놓아두고, 방향제를 뿌리고, 심지어 향까지 피워봐도 무슨 동물의 살갗을 태우는 듯한 메리씨 특유의 체취는 더하면 더했지 좀체 지워지지 않았다.

　메리씨가 처음 보는 장미꽃 무늬의 원피스를 입고서 빨대로 포도 즙을 빨아먹고 있다. 눈만 떴다 하면 리모컨부터 찾아 켜대는 텔레비전에 정신이 팔려 나한테는 눈길도 안 준다. 연속극 속의 아담한 거실에서 눈두덩이 시퍼렇게 부어오른 탤런트가 울며불며 신세타령을 하고 있다. 간밤에 그 야단을 쳐놓고서 말짱한 얼굴로 앉아 있는 메리씨를 보니까 어제 오늘의 일이 아닌데도 화딱지가 난다. 어젯밤 내가 대거리를 하자 갑자기 치마를 까뒤집어 거실 바닥에 오줌을 흥건히 싸고는, 내 여행 가방에서 꺼낸 순면 타월로 보란 듯이 쭈글쭈글한 아랫도리를 쓱쓱 문질러대던 장면까지 아른거린다.

　"허구한 날 같은 연속극을 또 보고 또 보고, 지겹지도 않나 몰라. 볼륨이나 좀 줄이든가요. 근데 어디서 이렇게 지독한 지린내가 묻어나지."

　"저 개 같은 년, 쥑여, 쥑여."

　베란다 문을 열다가 깜짝 놀라 뒤돌아보니, 메리씨가 연속극 안에서 핫팬츠를 입고 애교를 부리는 여자한테 손가락질을 하고 있다. 엊저녁에는 오줌까지 싸대서 발작이 오래갈 줄 알았는데 금세 제정신으로 돌아왔다. 암만해도 오늘은 너무 성급하게 도우미를 부른 것 같다. 떨떠름한 얼굴로 놀이터에서 서성이고 있을 가짜 아버지를 그냥 돌려보내기도 뭣하고, 참 난감하다. 메리씨가 기분에 따라 제멋대로 주물럭거리는 지병이 재발해야 최상익을 불러들일 텐데, 이러다가 요금만 날리게 생겼다.

이윽고 연속극이 끝났다. 메리씨가 리모컨에 얼굴을 처박고서 더듬더듬 숫자를 누른다. 채널이 바뀔 때마다 연예인들의 경박한 웃음소리가 귓구멍을 쑤셔댄다.

"얘, 넌 왜 이 시간에 집에 있냐. 회사에서 야유회를 간다고 하지 않았어?"

"정말 기억이 안 나는지, 아니면 모르는 척 쇼를 하는 건지. 사람을 그렇게나 괴롭혀놓고 이제사 그런 말이 입에서 나와요?"

메리씨가 펄쩍 뛸걸 알면서도 나는 눈을 내리깔고서 일부러 막되게 지껄인다.

"저게 또 생사람 잡네. 니년이 시방 이 집에서 내뺄라고 수작을 부리는 거지? 아니면 니 애비를 구박했다고 나를 골탕 먹이는 게냐? 그 육시랄 인간은 내가 꼬챙이로 몇날 며칠을 쑤셔 쥐여도 션찮어."

"죽이지 못해 안달하는 사람을 어제는 왜 그렇게 애타게 찾아."

개소리 집어치우라면서 메리씨가 리모컨을 집어 던진다. 거실 서랍장에 부딪힌 리모컨에서 건전지가 풀쑥 튀어나와 나뒹군다. 거실 바닥에 엎드려 엎치락뒤치락하는 메리씨를 보자 느닷없이 하품이 터져 나온다. 나는 늘어지게 기지개까지 켜고서 소파에 주저앉는다. 메리씨가 그 애비에 그 딸년이란 말을 모지락스럽게 내뱉으며 휘딱 돌아눕는다. 나는 불쑥 튀어나오려는 울화를 억지로 삼킨다. 흠집투성이의 텔레비전에서 백구두를 신은 트로트 가수가 정을 준 게 잘못이라면서 열창하고 있다.

메리씨가 치매에 걸렸다는 친구의 진단에 나는 차츰 의심을 품기 시작했다. 주인이 들어와도 꼬리를 흔들지 않고 병치레까지 잦은 애완견처럼 빈집이나 지키던 노인네는, 때마침 굴러들어온 나를 상대로 한바탕 연극을 꾸미고 있다는 게 내 소견이다. 공연히 심통을 부리자니 채신머리없이 보일 것 같으니까 정신 나간 체하며 켜켜이 쌓인 스트레스를 풀려고 고함을 지른 건데, 뜻밖에도 친척들로 변장한 사람들이 꼬여드니 철 만난 멸치잡이처럼 신바람이 났을 것이다. 노상 텔레비전의 연속극만 시청하는 양반이니 연기 수업이야 중견 연기자들한테 제대로 받았을 터였다. 내 추측이 엉터리 진단일지도 몰랐지만, 메리씨의 고질병을 접할 때면 왠지 억지로 짜 맞춘 멜로물을 보고 있는 것 같았다.

연극이건 아니건 메리씨가 도우미들을 반기는 걸 나는 천만다행으로 생각했다. 메리씨가 오로지 나만 붙들고 앉아서 신세한탄을 내놓았다면 어쩔 뻔했을까. 생각만 해도 피곤하다. 조만간 떠날 몸이니 노인네의 장단에 기꺼이 춤을 춰주자는 마음이지만, 요즘 나는 메리씨 혼자 떠들다가 막을 내리는 모노드라마에 쏠쏠한 재미를 느낀다. 메리씨는 당신의 작은딸, 오빠, 시누이라고 착각하는 도우미들을 앉혀놓고서 내가 누구에게도 들을 수 없었던 집안사정을 죄다 까발렸다. 메리씨가 케케묵은 이야기를 꺼내놓으면 도우미들도 실감나게 호흡을 맞췄다. 어떤 날은 당신의 작은딸로 둔갑한 도우미에게 '영신아, 자고 가라, 자고 가' 하며 손을 놔주지 않아서 추가 요금을 지불하기도 했다.

"니 애비는 어디서 뭘 하고 있냐?"

잠이 든 줄 알았던 메리씨가 한참 만에 던진 말이다. 당신의 뜬금없는 질문에 나는 그만 얼떨떨해져서 얼른 대답을 못한다. 응? 하면서 메리씨가 몸을 힘겹게 뒤척인다.

"유명한 정수기 회사에서 일하고 있어요."

나는 아버지를 잘 보이고 싶어서 그럴싸하게 포장을 한다. 아차, 깜박했다. 분명 외삼촌이 아버지의 궁상맞은 근황을 메리씨에게 들려줬을 것이다. 거짓말인 줄 알고서 속으로 비웃고 있는지 메리씨는 아무런 대꾸가 없다. 그러나저러나 최상익과 헤어진 지 벌써 삼십 분이 지났다. 아무래도 오늘의 연극을 취소하자는 문자 메시지를 띄워야 할 것 같은데 휴대폰으로 선뜻 손이 안 간다.

"그 무지렁이가 지 새끼를 버릴 줄 알았드만. 어쨌든 죽어서 지 마누라 볼 면목은 있겠네. 그 인간 이름만 들어도 억장이 무너지는데, 요새는 왜 그 일이 자꾸만 생각나는지 몰라. 기억할른지 모르겠다만, 니 엄마 초상 치르고 나서 너랑 니 애비가 우리 집에 잠시 머물렀어. 그때 내가 우리 식구 끼니를 챙겨주고 나면 부엌에 콩 한쪽도 남겨놓지 않았느라. 니 애비가 도둑고양이 모냥 나 몰래 부엌에 들어가서 밥을 훔쳐 먹는 걸 알고 내가 일부러 그런 거야. 이상하게 요즘 그 일이 자꾸 떠올라."

나는 그 일화가 별로 기막히지 않다. 그 여름날 메리씨가 과도를 던졌을 때 느꼈던, 아버지가 필경 쥐도 새도 모르게 외할머니의 손에 죽고 말리라는 공포에 비하면 아무것도 아니다. 오히려 반듯하게 누워서 과거지사를 들추는, 그것도 아버지에게 용서를 구하는 듯한 메리씨의 태도가 의아하다. 지금 메리씨는 징글맞은 맏사위의 허우대를 떠올리고 있을 것이다. 나는 냉큼 고개를 돌린다. 메리씨의 심리전에 말려들어서는 안 되기 때문이다. 저 태도는 속마음은 그렇지 않으면서 나를 오래도록 자기 옆에 묶어두려는 할망구의 약아빠진 잔꾀다. '마음이 약하고 속정이 깊었던 엄마의 성격을 니가 쏙 빼닮았다'는 군말을 슬쩍슬쩍 흘릴 때부터 알아봤다. 서로의 나이도 잘 모를 만큼 발길을 끊고 지낸 사이면서 자기가 내 성격을 얼마나 안다고 그런 소리를 남발하는지 참으로 어이가 없었다.

　트로트 가수의 열창대로 애당초 정을 준 게 잘못이었다. 이 아파트의 첫인상은 한마디로 을씨년스러웠다. 베란다의 뿌옇게 얼룩진 창문으로 쏟아져 들어오는 햇빛은 오히려 집을 더 누추하게 만들었다. 이십 평 남짓한 공간에 메리씨가 엄연히 살고 있는데도 너무 오래 비워둬서 전기며 수도가 끊어진 집 같았다. 외삼촌 방은 문이 잠겨 있었다. 회사에 일거리가 많아서, 혹은 친구들과 노닥거리다가 밤늦게 귀가하면 메리씨는 언제나 텔레비전을 켜놓고 잠들어 있었다. 시체 같은 그 앙상한 몸뚱어리를 처음 목격했을 때 '노인네들은 밤새 안녕'이라던 외삼촌의 말이 비죽 솟았다. 나는 두려운 마음에 메리씨를 흔들어 깨울 엄두도 못 내고 멀찌가니 떨어져서 휴대전화를 꺼냈다. '벨소리' 목록에서 아무거나 누르자 집안에 멜로디가 울려 퍼졌는데, 메리씨가 그 소리를 듣고 꿈지럭거리며 일어나는 모습을 보는 순간, 살아 있어서 다행이라는 투의 안도가 내 마음 속에 고여 들어 나를 어리둥절케 했다. 그런 별스런 감정을 느낀 후로 길을 걷다보면 깨강정이랄지 대나무 효자손, 뒤축이 낮고 푹신푹신한 노인용 신발 따위가 눈에 들어왔지만 한 번도 구입한 적은 없었다.

　"혹시 외삼촌한테 전화 왔어요?"

　"한 달이면 반 이상을 전화 연락도 없이 밖에서 지내는 애야. 무소식이 희소식이려니 하고 살아."

"필리핀에 차린다는 한국어 학원이 잘 굴러가야 할 텐데요."

"한국어 학원은 무슨 한국어 학원, 거기서 아예 눌러살려는 수작이지. 갈 테면 가라고 해. 섭섭해할 것도 없어. 얘, 그나저나 니 엄마는 목욕탕에 간 지가 언젠데 여태 안 오냐. 아유, 졸리다."

이제야 좀 외할머니답던 메리씨가 또 생급스러운 말을 툭 던지고서 돌아눕는다. 자기가 꾸민 연극이 혹시 들통날까 봐 저렇게 앙큼한 수법을 쓰는 거라고, 나는 그 이상 증세를 우습게 여기며 등을 돌린다. 나는 메리씨의 푸념을 곱씹어본다. 외삼촌의 앞날을 담담히 예견하던 노인네의 목소리가 내 마음을 어지러뜨린다. 머릿속으로 날짜를 헤아려보니 외삼촌이 넉넉잡아 한 달이라고 했던 약속 기한이 벌써 지났다. 게다가 외삼촌은 열흘째 연락이 없다. 메리씨의 말대로 외삼촌이 자신의 보금자리를 구하려는 속셈으로 비행기를 탄 거라면, 아버지의 물건을 팔아준 성의를 고맙게 여겨 내가 보답 차원에서 베풀기로 한 인정은 이쯤에서 끝내도 그만일 것이다.

그새 잠이 든 모양인지 메리씨의 어깨 너머로 가는 숨소리가 들려온다. 미니탁자에 올려둔 내 휴대전화가 갑자기 진저리를 친다. 메리씨가 어깨를 움찔거리면서 웅얼거린다. 통화버튼을 누르자마자 최상익이가 언제까지 놀이터에서 기다리느냐며 툴툴거린다. 메리씨가 엿들을까 싶어 나는 다용도실로 종종걸음 친다. 외할머니가 단잠에 빠져서 오늘은 그냥 돌아가시라고 말하자, 그가 차마 화를 못 내고 내 귀에 쏙 박이도록 혀를 찼다.

다용도실에서 우두커니 서 있는데 이번에는 하하하닷컴의 담당자가 나를 찾는다.

"여보세요? 곽은오 씨? 하하하닷컴이에요. 방금 최상익 씨와 통화했어요. 약속시간을 맞추려고 종로에서 택시까지 타고 갔는데 허탕쳤다고 구시렁거리네요."

"오늘 일당에 택시비까지 얹어서 바로 송금할게요."

"신경 써줘서 고마워요. 그 대신 제가 다음엔 특별히 도우미 한 명을 무료로 쓰시게 해드릴게요. 그리고 사람이 필요하면 언제든지 전화 주세요. 근심일랑 멀리 던져버리세요. 저희 회사 이름이 왜 하하하닷컴이겠어요."

나는 다용도실 벽면에 바싹 붙여놓은, 폭이 좁고 기다란 나무의자에 걸터앉는다. 의자가 삐걱거린다. 다용도실은 온갖 즙이 담겨 있는 박스와 뼈, 두뇌, 심장, 간, 혈압에 좋다는 건강식품들로 빼곡하다. 아들 노릇을 한답시고 외삼촌이 메리씨에게 푸짐하게 안겨주는 고급 건강식이다. 그가 마치 강아지를 부르듯 '메리씨! 메리씨!' 하며 건강식품을 던져주는 모습이 그려진다. 메리씨가 공경을 받고 있다기보다 극진하게 사육당하는 것 같아 씁쓸하지만 나는 이내 그따위 주제넘은 상념을 지워버린다. 하하하닷컴의 브이아이피고객으로서 도우미 무료 사용권까지 받은 내가 누굴 타박할 수 있을까.

외삼촌의 영원한 출국은 단지 내 짐작일 뿐인데 마음이 들썽거린다. 다용도실이 후텁지근해서 식은땀이 흐르는데도 나는 답답한 공간 속을 내 발로 뛰쳐나오지 못하고 있다. 메리씨의 삐뚤어진 언행이 치매든 아니든 갓 입사한 직장의 겉과 속을 부지런히 파악해야 하는 나로서는 더 이상 메리씨를 보살펴줄 여력이 없다. 툭 터놓고 말한다면 메리씨에게 내 황금 같은 젊음의 한때를 바쳐야 하는 까닭도 모르겠다. 나는 어렵사리 싹을 틔운 직장에서 푸르게 뻗어가는 담쟁이덩굴이고 싶다. 처자식만큼은 어떻게든 먹여살리는 줏대 있는 남자와 소박한 가정을 일구고 싶은 내 인생에 메리씨가 무슨 자격으로 끼어든단 말인가.

내 한숨에 대꾸하듯 나무의자가 삐드득 삐드득 소리를 낸다. 이음매가 벌어진 길쭉한 나무의자가 내 몸을 아슬아슬하게 떠받치고 있다. 나는 엉덩이를 이리저리 흔들어본다. 아무도 들어주는 사람이 없는 내 불평처럼 요란한 소리가 꺽꺽거린다. 나는 허술한 나무의자에서 결연히 몸을 뗀다. 꽃지해수욕장의 펜션 앞마당에서 바비큐 파티를 걸찍하게 벌이고 있을 동료들에게 가지 못할 것도 없다. 지난 밤 메리씨가 헤집어놓은 여행 가방을 다시 꾸리려고 다용도실을 나오는데, 음식물을 죄다 감춘 기억이 되살아나 맏사위가 자꾸만 눈에 밟힌다던 메리씨의 고백이 내 목덜미에 끈적끈적 들러붙는다. 나는 잠긴 목소리로 '메리씨'를 되뇌며 땀으로 축축해진 목덜미를 마구 긁어댄다.

자기 세계의 정립을 향한 소름 끼치는 매혹

고 명 철

(문학평론가, 광운대 교수)

1.

김설원의 첫 소설집 『은빛 지렁이』에 수록된 아홉 편의 소설을 읽는 동안 지금, 이곳에서 망실하고 있었던 근원적인 문제와 맞대면한다. 아홉 편의 소설에서 곧잘 마주치는 것은 깊은 상처를 지닌 채 해체의 위기에 봉착한 가족으로서 힘든 삶을 견디고 있는 여성의 자화상이다. 여기서, 김설원이 주목하고 있는 소설 속 여성을 페미니즘적 시선으로 볼 수는 있되, 이것은 어디까지나 부분적 이해에만 도움을 줄 수 있다. 김설원의 여성들은 매우 힘든 삶의 한복판에 서 있으면서, 여성을 에워싸고 있는 삶의 불가사의함을 응시한다. 그리하여 우리는 상처받는 여성뿐만 아니라 종국에는 여성의 경계에 국한되지 않는, 우리시대의 불모화된 현실의 사위에 갇혀 소중히 되돌아보지 않았던 '자기'를 성찰하는 김설원 소설의 매혹에 사로잡힌다.

2.

이번 소설집의 표제작 「은빛 지렁이」는 이러한 김설원 소설의 매혹을 발산하고 있는 문제작이다. 「은빛 지렁이」에서 각별히 눈여겨 봐야 할 인물은 재순과 그의 할머니, 그리고 재순의 친구 도화다. "뱀구멍 속처럼 어웅한 지하 방"(49쪽)에서 재순과 그의 할머니는 살고 있다. 그들은 할머니와 손녀 사이지만, 할머니는 재순을 친손녀로서 인정하지 않는다. 재순은 할머니의 아들과 며느리 사이에 태어난 손녀가 아니라 며느리의 전(前)남편이 낳은 자식으로서 말하자면 아들의 피가 섞이지 않는, 때문에 할머니와 재순은 언제 끊어질지 모르는 형식적 가족 관계를 아슬아슬하게 유지하고 있다. 그런데 다가 할머니는 그의 아들의 죽음을 며느리 탓으로 돌린 채 며느리의 삶을 억압하는 만큼 며느리는 마침내 그의 딸 재순을 남겨둔 채 집을 나가고, 할머니에게 재순은 '악귀의 자식'(66쪽) 그 이상도 이하도 아니다. 할머니에게 재순은 오직 그의 무병장수를 유지시켜줄 건강 보양식(지렁이탕)을 공급해줄 경제적 수단일 뿐이다. 이처럼 철저히 부서지고 황폐화된 가정 환경 아래 재순이 절실히 욕망하는 것은 '따뜻한 집'으로 상징되는 그리운 것들이 충족된, 즉 관계의 복원이다. 그래서인지 재순은 여공 생활을 하는 동안 재순의 삶 속에서 결핍된 '엄마의 살결'(59쪽)로 상기되는 엄마의 체취로부터 그의 텅 빈 외로움을 견디기 위해 낯선 남자들과 밤을 보낸다. 그리하여 "살이 그리워 파고든 남자들은 자궁 속에 씨를 떨어뜨린 채 떠나갔고 지우면 다시 돋아나는 양송이버섯을 산소 벌초하듯 태연하게 없애버렸다."(60쪽) 이렇게 재순에게 타자와의 관계는 인간 존재 근원의 결핍감과 공허함을 충족시켜주는 게 아니라 또 다시 더욱 깊어지고 휑뎅그렁한 텅 비어 있음을 상기시켜주는 억압 그 자체다. 재순에게 삶이란 칠흑 같은 어둠 속을 헤집고 다니며 가까스로 생존을 연명해가는 지렁이와 다를 바 없다.

그런데 재순의 이러한 삶은 그의 친구 도화를 만나면서 성찰의 계기를 갖는다. 도화 역시 재순 못지않게 힘든 삶의 내력을 지니고 있는데, 그는 여공 생활을 접고 가정부로 일하던 도중 주인 남자의 애를 임신하더니 누구에게도 환영받지 못할 것을 뻔히 알면서도 애를 낳아 키우고 싶어 한다. 도화는 가족을 만들고 싶은 간절한 욕망을 지니고 있었던 것이다. 도화의 이 욕망이 드러나는 대목에서 재순은 그의 할머니의 삶을 포갠다. 사실, 「은빛 지렁이」에서 우리가 세밀히 읽어야 할 대목이 바로 이 대목이다. 재순은 무엇 때문에 도화의 '가족 되기 욕망'에 할머니의 삶을 포개었을까. 도화가 가족을 꾸리고 싶은 욕망에서 간과해서 안 될 것은 흔히들 상투적으로 떠올리는 행복이 넘치는 가족 이미지와 그의 욕망을 연관시켜서는 곤란하다. 이러한 가족 이미지는 사회가 조작하는 환상에 불과하다. 작품에서 단적으로 읽을 수 있듯 재순과 도화는 가족 구성원들의 사랑으로 충족되는 '따뜻한 집'과 거리가 멀다. 그럼에도 불구하고 도화는 가족을 만들고 싶어 하는데, 그것은 우리 사회에서 통용되는 가족 만들기(가령, 결혼을 통해 아이를 낳아 가족을 형성하는 것)가 아니더라도 어떠한 형식으로든지 꾸려진 가족을 통해 바로 그 타자와의 관계 속에서 '자기'의 뿌리를 삶의 대지에 착근시키려는 욕망에 기인한다. 그것은 "새끼가지 에미 밟겠나"(66쪽)라는 도화의 직설에서 드러난다. 도화와 그의 아이가 장차 어떠한 관계에 놓일지 아무도 알 수 없으나, 적어도 현재의 도화는 뱃속 아이의 존재를 통해 그의 존재를 지켜내고 있는 셈이다. 이와 관련하여, 재순의 할머니가 그의 곁에 있는 재순을 '악귀의 자식'으로 간주하면서 혹시 그를 버리고 떠나버릴지 모르는 두려움을 안고 사는 것도 재순과 이 악연의 관계를 통해 그의 존재를 애오라지 지켜내고 있는 것이다. 따라서 도화와 재순의 할머니는 표면상 가족 욕망을 소유하고 있는 것처럼 보이지만 그들의 현실적 삶 자체가 화목한 가족을 꾸리는 것과 무관하듯 그들에게 가족은 아직까지 가족의 형식 속에서 구성된 타자를 통해 훼손된 '자기'를 더 이상 포기하지 않으려는 마지막 안간힘으로 보인다. 그렇다면 재순은 어떤가. 그들을 지켜보는 재순에게 이러한 역할을 하는 가족으로서 타자는 존재하는가.

3.

작가 김설원에게 중요한 것은 상처받고 훼손된 자기를 어떻게 추슬러야 하는가 하는 문제의식이다. 사실, 이 문제의식은 근대소설이 씨름해야 할 소설의 운명 그 자체다. 근대의 복잡한 현실 속에서 자기 세계를 정립하는 것은 지난한 일이 아닐 수 없다. 숱한 타자들과의 관계 속에서 형성되는 문제적 현실의 사위에 갇힌 채 '자기'는 온데간데없이 앙상하고 남루한 형해(形骸) 투성이로 곧 소멸할지 모르는 존재의 절박한 위기감이 엄습한다. 이번 소설집에서 보이는 김설원의 문제의식은 바로 이러한 존재의 소멸의 위기에 대응하는 서사에 초점을 맞추고 있다 해도 과언이 아니다. 가령, 남편과 사별한 후외동딸을 헌신적으로 키운 윤씨는 9급 공무원 시험의 관문을 어렵게 통과한 딸이 대견스러우면서도 딸과의 관계가 소원해지고 딸이 윤씨의 고단한 삶에 무관심하다는 것을 이따금 느낄 때마다 "빈틈없이 새하얀 설산과 맞닥뜨린 듯한, 어디로 발을 내디뎌야 할지 도무지 알 수 없는 섬뜩한 공백"(166쪽)으로 괴로워한다(「딸매기야, 딸매기야」). 그리고 외삼촌의 필리핀 사업 출장으로 치매에 걸린 외할머니를 잠시 맡게 된 '나'는 기실 외삼촌이 외할머니를 두고 떠나버린 것임을 알게 되면서 혹시 '나'로부터도 버려질 것을 두려워한 외할머니가 '나'를 그의 곁에 오래도록 붙들어두기 위해 치매에 걸린 연기를 하고 있을지 모른다는 의구심을 갖는다(「메리씨는 오늘도 망자를 부르네」). 그런가 하면, 대학 졸업 후 중병을 앓고 있는 가난뱅이와 가출하여 동거와 임신을 한 채 한국에서 살지 못해 중국으로 떠난 유파와, 미혼녀로서 자기 아이를 낳아 키우고 싶어하는 욕망을 지닌 언니는 그들의 입장을 전혀 이해하지 못하는 가족들과 불화의 갈등을 안고 있다(「언니의 안개」).

이들 세 작품에서는 한결같이 가족 구성원들 사이에서 언제 쓰나미처럼 엄습할지 예측할 수 없는 존재의 소멸의 위기감이 짙게 그늘을 드리우고 있다. 「딸매기야, 딸매기야」에서 윤씨는 외동딸과 소원한 관계에 놓이면서 자신의 유년시절의 아름다운 삶의 편린을 편지의 형식으로 담담히 성찰한다. 흥미로운 것은 이 편지 속 주인공인 딸매기가 바로 윤씨 자신이라는 사실로, 윤씨는 자신과 아무런 관련이 없는 타자의 이야기인 양 그것을 그의 외동딸과 공유하고 싶다. 하지만 외동딸은 딸매기의 사연이 적힌 편지에 무심할 따름이다. 외동딸에게 그 편지는 그들의 일상을 무례하게 비집고 들어오는 '정신병자의 편지'로 치부된다. 이럴수록 윤씨의 자화상이 투사된 딸매기의 그 비루하고 하찮은 사연은 윤씨 안에 자리하고 있던 윤씨의 객관화된 타자, 즉 주체로서의 타자를 마주하도록 한다. 그래서 윤씨는 "하루의 끝자락에서 별수 없이 깨닫는 건 아찔한 공백을 메워줄 사람은 결국 '나'라는 자각이다."(167쪽)는 귀중한 자기 성찰에 이른다.

'나'라는 자각. 바꿔 말해 '자기 인식'이며, '자기 세계'의 정립을 향한 욕망의 발현이다. 작가는 이것을 「메리씨는 오늘도 망자를 부르네」에서 매우 흥미롭게 그리고 있다. 그것은 메리씨라고 희화적으로 불리는 외할머니에 대한 형상화에 초점이 맞춰져 있다. 작중인물 '나'의 날카로운 관찰에서 드러나듯 외할머니는 겉으로 볼 때 치매에 걸려 있되 정작 치매에 걸려 있는 것처럼 감쪽같이 '나'를 속이고 있는 것으로 보인다. 그렇다면 이 치매의 성격은 전혀 다르게 파악되어야 마땅하다. 외할머니가 일부러 자신을 정신질환자로 인식하도록 하는 이유는 무엇일까. 치매의 형식에 담긴 외할머니의 진실은 무엇일까.

그래서 외할머니의 치매는 문제적이다. 여기서, 외할머니의 치매에서 간과할 수 없는 대목이 있다. 외할머니는 딸 장례를 치른 후 맏사위와 잠시 살고 있었는데, 그에게 먹을 것을 조금이라도 안 주기 위해 부엌에 음식을 남겨놓지 않았으며, 심지어 그에게 살의(殺意)가 깃든 과도를 던졌다고 하면서 그 잘못을 자책한다. 외할머니에게 맏딸의 죽음은 온통 그가 반대하고 미워했던 맏딸의 남편 때문이었는데, 이 맏사위에게 행한 잘못을 반성한다. 그러면, 치매로 오락가락하는 도중 '나'에게 슬쩍 비추는 '나'의 아버지에 대한 사죄를 어떻게 이해해야 할까. 이것은 외할머니가 치매를 보일 때 죽은 망자를 호출하면서 평소 그들이 살아 있을 적 그와 맺었던 숱한 사연들 속에서 자신의 존재를 증명해보이는 것과 밀접한 연관이 있다. 말하자면, 외할머니는 '나'의 짐작대로 치매의 형식을 통해 치매에 대응하기 위해 부른 역할 도우미를 대상으로 리얼한 연기를 재현함으로써 아직도 자신은 이따금 건재하다는 것을 '나'에게 보란 듯이 입증하는 것이다. 따라서 치매는 그에게 그 자신을 인식하는 수단이면서, 그동안 외면하고 있던, 아니 소홀히 간주했던 자신의 둘레에 존재한 타자들과의 형식적 관계를 통해 궁극적으로 자기 세계를 정립하는 과정에서 유용한 자기위장술인 것이다. 이 자기위장술은 노회하다. 이를 통해 그동안 조변석개처럼 스쳐간 자신의 세월을 돌아보고, 점차 고립돼가면서 극단의 외로움으로 떠밀려가는 자신을 보호하는 방어막을 견고히 구축시키고 있다.

사실, 「메리씨는 오늘도 망자를 부르네」에서 외할머니의 경우 물리적 실재 면에서 현실적 힘을 행사할 수 없는 약자이므로 치매의 형식이 그에게 매우 요긴한 자기 성찰과 자기 보호의 기능을 수행할 수 있다. 이에 반해 「언니의 안개」에서 두 문제적 인물인 유파와 언니는 그들의 삶의 방식대로 그들에게 던져진 삶의 난제를 정면으로 돌파한다. 그들은 누구에게 자신이 처한 삶의 곤경을 해결해달라고 매달리지 않는다. 한국 사회에서 그들의 선택은 현실의 실정을 전혀 모르는 여성의 자의식에 친친 얽매인 모험주의자 또는 이상주의자로서 간주되기 십상이다. 결혼이라는 제도가 안고 있는 위선과 위악을 온갖 미사여구로 포장한 가족주의 이데올로기를 매섭게 비판하고, 미혼여성으로서 아이를 임신하여 어머니로서 주체적 여성의 삶을 살고 싶어하는 언니의 삶은 한국 사회에서 비현실적인 것으로 치부된다. 하지만 유파와 언니는 그들의 삶을 뒤덮고 있는 "안개 속의 실체가 또렷이 보이는 날이 올"(189쪽) 것을 믿는다. 아무리 현실의 삶의 논리가 자기 주체적 삶의 선택을 보장하지 않는 억압을 가한다고 하더라도 투철한 자기 인식에 토대를 둔 자기 세계의 정립을 향한 욕망은 도리어 그 억압에 맞서는 삶의 투쟁으로써 그러한 억압에 대한 해방의 서사를 향한 욕망을 한층 강화시킨다. 따라서 "언니가 선택한 삶이 내겐 여전히 어리석게 보이는데도, 언니가 줄을 놓지 말고 끝까지 버텼으면 하는 심리는 또 뭔지 모르겠다."(194쪽)는 데서, 우리는 작가 김설원의 자기 세계 정립에 따른 자기 해방의 서사 욕망을 읽을 수 있다.

4.

그렇다. 근대적 주체로서 자기를 새롭게 인식하는 자기 탐구를 향한 소설 쓰기의 여정은 궁극적으로 자기 해방의 서사를 모색하는 일환이다. 이 자기 해방은 달리 말해 자기 구원으로, 이것은 또한 자기 결단을 요구한다. 김설원의 소설 속 인물의 이 같은 면은 주목해야 한다. 「아이 버리기 실습」에서 작중인물 '나'는 레인보우라는 아이디를 가진 인물의 메일을 받고 그의 아이를 사흘간 돌봐달라는 딱한 사정을 들어주는데 알고 보니 레인보우가 '나'에게 한 말은 모두 거짓이었다. '나'는 생각 끝에 레인보우로부터 떠맡은 아이를 유기할 것을 결심하고 행동으로 옮긴다. 여기서, 우리는 아이의 유기 여부의 결과에 비중을 둔 '나'의 윤리학에 관심을 가질 필요는 없다. 그보다 아이를 유기해야만 하는 '나'의 주체적 선택에 따른 자기 해방을 향한 내적 고투에 주목해야 할 것이다. 말하자면 이 주체적 선택은 멀쩡한 직장을 그만두고 안정된 공무원이 되고 싶은 지극히 속물적 근성에 사로잡힌 '나'로부터 벗어나려는 내적 투쟁이다. "레인보우의 간교한 꾐"(95쪽)은 이러한 속물근성에 찌든 '나'의 적나라한 모습을 대면하도록 한 것이나 다를 바 없고, 이 모습은 '나'의 아버지의 잦은 결혼으로부터 상기되는 아버지의 혐오스러운 속물근성과 겹쳐진다. 때문에 '나'는 결단을 실행하고자 한다. '나'를 뒤덮고 있는 속물근성으로부터 '나'가 놓여나기 위해서는, 이것으로부터 '나'가 벗어나기 위해서는, '나'와 아버지를 매개해주는 레인보우로부터 떠맡은 아이를 과단성 있게 버려야 한다. 그 아이로부터 '나'가 벗어나야 한다. 그 아이와 '나'는 다시 단절되어야 한다. 여기에는 양심의 자책감이 고통스레 뒤따르지만 '나'의 속물근성과 절연되는 '나'의 자기 해방이며 자기 구원을 위해서는 실행되어야 한다.

이 같은 자기 해방의 도정에서 값비싸게 치러야 할 고통은 자기 구원과 결부되는 것이기에 매우 고통스럽다. 여기, 또 다른 고통을 겪는 작중인물이 있다. 젊은 나이에 과부가 된 난이는 시댁과의 관계를 말끔히 청산하지 못한 채 고령의 시아버지를 모시고 있다. 난이는 남편의 죽음으로 시댁과의 관계를 절연할 수 있었으나, 묘한 인연으로 시아버지와 함께 살고 있다. 시댁 식구들 그 누구도 병든 고령의 아버지를 떠맡고 싶지 않은데도 불구하고 난이는 이러한 시아버지의 현실에 연민을 가진 채 힘들게 병 수발을 하면서 함께 살고 있다. 물론, 이 과정에서 난이가 무작정 이러한 삶을 수용하는 것은 아니다. 난이는 시아버지에게 자신의 현실을 분명히 얘기하고, 시아버지가 이러한 현실을 또렷이 적시해야 하는 것을 강조한다. 그러면서 난이는 "난 이제 지긋지긋해요. 구린내가 풍기는 이 집에서 그만 벗어날 거라고요."(121쪽)라는 자기해방을 향한 결단을 스스로 촉구한다. 난이의 이 자기 결단은 한국 사회의 오랜 남성중심주의 습속으로 윤색된 가부장 문화의 억압에 대한 문제적 저항의 표현으로 손색이 없다. 비록 이 작품의 말미에서 이러한 남성중심주의의 가부장 문화의 상징이라고 할 수 있는 "은색 바늘 하나가 시아버지의 비명처럼 날카롭게 솟아 있"(124쪽)는 위력을 지니지만, 이미 난이의 자기 해방을 향해 엄중히 촉구한 자기 결단의 욕망을 거둘 수는 없다.

여기서 다시 강조해두건대, 이렇게 촉구한 자기 결단이 힘든 과정을 동반하는 만큼 무엇보다 자신을 충족시켜줄 수 있어야 한다. 예전의 자기의 삶이 아닌, 갱신된 삶의 지평에서 신생의 욕망을 자기 삶의 구체성으로 치열히 보증해야 한다. 그래서인지 이와 관련하여, "현장을 도외시한 채 타성에 젖어 그려낸 도면"(220쪽)을 보면서 창의성이 결여되고 있는 자신의 삶을 래디컬하게 성찰하고 있는 것은 시사하는 바 크다(「나귀를 타고」). 자기 해방을 향한 자기 결단은 현실과 무관한 공허한 추상과 관념의 세계에 기반을 두는 게 아니라 어디까지나 치열한 삶의 현실에 뿌리를 둔, 그래서 삶의 생동감에 토대를 둔 자기결단이 뒷받침되어야 한다. 이것은 달리 말해 날로 부박해가는 지금, 이곳의 현실에 삶의 뿌리를 착근하여 삶을 버티며 살아내야 한다는 것을 말한다. 그래서 삶은 엄숙하며 숭고하다. 외모가 초라한 출판사의 여직원으로서 입사한 자영이 열악한 근무 환경 아래 당장이라도 뛰쳐나오고 싶지만 마치 뱃속의 '불쾌한 무게감'(127쪽)을 지닌 변비를 달고 살 수밖에 없는 것처럼 살아내야 한다(「글로리아의 독」). 가뜩이나 짜증나는 출판 업무를 견디고 있는 터에 시도 때도 없이 걸려오는 인신모욕적 전화를 받으면서도 자영은 그 일상을 버텨야 한다. 물론, 버티는 인생이 그뿐인가. 일수계가 물거품이 되면서 단란한 가족이 해체되고 도망자의 신세로 전락한 작중인물 '나'는 외딴 도시에서 '나'보다 열악한 삶을 버티며 살고 있는 춘미로부터 세상 살아가는 삶의 명료한 진실을 얻는다. 춘미와 나눈 많은 말들 중 "끝까지 버텨."(41쪽)에 녹아 있는 간결하면서도 지엄한 삶의 진실은, 「꽃밭에 쥐가 산다」의 처음과 마지막 부분에서 월셋방을 찾는 이들에게 주인 아줌마가 무심결에 내뱉는, "월세가 싼 대신 쥐가 좀 많아."(41쪽)에 수반되는 소설적 전언이 함의하는 것과 묘하게 공명(共鳴)한다. 월셋방이 싼 외딴 도시를 찾아든 사람들의 곡절 많은 사연의 시시비비를 뒤로한 채 중요한 것은 쥐들이 많아 다소 불편한 주거 공간일지라도 이곳에서 어떻게든지 삶을 포기하지 않고 '끝까지 버티는 것'이다.

이 버티는 삶의 도정 속에서 자기 인식은 더욱 냉철해지고, 혼돈과 동요하는 자기 세계는 정립되고, 마침내 자기 해방과 자기 구원을 위한 자기 결단이 실행되는 것이다. 김설원의 첫 소설집에서 이러한 주체적 삶을 치열하게 사는 여성을 마주하는 것은 소름 끼치는 매혹이다.

은빛
지렁이